HEYNE<

Das Buch

Das Wichtigste zuerst: Elle Woods ist von Natur aus blond. Sie ist außerdem bei allen beliebt, eine ausgezeichnete Studentin, wurde im vergangenen Jahr zur *Homecoming Queen* gewählt und war in drei aufeinanderfolgenden Jahren *Miss Juni* im Campus-Kalender. Ach ja, und ihre Lieblingsfarbe ist rosa. Bis jetzt führte Elle zwar ein Hochglanzleben, aber als ihr Freund Warner ihr statt des erhofften Heiratsantrags den Laufpass gibt, weil sie für seine geplante Politikerkarriere »zu blond« und »nicht seriös genug« wäre, kollidiert Elle mit der Realität. Das will sich die augenscheinlich auf Mode, Make-up und Klamotten abonnierte Barbiepuppe dann allerdings doch nicht bieten lassen und folgt dem Beau mutig als Jura-Studentin in die berühmte Stanford Law School, um zu beweisen, dass Blondheit nicht automatisch gleich Blödheit ist.

Die Autorin

Amanda Brown schrieb den Roman *Natürlich blond* basierend auf ihren eigenen Erfahrungen an der Stanford Lew School. Der Roman erschien zunächst nur als e-book, aber MGM kaufte die Buchrechte und hatte 2001 mit seiner Verfilmung mit Reese Witherspoon einen Sensationserfolg. Amanda Brown ist selbst blond und arbeitet derzeit an ihrem nächsten Roman, der auch im Wilhelm Heyne Verlag erscheinen wird. Sie lebt in San Francisco.

AMANDA BROWN

Natürlich blond

Roman

Aus dem Amerikanischen
von Ulrike Laszlo

WILHELM HEYNE VERLAG
MÜNCHEN

HEYNE ALLGEMEINE REIHE
Band-Nr. 01/13719

Die Originalausgabe
LEGALLY BLONDE
erschien 2003 by Plume,
a member of Penguin Putnam Inc.

Umwelthinweis:
Dieses Buch wurde auf
chlor- und säurefreiem Papier gedruckt.

Deutsche Erstausgabe 04/2003
Copyright © Legally Blonde Productions, LLC, 2003
Copyright © der deutschsprachigen Ausgabe 2003
by Ullstein Heyne List GmbH & Co. KG, München
Printed in Germany 2003
Umschlagillustration: IFA-Bilderteam ITPLD
Umschlaggestaltung: Nele Schütz Design, München
Gesetzt aus der Minion
Satz: hanseatenSatz-bremen, Bremen
Druck und Bindung: Elsnerdruck, Berlin

ISBN: 3-453-86532-4

http://www.heyne.de

1. Kapitel

Elle Woods betrachtete im Spiegel ihres Schminktisches ihre Kommilitoninnen Margot und Serena, die sich mal wieder anzickten. Sie saß auf einem rosa Plüschhocker, der farblich zur Bettdecke passte. Dort hatte Brutus, ihr Chihuahua, es sich gemütlich gemacht.

»Zumindest werden meine niemals hängen!« Serena deutete auf ihre mit Silikon gefüllten Brüste. »Mein Busen ist noch so knackig wie an dem Tag, an dem ich ihn auf meiner Kreditkarte verbucht habe!«

»Na und? Sie werden vielleicht nie hängen, aber sie sind hart wie Stein«, erwiderte Margot unbeeindruckt.

»Und sie schirmen den letzten Rest Tageslicht in diesem Zimmer ab«, flüsterte Elle ihrem Hund zu, der sie verständnisvoll ansah. Brutus und Elle hatten dieses Streitgespräch zwischen Serena und Margot bereits unzählige Male gehört. Elle wollte sich nicht einmischen, denn ihr Vater, ein gefragter Schönheitschirurg, hatte Serena operiert – Dr. Wyatt Woods galt beim operationswütigen Szenevolk von Beverly Hills als ›der Beste für Brüste‹. Außerdem lag Elle etwas Anderes auf dem Herzen.

»Sie sind nicht hart – sie sind fest!«, rief Serena und stampfte mit dem Fuß auf. Zwischen ihren und Margots Brüsten lag jetzt nur noch ein Abstand von wenigen Zentimetern.

Margots Lippen, noch leicht geschwollen nach dem Aufspritzen im Vorjahr, verzogen sich zu einem lila

5

schimmernden Lächeln, das mit dem Nike-Logo auf ihren kaum benützten Sneakers harmonierte. Obwohl Margot durch ihre zahlreichen Schönheitsoperationen bereits zu den Stammkunden gehörte, hatte sie Elle stolz erzählt, dass noch nie ein Arzt ihre Brüste berührt hatte. Zumindest nicht aus medizinischen Gründen.

»Habt ihr es eigentlich total vergessen? Heute könnte die Nacht der Nächte sein!«, rief Elle, in dem Bemühen, Serenas und Margots Aufmerksamkeit zu erregen. »Ich muss *perfekt* aussehen. Heute Abend muss alles stimmen!«

»Natürlich habe ich das nicht vergessen.« Serena wandte Margot den Rücken zu. »Ich habe sogar einen Tipp aus der *Cosmopolitan* für dich. In einem Artikel hieß es, dass man jemandem die Befangenheit nehmen kann, indem man sich auf seine Körpersprache einstellt. Jennifer hat das mit Brad gemacht, und danach fiel es ihm viel leichter, die gewisse Frage zu stellen — vorher war er furchtbar nervös.«

»Warner *muss* dir heute Abend einen Antrag machen, Elle«, warf Margot ein. »Es ist euer dritter Jahrestag, und außerdem habe ich mir dein Horoskop angesehen. Saturn ist im Vormarsch und beginnt eine lange Reise durch das Sternbild des Stiers. Für dich ist es jetzt an der Zeit, Entscheidungen zu treffen, die dein Leben verändern.«

Elle betrachtete sich noch einmal im Spiegel und beschloss, noch etwas mehr Rouge zu verwenden. Ihr langes blondes Haar umrahmte schimmernd ihr herzförmiges Gesicht; ihr heller Teint war makellos, und die großen tiefblauen Augen funkelten einladend. Das hautenge rote Kleid Größe 36 betonte ihre schlanke Figur.

»Ich habe schon ein wenig vorausgeplant, Elle«, fuhr Serena fort. »Schau, was ich heute gekauft habe!« Sie hielt eine Ausgabe des Hochzeitsmagazins *In Style Weddings* hoch. Vom Cover lächelte J-Lo.

»Oh, mein Gott!«, kreischte Margot. »Tu das bloß weg!

Hast du denn gar keine Ahnung? J-Lo hätte dieses Foto niemals machen lassen dürfen! Es gibt einen *In Style Weddings-Fluch*. Schon drei Covergirls, einschließlich Courtney Thorne-Smith, waren bereits geschieden, bevor die Ausgabe in den Läden lag!«

»Stimmt«, meinte Elle. »Trotzdem lieb von dir, Serena.«

Eine Stimme über den Lautsprecher des Studentenheims unterbrach sie in dem Moment, als Margot die neueste Ausgabe des Magazins *Brides* hervorzog. »Warner ist hier, Elle.«

»Drückt mir die Daumen!«, sagte Elle zu Serena und Margot, während sie noch einen Blick in den Spiegel warf, unsicher, ob sie wirklich das richtige Kleid ausgewählt hatte. »Seid ihr sicher, dass das passt?«, fragte sie ihre Freundinnen zum vierten Mal.

»Vielleicht solltest du besser Pink tragen – das ist doch dein Markenzeichen«, meinte Serena. »Autsch!« Margot hatte ihr mit dem Ellbogen einen kräftigen Stoß in die Rippen versetzt.

Elle blieb wie erstarrt stehen – auf einmal war sie sich ihrer Wahl nicht mehr sicher. War *das* das Kleid, von dem sie einmal ihren Urenkeln berichten wollte, wenn sie ihnen von Warners Heiratsantrag erzählen würde? Was, wenn es dann altmodisch und lächerlich wirkte?

»Nein, Elle. Das ist das Richtige, da bin ich mir ganz sicher«, erklärte Margot. »Rot ist die Farbe der Zuversicht und passt zu deiner Aura.«

»Ich möchte aber nicht so aussehen, als würde ich etwas erwarten.« Elle strich sich das glatte goldblonde Haar hinter die Ohren und überprüfte den Sitz der Diamantohrringe, die Warner ihr zum Geburtstag geschenkt hatte.

»Er wird dich fragen. Das weißt du doch, Elle«, meinte Serena, leicht irritiert. »Und Margot hat Recht – Rot ist besser.«

»Und jetzt lass dich drücken«, forderte Margot, und im nächsten Augenblick fand Elle sich zwischen den größten und teuersten Brüsten des gesamten Delta Gamma Studentenheims wieder.

Warner wartete im Foyer auf sie. Wie immer verstummten Elles Kommilitoninnen beim Anblick des attraktiven, großen blonden Manns. Als Elle auf ihn zuging, zog er sie mit einer Hand an sich, während er ihr mit der anderen ein Dutzend langstieliger pinkfarbener Rosen überreichte.

Elle schmiegte sich an ihn und schenkte ihm ein entzücktes Lächeln; sie war vollkommen in seinen Anblick versunken. »Mar, stellst du die Blumen in eine Vase?«, bat sie geistesabwesend ihre Freundin, die mit den anderen Mädchen aus dem Delta Gamma Haus am unteren Treppenabsatz stand. Alle gaben sich Mühe, gleichgültig zu wirken, während sie das Paar gründlich musterten und ihren Neid kaum verbergen konnten.

»Ich mach das für dich«, warf Serena ein und klemmte sich betont auffällig die Ausgabe von *In Style Weddings* unter den Arm, so dass die anderen das Magazin sehen konnten, bevor sie nach den Blumen griff. »Warner, du siehst großartig aus. Gibt es heute Abend etwas Besonderes?«

Warner setzte bei dieser Bemerkung einen belustigten Blick auf und schenkte Serena ein umwerfendes Lächeln.

»Jeder Abend mit Elle ist etwas Besonderes«, erwiderte er und drückte lächelnd Elles Hand. »Lass uns gehen, Elle – ich möchte nicht zu spät kommen.«

Als Warner sie durch die Vordertür des Delta Gamma Hauses führte, warf Elle einen Blick zurück auf Serena und Margot – sie hoben beide Daumen.

2. Kapitel

Warner hielt Elle die Tür seines schwarzen Mercedes Cabrio auf, und sie glitt auf den feinen perlmuttfarbenen Ledersitz. Rasch warf sie einen Blick zum Himmel, um sich zu vergewissern, dass die Sterne so standen, wie die *Cosmopolitan* es versprochen hatte. Ja, so war es, auf einmal war sie sich sicher, dass das die Nacht der Nächte war. Eine Weile fuhren sie zufrieden schweigend durch die kühle kalifornische Oktobernacht, und Elle ließ sich den Fahrtwind durch die frisch gefönten goldblonden Haarsträhnen wehen.

»Ich hoffe, du bist nicht enttäuscht, Elle«, sagte Warner, als er die Autobahn verließ. »Ich weiß, dass du gern ins *Beach House*, unser Lieblingsrestaurant, gegangen wärst, aber ich möchte heute lieber ins *Ivy*, weil dort alles angefangen hat.« Er schenkte Elle ein strahlendes Lächeln und legte ihr die Hand aufs Bein.

»Du könntest mich niemals enttäuschen«, säuselte Elle. Ihr Gesicht glühte, als sie ihre linke, ringlose Hand auf seine legte. »Unser erstes Rendezvous war einer der wunderbarsten Abende meines Lebens.«

In Los Angeles blieben sie neben einem Werbeplakat von Calvin Klein im Verkehr stecken. Das sonnengebräunte Model ragte wie ein Kunstwerk über ihnen auf. Elle betrachtete bewundernd Warners Profil und dachte darüber nach, wie glücklich sie sich schätzen konnte – und wie viel glücklicher sie am Ende dieses Abends sein würde. Es gab nichts Schöneres für sie, als den Rest ihres Lebens mit Warner Huntington III. zu verbringen.

Elles Auftritt im *Ivy* erregte Aufsehen. Obwohl hier jeden Abend zahlreiche langbeinige Blondinen und Filmstars erschienen, zogen Elles strahlende Schönheit und ihr bezauberndes Lächeln alle Blicke auf sich. Mehrere Männer versuchten, ihre Aufmerksamkeit zu erregen, als sie und Warner sich den Weg zu ihrem Tisch bahnten. Warner wirkte sehr zufrieden, als er die Bewunderung der Männer bemerkte.

Ein Kellner, der sich offensichtlich selbst für einen Schauspieler hielt, kam auf sie zu, um ihre Bestellung aufzunehmen und sprach sie mit einem nervtötenden Hang zur Dramatik an. »Hi, ich heiße Zach und ich muss Ihnen sagen, dass wir heute Abend frischen Fisch haben, der so gut ist, dass er eigentlich polizeilich verboten werden müsste!«

»Wir können sofort bestellen«, erklärte Warner abrupt, ohne die Speisekarte oder den Kellner anzusehen. Elle und der Kellner wechselten einen überraschten Blick, doch als Elle protestieren wollte, bestellte Warner eine Flasche Cristal und brachte sie damit zum Schweigen. Ihr wurde klar, wie nervös er sein musste, und er tat ihr sofort Leid – schließlich stand er kurz davor, die wichtigste Frage seines Lebens zu stellen. Sie senkte den Kopf und sah durch ihre Chanel-getuschten Wimpern zu ihm auf.

»Das ist ein wunderschöner Abend, Warner, und ich habe vor, die ganze Nacht mit dir zu feiern.« Sie beugte sich verführerisch vor, warf ihm einen verschleierten Blick zu und wartete darauf, dass Warners kristallblaue Augen sich auf sie richteten. Zu ihrer Überraschung sah er sich jedoch zerstreut im Raum um.

»Stimmt etwas nicht, Liebling?«, fragte Elle, als der Kellner mit dem Champagner an ihren Tisch geeilt kam.

»Nein, alles in Ordnung.« Warner schenkte ihr nun wieder seine Aufmerksamkeit und tätschelte ihr die Hand. Dann bedeutete er dem Kellner, den Champagner einzuschenken. »Es könnte nicht besser sein.« Er lächelte und holte tief Luft.

Elle wusste, dass es jetzt soweit war. Vielleicht war es

ein wenig merkwürdig, dass Warner nicht bis nach dem Dinner wartete – dann hätte er den Ring in der Crème Brûlée verstecken können –, aber sie nahm an, dass er einfach zu nervös war, um noch länger zu warten.

»Elle«, begann er mit leiser, aber fester Stimme. »Die letzten drei Jahre mit dir waren perfekt.« Elle seufzte zufrieden. »Heute Abend möchte ich dir von den besten Neuigkeiten erzählen, die ich mir vorstellen kann.«

Elles Herzschlag setzte für einen Augenblick aus und sie atmete tief durch, um das Verlangen zu unterdrücken, ihm zuzurufen: ›Ja! Ja, ich will dich heiraten!‹ Warner hielt einen Augenblick inne und wartete, bis der Kellner die Gläser gefüllt und sich entfernt hatte. »Aber zuerst möchte ich dir etwas geben, Liebling.«

Elle schloss die Augen und streckte Warner ihre zitternde linke Hand entgegen, in der Hoffnung, dass er so leichter das kleine Etwas auf ihren Finger stecken konnte. In ihren Ohren klang bereits das Läuten der Hochzeitsglocken, und sie fragte sich, ob sie ein Kleid von Vera Wang tragen, oder sich lieber für einen noch unbekannten Designer entscheiden sollte, als Warners Stimme sie aus ihren Träumen riss.

»Das möchte ich dir als Erinnerung an die Zeit geben, die wir zusammen verbracht haben.«

Elle runzelte die Stirn, leicht irritiert durch das Wort ›Erinnerung‹. Warum bezeichnet er einen Verlobungsring als Erinnerungsstück, fragte sie sich. Dann fiel ihr ein, was Serena ihr über den Artikel in der *Cosmopolitan* erzählt hatte – wie nervös Brad Pitt gewesen war, als er Jennifer seinen Antrag gemacht hatte, und sie lächelte über seine unbeholfene Ausdrucksweise. Das war so süß! Sie schloss wieder die Augen und öffnete sie verwirrt, als Warner ihre linke Handfläche nach oben drehte.

»Warner, was soll das?«, fragte Elle und starrte auf das gravierte Armband von Cartier, das sie ihm zu ihrem zweiten Jahrestag geschenkt hatte. Es trug die Aufschrift: *Elle und Warner für immer.*

»Ich dachte, du hättest es gern zurück«, erklärte er liebenswürdig, schloss ihre Hand und hob sie an seine Lippen.

»Zurück?« Elle entzog ihm ruckartig ihre Hand. »Was willst du damit sagen?«

»Nun, als du es mir gegeben hast, war mir klar, dass ich deine Gefühle niemals würde erwidern können, also dachte ich ...« Er fuhr sich mit der Zunge über die Lippen und ließ den Blick wieder durch das Lokal schweifen. Elle starrte ihn ungläubig an und schüttelte den Kopf, um klarer denken zu können.

»Ich meine damit, dass es jetzt an der Zeit dafür ist. Wir werden nicht für immer zusammen sein, Elle, das weißt du doch. Es war ein süßer Traum, aber ich habe beschlossen, ab jetzt ein ernsthaftes Leben zu führen. Ich denke, wir sollten einen Schlussstrich ziehen, bevor ich mich auf den Weg nach Stanford mache.« Er wartete auf ihre Antwort, doch als sie ihn nur wortlos anstarrte, fuhr er rasch fort. »Ach ja, ich habe ganz vergessen, dir zu sagen, dass ich nächstes Jahr in Stanford Jura studieren werde. Das ist die gute Nachricht, die ich dir erzählen wollte.«

Elles Mund war trocken. Sie griff nach ihrem Sektglas, bemerkte jedoch, dass ihre Hände so sehr zitterten, dass sie das Glas nicht halten konnte, ohne den Champagner auf ihr Kleid zu schütten.

»Wovon sprichst du?« Elles Stimme klang lauter als beabsichtigt, und Warner sah sich nervös im Restaurant um.

»Warst du nur gut drauf, als du mir gesagt hast, du würdest mich für immer lieben? Und hast du gelogen, als du sagtest, du hättest noch niemals so tiefe Gefühle für jemanden gehabt? Wie konntest du eine solche Entscheidung für dein, nein unser Leben treffen, ohne mir davon etwas zu sagen? Wie lange weißt du das schon?« Ihre Stimme zitterte, und mit einem Mal schluchzte sie unkontrolliert.

»Ich habe nicht gelogen«, flüsterte Warner, damit Will Smith und Jada Pinkett, die zwei Tische weiter saßen, ihn nicht hörten. »Ich habe dir niemals gesagt, dass ich dieselben Gefühle für dich hätte wie du für mich, oder? Denk mal drüber nach.« Bevor Elle antworten konnte, nahm er ihre Hände in seine. »Hör zu, Pu-Bärchen, das ist sehr schwer für mich. Verstehst du das nicht? Du weißt doch, was meine Familie von mir erwartet, und kennst die hohen Standards, die ich mir selbst gesetzt habe ...«

Elle unterbrach ihn, indem sie ihre Hände mit einem Ruck zurückzog. Zornig und ungläubig starrte sie ihn an, doch Warner sprach einfach weiter.

»Ich musste mir die Frage stellen: ›Warner, ist es das wert, weiterhin dein Leben mit einem Mädchen zu verbringen, das niemals seriös genug sein wird, um deine Frau oder die Mutter deiner Kinder zu sein?‹ Weißt du, welchen Mut ich dazu aufbringen musste, Elle? Wie schwer das für mich war?« Er schwieg einen Moment und bewunderte ihr Dekolleté. »Verdammt schwer«, fügte er hinzu. Dann senkte er den Kopf, offensichtlich betroffen von den hohen Standards, die er sich selbst gesetzt hatte.

Elle stand auf und drehte sich wütend auf dem Absatz um, während Warner schnell seine Brieftasche herauszog, um das Restaurant ohne eine weitere peinliche Szene verlassen zu können. Er warf ein paar Geldscheine auf den Tisch und lief hinter Elle her.

Im Foyer blickte der Portier von dem Drehbuch auf, an dem er gerade schrieb und musterte Elle anerkennend – trotz ihres tränenüberströmten Gesichts. Sie wollte ihn gerade bitten, ein Taxi zu rufen, als Warner sich hinter ihnen lautstark räusperte. Der Portier sprang auf und lief los, um Warners Wagen zu holen.

»Komm, Elle. Ich bring dich nach Hause«, erklärte Warner. Da sie sich im Moment nichts sehnlicher wünschte, als heimzukommen, war es um so besser, je schneller sie dorthin gelangte. Also willigte sie schmollend ein.

Elle kam es wie eine Ewigkeit vor, bis der Wagen mit quietschenden Reifen vorfuhr. Warner gab Elle kaum Zeit, die Autotür zu schließen, bevor er das Radio aufdrehte und sich in den Freitagabendverkehr stürzte.

Elle konnte nicht glauben, was soeben geschehen war. Sie starrte auf Warners perfektes Profil. »Das ist nicht wahr«, sagte sie sich. »Wir schreiben das Jahr 2002. Das ist die Zeit von *Buffy, Charmed* und *Charlie's Angels*. Sei stark.« Elle stellte sich vor, wie Warner in einer düsteren Gasse auf Buffy traf und fühlte sich ein klein wenig besser, bis ein Blick auf ihre immer noch schmucklose linke Hand dieses kraftvolle Bild verdrängte. Sie fühlte sich wie gefangen in einer der Soaps von Aaron Spelling, in dem gutaussehenden Menschen schlimme Dinge passieren.

Warner hielt vor dem Eingang des Delta Gamma Hauses. Als er bemerkte, dass Elle darauf wartete, dass er ausstieg, um ihr die Tür zu öffnen, wie er das sonst immer getan hatte, beugte er sich quer über sie, stieß die Beifahrertür auf und gab ihr einen flüchtigen Kuss auf die Wange.

»Bis dann, Elle. Man sieht sich.« Bei diesen Worten legte er bereits den ersten Gang ein.

Elle stolperte aus dem Wagen und in das Haus, völlig verzweifelt, ganz und gar nicht wie Buffy und gänzlich ohne ihre gewohnte Selbstsicherheit.

3. Kapitel

Elle versuchte mit aller Mühe, ihre Verzweiflung zu verbergen, als sie das geräumige Fernsehzimmer im Delta Gamma Haus der University of Southern California betrat. Margot und Serena hatten ihre Rückkehr erst in einigen Stunden erwartet und waren vollkommen vertieft in die Sendung *The Osbornes.*

»Ich habe gehört, dass einer der Moderatoren total auf Kelly Osborne steht«, sagte Serena.

»Hm ... das ist cool«, erwiderte Margot und kräuselte ihre Lippen, so wie es immer tat, wenn sie angestrengt nachdachte.

Die beiden waren so gebannt, dass sie weder Elles Schluchzen hörten, noch ihr tränenüberströmtes Gesicht sahen, bis Elle schließlich hervorstieß: »Schöne Gemeinschaft ... Und ihr wollt meine besten Freundinnen sein. Vielleicht wäre ich besser eine Theta geworden.«

Serena und Margot sahen auf und schnappten beim Anblick ihrer Freundin nach Luft. Elle ließ sich auf die Couch fallen; Wimperntusche lief ihr über das schmerzlich verzogene Gesicht.

»Warner ... hat ... Schluss ... gemacht!«, schluchzte sie unter Tränen.

»Du hast den Klunker nicht bekommen?«, fragte Margot verblüfft. Sie sah aus, als würde sie ebenfalls anfangen zu heulen.

»Es ist doch keine Kappa, oder?«, kreischte Serena und ließ sich neben Elle fallen. »Ich bringe sie alle um!«

»Nein, nein.« Elle schüttelte den Kopf. »Es gibt keine andere ... Das kann gar nicht sein.«

Als Organisatorin der gesellschaftlichen Ereignisse von Delta Gamma stimmte Margot ihr energisch zu. »Hiermit werde ich sofort unser jährliches Treffen mit Sigma Chi absagen.«

Elle lächelte Margot an, schüttelte aber traurig den Kopf. »Vergiss es, Margot. Es ist zu spät.« Sie ließ sich tief in die blumengemusterten Polster des Chintzsofas sinken und legte das Kinn auf die Knie. »Es ist vor ... vorbei«, stammelte sie.

Serena und Margot starrten Elle an und warfen sich dann einen ungläubigen Blick zu. Wenn Elle und Warner nicht heirateten, dann würden sie erst recht nicht an die Reihe kommen. Alle wussten, dass Elle und Warner das perfekte Paar waren. Sie gehörten zusammen wie Shampoo und Conditioner.

4. Kapitel

Elle, Serena und Margot gingen nach oben in Elles Zimmer, wo vor wenigen Stunden noch euphorische Vor-Hochzeitsfreude geherrscht hatte. Die pinkfarbenen Wände waren mit Fotos der lächelnden Blondinen von Delta Gamma auf Jachtausflügen und formellen Empfängen gepflastert. Heute Abend glichen die Mädchen jedoch kaum ihren glamourösen, aufgestylten Ebenbildern.

»Es fing alles ganz normal an«, berichtete Elle, nachdem Margot ihren berühmten pinkfarbenen *Margotita* mit einem rosa Strohhalm serviert hatte. »Wir waren im *Ivy* und die Stimmung war perfekt. Doch als der Champagner serviert wurde, erklärte Warner: ›Elle, wenn ich jetzt in die juristische Fakultät eintrete, sollten wir uns nicht mehr treffen.‹ Zack! Er geht an die Stanford Law School und will dann jemanden finden, der seriöser ist als ich.«

»Seriöser!«, schnaubte Margot und verzog ihren MAC-geschminkten Mund. »Was soll das heißen? In welcher Beziehung?«, fragte sie.

»Ich weiß nicht, was das bedeuten soll!«, erwiderte Elle zornig. »So hat er es formuliert. Er sagte: ›Elle, ich bin bereit für jemanden, der ernsthafter ist.‹ Einfach so. Vielleicht hat er *davon* genug.« Sie zeigte mit einer Handbewegung auf das Zimmer. »Von dieser Umgebung – und von mir!« Elle wischte sich eine Träne von der Wange,

16

während Margot aus dem Mixer noch einmal die Gläser mit dem pinkfarbenen, cremigen Getränk füllte.

»Für wen, zum Teufel, hält er sich eigentlich?« rief Margot. »Es gibt kein besseres Mädchen, keine bessere Delta Gamma, keine bessere Ehefrau für Warner Huntington III.«

»Richtig!«, stimmte Serena ihr zu. »Wann hat er denn beschlossen, etwas Besseres als Miss Juni zu sein?«, spottete sie. »Auf seinen ach so wichtigen Sigma Chi Verbrüderungspartys warst du ihm noch gut genug.«

Elle war in drei aufeinanderfolgenden Jahren Miss Juni des USC-Kalenders gewesen und sie war Präsidentin des Delta Gamma Rats. Praktisch hatte sie ihr Hauptfach in gesellschaftspolitischem Schmuckdesign selbst erfunden, indem sie handwerklichen Unterricht mit soziologischen Studien über stammesbezogene Ornamente und feministische Kritik an Schönheitsidealen kombiniert hatte.

Sie dachte daran, wie stolz Warner gewesen war, als sie im vergangenen Oktober zur *Homecoming Queen* gewählt und in ihrem eigenen BMW Cabrio über das Stadiongelände kutschiert worden war. Der weiße Wagen war mit lila und gold schimmernden Bändern geschmückt, und sie und der *Homecoming King* Warner Huntington hatten der Menschenmenge zugewinkt.

»Hier gibt es einige Jungs, die viel besser sind als Warner, Elle«, bemerkte Serena. »Du weißt doch, wie scharf Javier auf ein Rendezvous mit dir ist.« Die Familie von Serenas Ex-Freund Javier besaß eine Investmentgesellschaft und war so clever gewesen, den größten Betonfabrikanten Kaliforniens aufzukaufen. Seither feierten sie mit großer Begeisterung jedes Erdbeben.

Serenas saloppe Bemerkung trieb Elle wieder die Tränen in die Augen. Ihre perfekt gebräunten Schultern zuckten bei jedem Schluchzer. »Ich war so sicher, dass Warner mir heute Abend einen Antrag machen würde! Das ist so erniedrigend!« Traurig betrachtete sie ihre linke Hand. »Ich glaubte bereits, der Fels von Gibraltar der Huntingtons sei mir sicher. Erinnert ihr euch an den Stein? An den sechskarätigen aus dem Familienbesitz?« Margot und Serena nickten ehrfürchtig. »Warum hat er mir von dem Ring erzählt, wenn er mich nicht heiraten will?«

»Elle, er ist so berechnend«, erklärte Serena. »Ich will damit nicht sagen, dass ich es schon immer gewusst habe, aber er interessiert sich nur für sich selbst und für seine Karriere.« Warner war Präsident des Studentensenats, hatte sich in der Schule als Ruderer und dann im College als Werfer beim Baseballteam der USC hervorgetan, das im vergangenen Frühjahr an der *College World Series* teilgenommen hatte. Er scherzte oft darüber, wie eindrucksvoll sich sein Lebenslauf lesen würde, wenn er sich als Präsidentschaftskandidat der USA aufstellen lassen würde, aber es war nur zum Teil ein Scherz.

Elle erinnerte sich noch gut an seine Reaktion, als sie ihm einmal einen kleinen Dämpfer verpassen wollte und sich ein wenig über seine politischen Ambitionen lustig gemacht hatte. »Oh, Warner«, hatte sie zärtlich gesagt. »Du besitzt alle Fähigkeiten, um ein großartiger Vizepräsident zu werden.« Er war verärgert gewesen. Als zweitgeborener Sohn war er in erster Linie in den Westen gezogen, weil er seinem älteren Bruder nicht nach Harvard folgen wollte – er hatte es satt, immer der Zweite zu sein.

»War sein Großvater nicht Senator oder so etwas?«, fragte Margot.

Elle nickte und nippte an ihrem Drink. »Mhm, in Connecticut. 50 Jahre lang ...« Warner hatte Elle oft erzählt, dass er, bedingt durch seine Familientradition, in der Politik landen würde, und dass es ein Vermächtnis der Huntingtons war, im öffentlichen Dienst zu arbeiten. Seine Großmutter Huntington war Mitglied der *Daughters of the American Revolution,* eine große Dame, die seit dem Tod von Warners Großvater vor über drei Jahrzehnten einen beachtlichen Einfluss auf die Familie ausübte. Sie ließ Warner nie vergessen, dass blaues Blut in seinen Adern floss.

»Ich hätte es ahnen müssen, als Großmutter Huntington letzten Monat zu Warners Geburtstagsfeier nach L. A. kam«, räumte Elle ein. »Warner war seither nicht mehr derselbe. Seine Großmutter ignorierte mich während des gesamten Dinners, und als sie sich verabschiedete, erklärte sie mir, dass ich sie an Pamela Anderson erinnern würde.«

»Ihhh! Pamela Anderson!«, riefen Serena und Margot wie aus einem Mund. Das war die schlimmste Beleidigung, die man sich vorstellen konnte.

Brutus hüpfte auf die Couch, und Elle zog an seinen weichen Ohren und sah in seine hingebungsvollen tiefbraunen Augen. »Wenigstens du liebst mich noch, Brutus«, flötete sie, während sie ein pinkfarbenes Satinband an seinem mit Glasperlen besetzten Halsband befestigte.

5. Kapitel

Elles Tränen versiegten langsam, während sie mit ihren Freundinnen bis spät in die Nacht Pläne schmiedete, wie sie Warner zur Vernunft bringen konnten.

Gegen drei Uhr morgens beschloss Elle, dass sie sich ebenfalls an der juristischen Fakultät bewerben und Warner mit seinen eigenen Waffen schlagen würde. Vielleicht war einer der vielen pinkfarbenen *Margotitas* daran schuld, aber die Idee setzte sich fest. Wenn Warner an die Stanford Law School gehen wollte, um dort eine ernsthaftere Person zu finden, dann würde er eine seriöse Elle Woods entdecken.

Für den Rest des Herbstsemesters zog Elle sich vollkommen zurück und lernte für den Eignungstest der juristischen Fakultät Stanford, dem sie sich im Januar unterziehen musste. Alle schrieben ihre Abwesenheit bei gesellschaftlichen Ereignissen ihrer Trennung von Warner zu.

Drei Monate später, nach der Aufnahmeprüfung, strahlte Elle über das ganze Gesicht. Die Pflichtfächer waren ein Kinderspiel gewesen, und darüber hinaus hatte sie im Zusatzfach ›Logische Spiele‹ zeigen können, worin eine ihrer Hauptbegabungen lag: abstrakte Organisation. Bereits seit der High School war Elle ein Genie gewesen, wenn es darum ging, die Sitzordnung bei Partys zu planen – ohne ihre strategischen Fähigkeiten hätte es bei einigen gesellschaftlichen Ereignissen zu einem Desaster kommen können. Sie war berühmt für ihre Feste, zu denen sie verfeindete Kommilitoninnen oder Zimmergenossinnen einlud. Es gelang ihr mit erstaunlichem Erfolg, Zuhörer mit Rednern und Athleten mit Schönheiten zusammenzubringen.

Bei den dämlichen Zeitzonenfragen in der Kategorie ›Logische Spiele‹ war sie vier Minuten vor Ende fertig. Nichts in diesem Test war vergleichbar mit den Herausforderungen des gesellschaftlichen Lebens, und Elle meisterte ihn mit der gleichen Souveränität.

Einige Tage nach dem Examen schlenderte Elle in Los Angeles in die Galerie für zeitgenössische Kunst, die ihre Mutter führte. Die Wände waren in kräftigen Grün- und dunklen Metalltönen gestrichen. Der Rotholzboden glänzte, und die Beleuchtung in der Galerie war so eingerichtet, dass sie mehr ihrer Mutter als den Kunstwerken schmeichelte.

»Küsschen!«, begrüßte Elles Mutter ihre Tochter, als sie sie sah. Elle beugte sich über den Schreibtisch, und die beiden tauschten einen Luftkuss aus, um sich nicht gegenseitig das kunstvoll aufgetragene Make-up zu ruinieren.

»Mutter, ich habe eine Neuigkeit für dich, die dich

wahrscheinlich überraschen wird«, verkündete Elle nervös, während sie sich auf einen der unbequemen Stühle mit den steifen Lehnen fallen ließ.

»Oh, mein Liebling, du heiratest endlich Warner!«, rief Eva aus. Elle hatte ihrer Mutter bisher immer alles erzählt, aber nicht den Mut aufgebracht, ihr von dem schrecklichen Oktoberabend zu berichten, an dem Warner ihr den Laufpass gegeben hatte. Sie wusste, ihre Mutter wäre am Boden zerstört. Obwohl Eva eine der erfolgreichsten Galerien in L. A. besaß, hatte sie Elle immer eingebläut, dass die größte Leistung einer Frau darin bestand, sich einen reichen Mann zu angeln und eine erfolgreiche Ehe zu führen.

»Nein, Mutter«, antwortete Elle. »Noch nicht. Ich habe beschlossen, in diesem Herbst nicht in der Galerie zu arbeiten – ich ... äh ... werde studieren.«

Eva wandte sich lächelnd um und richtete ihren Blick auf die Dias der neuen Künstler. Elle spürte ihre Enttäuschung. »Design oder Film, Liebes?«, fragte Eva.

»Ich werde Jura studieren.«

Eva schoss aus ihrem Stuhl hoch und hatte bei diesem Schreck Schwierigkeiten, auf ihren hochhackigen Gucci-Schuhen zu balancieren. Schnell zog sie sich den Stuhl wieder heran, ließ sich darauf fallen und schwieg eine Weile fassungslos. »Jura?«, fragte sie schließlich. »Wovon sprichst du? Schätzchen, für einen solchen Unsinn muss man Eignungsprüfungen ablegen und ...«

»Das weiß ich«, unterbrach Elle ihre Mutter und zupfte, nervös lachend, an ihrem superkurzen, pink-weiß karierten Chanel-Rock. »Ich habe diese Tests schon gemacht und glaube, dass ich sie bestanden habe. Sicher kommt das für dich überraschend, Mom, aber ich möchte unbedingt Anwältin werden.« Sie scharrte mit den Füßen, die in perfekt zu ihrem Rock passenden pink-weißen Schuhen steckten, und überlegte verzweifelt, wie sie ihre Mutter überzeugen konnte.

»Ich verstehe«, erwiderte Eva. »Hast du dich bereits bei Universitäten beworben?«

»Natürlich! Zuerst in Harvard und Pepperdine. Und ich glaube auch in Standford.« Sie hielt kurz inne. »Ja, bei diesen dreien«, log Elle. Sie hatte sich nur in Stanford beworben. Warum sollte sie denn einen Fuß auf einen Campus setzen, auf dem sie keine Chance haben würde, Warner zu begegnen?

»Nun, dein Vater wird davon keineswegs begeistert sein«, rief Eva. »Weißt du eigentlich, was es ihn im vergangenen Jahr gekostet hat, sich gegen eventuelle Kunstfehler versichern zu lassen?«

Elle zog in Erwägung, ihrer Mutter etwas über die erhabeneren Ziele der Gesetzgebung zu erzählen, mit denen sie sich vor kurzem beim Schreiben ihrer Bewerbung für Stanford beschäftigt hatte, beschloss aber dann, dass das nur Zeitverschwendung wäre. Letztendlich würde sie Warner zurückerobern, und dann wären ihre Eltern wieder glücklich.

Ende April stand Elle mit ihrer Post im Foyer des Delta Gamma Hauses und fand ein dünnes Kuvert aus Stanford. Es war ein sonniger Tag, daher war das Haus leer. Elle rannte die mit grünem Teppich ausgelegte Treppe zu ihrem Zimmer hinauf, wobei sie mit der einen Hand über das weiße Geländer mit den goldenen Verzierungen fuhr und mit der anderen den Brief umklammerte. Sie betete, dass es eine Zusage war und ging im Geist noch einmal alle ihre Zeugnisse durch, um ihre Nerven zu beruhigen, bevor sie das Kuvert aufriss. Ihre Durchschnittsnoten müssten eigentlich den Anforderungen des Aufnahmetests für die juristische Fakultät genügen, und sie hatte noch etliche Wahlfächer vorweisen können. Jetzt konnte sie nur hoffen, dass ihre persönliche Vorstellung in Stanford überzeugt hatte.

Elle lehnte sich mit dem Rücken gegen die Zimmertür, öffnete mit zitternden Händen das Briefkuvert und begann laut zu lesen. Nach dem ersten Satz schossen ihr Freudentränen in die Augen. Er lautete: »Liebe Miss Woods, wir freuen uns, Ihnen einen Platz in unserem Erstjahrgangskurs zuteilen zu können.«

Nach ihrem Collegeabschluss kehrte Elle zu ihren Eltern zurück und begann, mit dem ihr treu ergebenen Brutus an ihrer Seite, ein Leben zu führen, das, wie sie dachte, Warner sicher als seriös bezeichnen würde.

Sie folgte ihrem Instinkt und durchforstete zuerst die *Cosmopolitan* auf der Suche nach Ratschlägen. Das Magazin, in dem man ständig Artikel à la ›Wie schaffe ich es, ihn völlig verrückt nach mir zu machen‹ lesen konnte, hatte sich in der Vergangenheit als narrensicher erwiesen. Als Serena jedoch ein Bild von Warners Bruder und seiner Verlobten in *Town & Country* entdeckte, war Elle klar, dass *das* ihre neue Bibel war.

Während *Glamour* und *Allure* sicher unter ihrem Bett verstaut waren, ging Elle mit einer Ausgabe von *Town & Country* unter dem Arm bei Laura Ashley einkaufen. Sie tauschte ihr BMW Cabrio gegen einen Range Rover, kaufte sich eine mit Metallrahmen eingefasste Brille von Oliver Peoples – natürlich mit nicht geschliffenen Gläsern – und trug Perlenschmuck.

Im August, nachdem sie einen Monat lang täglich einen sechsstündigen Einkaufsbummel absolviert hatte, war Elle Woods bereit. Sie packte ihre Sommerkleider mit den Blumenmustern, ihre karierten Stirnbänder und die pinkfarbenen Flauschpantoffel ein, zog den Reißverschluss ihrer Reisetasche von Louis Vuitton zu und machte sich mit Brutus auf den Weg in Richtung Norden.

6. Kapitel

Elle konnte nicht fassen, wie trostlos die Unterkunft in Crothers war. Ihr Schlafzimmer war kleiner als die Hälfte ihres begehbaren Kleiderschranks zu Hause, hatte eine niedrige Decke, schäbige graue Wände und einen gefliesten Fußboden in einer undefinierbaren Farbe. Durch ein einziges Fenster fiel ein wenig Licht.

Elle sah auf ihre Armbanduhr und stellte fest, dass sie zu spät dran war. Schnell verließ sie ihr Zimmer und lief an den Jungs vorbei, die verzweifelt versuchten, ihre Kleidung und persönlichen Gegenstände in Räumen unterzubringen, in denen maximal ein Drittel ihrer Sachen Platz hatte. Sie parkte ihren Range Rover vor dem Gebäude, in dem der Einführungslehrgang stattfand und überlegte, was sie mit Brutus tun sollte.

»Tut mir Leid, mein Schätzchen«, sagte Elle und strich dem Hund über den Kopf. »Ich werde diese Sache ganz schnell hinter mich bringen, und du bewachst in der Zwischenzeit den Wagen.« Sie goss Evian in seine pinkfarbene aufblasbare Reise-Schüssel, öffnete die Fenster einen Spalt, legte seine Lieblings-CD von Cole Porter ein und warf ihm ein Küsschen zu, bevor sie davoneilte.

Das Gewühl im Hof vor der Stanford Law School erinnerte sie an ihren ersten Tag im Sommercamp. Grüppchen von stolzen Eltern sprachen in säuselndem Tonfall auf ihre Wunderkinder ein, denen man ein grässliches Namensschild verpasst hatte, auf dem stand: ›Hallo, mein Name ist ...‹ Elle dachte an ihre Eltern, die es nicht ertragen konnten, dass ihre Tochter ›ihr Talent mit einem Jurastudium vergeudete‹.

An einigen Tischen verhökerten Studenten aus dem zweiten Jahrgang Stanford Law Autoaufkleber, T-Shirts, Sweatshirts, Kaffeetassen, Stifte, Hefte, Rucksäcke und Schnürsenkel an begeisterte Käufer. Elle verzichtete auf die Gelegenheit, sich Utensilien von Stanford Law zu besorgen und sah sich stattdessen nach einer alphabetischen Einteilung um, doch in Stanford war offensichtlich alles ganz anders organisiert als bei den gut besuchten, aber zivilisierteren Veranstaltungen der USC.

›Wenn du in Harvard warst, hol dir dein Namensschild hier ab‹, stand an einem Tisch, vor dem sich Studenten durch die Menge drängelten, um an ihr Schild zu kommen. ›Wenn du in Brown warst, bekommst du hier dein Namensschild‹, lockte ein Plakat an einem anderen Tisch die Euro-Möchtegerns an. Vor dem Tisch mit dem Zeichen des technischen Instituts ›MIT/Cal‹ wimmelte es von Technik-Verrückten und Star Trek Fans mit Power-Books unter dem Arm. Der Smith-Tisch glich einer Versammlung für eine ›Vorher-Nachher-Show‹, in der die Kandidaten sich verschönern lassen wollten. Elle sah sich nervös um und ging auf den Tisch für Staatliche Eliteuniversitäten außerhalb von Pennsylvania zu, unsicher, ob die University of Southern California in diesen Bereich fiel. Doch sie fand ihr Namensschild nicht.

Als sie an dem Tisch mit dem Schild ›Cornell – eigentlich keine Eliteuniversität‹ vorbeiging, wurde ihr angst und bange. Vielleicht war der Brief nur ein Witz gewesen, ein schrecklicher Fehler. Am anderen Ende des Hofs, weit weg von der Menschenmenge, stand ein verlassener Tisch mit einem Schild, das offensichtlich nur für sie bestimmt war.

›Wenn du im Sommer das Santa Monica Community College besucht hast, hol dir hier dein Namensschild‹, hieß es auf der Karte. Der Tisch war soweit von den anderen entfernt, dass Elle sich vorkam, als hätte sie bei *Lutece* einen Platz neben der Küche zugewiesen bekommen. Niemand stand dahinter, und auf der Tischplatte lag nur Elles Namensschild und ein mit einem Stein beschwerter Orientierungsplan. »Sehr witzig«, sagte Elle und wurde rot. Sie hatte zwar ihre Mathematikprüfung in Santa

Monica abgelegt, fühlte sich der Schule aber nicht zugehörig. Schnell steckte sie das scheußliche Namensschild in ihre Prada-Tasche und ging wieder zu den anderen Tischen.

Elle schob sich durch die Menge, in der man sich kaum entscheiden konnte, wer die Top Ten des schlechten Geschmacks anführen sollte. Schließlich entdeckte sie ein Mädchen, das relativ gelassen wirkte, nicht in Begleitung ihrer Eltern war und kein Notebook unter dem Arm hatte. Elle ging auf sie zu und fragte, was der nächste Schritt sei.

»Keine Ahnung.« Das Mädchen musterte sie von oben bis unten und zuckte dann desinteressiert die Schultern. »Ich warte hier auf meinen Verlobten.«

»Danke.« Elle ging an einen der nächstgelegenen Tische und betrachtete die Flugblätter über Vergewaltigung, Drogen- und Alkoholmissbrauch und sexuelle Belästigung. Die Studenten an diesem Tisch drückten allen Vorübergehenden Broschüren über psychologische Betreuung in Stanford in die Hand. Einer der Weltverbesserer reichte Elle mit seinen ungepflegten Klauen ein Heft über Drogenmissbrauch bei Hochschulabsolventen.

Schließlich ließ Elle sich auf einer Holzbank nieder und las ihren Plan für den nächsten Tag.

Dienstag:

9.00 Uhr bis 10.00 Uhr	*Anmeldung*
10.00 Uhr bis 12.00 Uhr	*Bücherkauf*
12.00 Uhr bis 13.30 Uhr	*Westward-Ho–»Bar«-b-que*
13.30 Uhr bis 15.00 Uhr	*Campus Tour (einschließlich Besichtigung der Bibliothek)*
15.00 Uhr bis 17.00 Uhr	*Meet and Greet*
17.00 Uhr bis 19.00 Uhr	*Begrüßung des Dekans*
ab 19.00 Uhr	*Pizza Party anschließend Bar Revue*

»*Bar*barisch«, seufzte Elle. Eine fettige Pizza und ein Grillfest, wo es wahrscheinlich nur *Sloppy Joes* zu trinken gab, waren schon schlimm genug, aber noch schlimmer war der Stundenplan, bei dem jede Minute des Tages mit irgendwelchen juristischen Aktivitäten verplant war. Wie sollte sie da Zeit finden, ihren Schrank zu streichen (Pink, natürlich), bevor am Donnerstag die Vorlesungen begannen? Sie dachte an Brutus und beschloss, sofort zur Buchhandlung zu gehen, um dem Ansturm am folgenden Tag zu entgehen.

Elle holte rasch Brutus aus ihrem Range Rover und eilte in den Buchladen der juristischen Fakultät, vorbei an der ihr bereits vertrauten Ansammlung von strahlenden, plaudernden Eltern. Für die Studenten der Medizin und des Ingenieurwesens gab es eine Buchhandlung in der University Avenue, aber die Bücher für Rechtswissenschaft wurden im Untergeschoss des Campus verkauft, in einem düsteren Kellerloch mit einer schlecht beleuchteten Treppe und Linoleumböden. Naiverweise hatte Elle geglaubt, langes Schlangestehen vermeiden zu können, wenn sie vor dem vorgeschriebenen Termin kam. Dumm gelaufen. Dutzende von Jurastudenten, die ihren Kommilitonen einen Schritt voraus sein wollten, starrten bereits begeistert auf die Bücher, die sie bald in Händen halten würden.

Elle sammelte die unhandlichen Kursbücher ein, insgesamt zwölf, und überlegte, wie schwierig es sein würde, sie in den Ferien nach Hause zu transportieren. Dann reihte sie sich hinter einem stolzen Ehepaar und seinem Sprössling ein. Die steife Art und seine Uniform, bestehend aus Bundfaltenhose, weißem Hemd und blauem Blazer ließen keinen Zweifel daran, dass er in Yale gewesen war und New Haven niemals zu einem Einkaufsbummel verlassen hatte.

Ein MP3-Player und eine Sonnenbrille wären Elle jetzt willkommen gewesen; sie versuchte den Vater des Studenten zu ignorieren, der laut über seine Tage in Harvard schwadronierte. Aber selbst, wenn sie Kid Rock abgespielt hätte, wäre es kaum möglich gewesen, ihn zu überhören. Elle erfuhr, dass sein Name Mr. Daniel Baxter III. war und seine Freunde ihn Tripp nannten, als ihn ein alter Klassenkamerad aus Princeton begrüßte. Dieser trug eine Hose mit Krokodilmuster, und sein Gürtel war mit kleinen Wappen von Princeton verziert. Er schlug Mr. Baxter kräftig auf die Schulter, erklärte ihm, dass seine Tochter sich in Stanford einschrieb, und erzählte dann, wie er letzte Woche in seinem Club beim Würfeln gewonnen hatte.

Baxters Sohn, eine blasse Imitation seines Vaters und wahrscheinlich auch seines Großvaters, lächelte und nickte an den passenden Stellen, während sein Vater im Tonfall eines Sergeants seine Gedanken lautstark äußerte. »Anne, erinnert dich das nicht an den Tag, an dem wir Edward nach Choate gebracht haben? Und dann nach Yale? Er ist wirklich ein hervorragender Ruderer und ein typisch amerikanischer Squashspieler«, posaunte Tripp Baxter und schlug seinem Sohn mit der Faust gegen die Schulter.

Mr. und Mrs. Baxter kauften keine Sweatshirts oder Autoaufkleber, und ihre hochmütigen Blicke zeigten deutlich, dass sie mit diesen Käufern ebenso wenig gemeinsam hatten wie mit dem Linoleumboden unter Mrs. Baxters hellgelben Leinenschuhen.

Mrs. Baxter lächelte Edward an und schob ihn vorwärts. Um ihre Augen zeichneten sich Krähenfüße und Falten ab, die sicher davon stammten, dass sie zu viel Zeit auf dem Tennisplatz ohne Schirmmütze verbracht hatte. Entsetzt stellte Elle fest, dass Anne Baxters Kleid von Lily Pulitzer dem glich, das sie sich bei Barneys gekauft hatte, nachdem sie es in der ›Was ist in‹-Kolumne in *Allure* gesehen hatte. Elle schielte auf den pinkfarbenen Stoff und nahm sich vor, sofort einen Haufen Klamotten zur Kleidersammlung zu bringen.

»Edward«, begann sein Vater. »Habe ich dir schon einmal von John Kaplan erzählt, einem meiner Kommilitonen aus der juristischen Fakultät in Harvard?« Tripp sah nach unten auf seine Kindergeburtstagshose, deren grelle grün-blaue Färbung, glücklicherweise über seinen L. L. Bean Schuhen endete.

Eds Mund stand schweigend offen, was Elle zu der Überzeugung brachte, dass sein Gehirn ebenso farblos wie sein Haar sein musste. Er hatte auch gar keine Zeit zu antworten, da sein Vater sofort alle, die Schwerhörigen eingeschlossen, mit seiner Geschichte über den berühmten John Kaplan beglückte.

»Er war brillant! Zumindest bevor er den Osten verließ, um an Stanford zu lehren.« Mr. Baxter lachte dröhnend. »Sie hätten ihn in Harvard erleben sollen. Wir waren beide in Professor Glucks Klasse – Junge, der Kerl war anstrengend. Und Kaplan – wenn er überhaupt zum Unterricht erschien – schrieb kein Wort mit! Er drehte dem Professor den Rücken zu und starrte die Wand an. Der Lausebengel kaufte sich nicht einmal die Bücher für den Kurs. Wenn er jedoch eine Frage gestellt bekam, gab er immer die richtige Antwort mit einer derart tiefschürfenden Erklärung, dass selbst der Professor verblüfft war. Dieser Kaplan war ein Genie!«

»Schrecklich, was mit ihm passiert ist«, meinte Anne und rückte ihr Stirnband zurecht.

»Ja, furchtbar.« Eds Vater nickte traurig.

»Was ist mit ihm geschehen?«, fragte Ed mit zitternder Stimme.

»Grauenhaft«, murmelte Elle. Bei all diesen Büchern, die sie lesen musste, würde sie wahrscheinlich die Fernsehsendung mit Conan O'Brien verpassen.

Elle zog die Septemberausgabe von *Allure* hervor und blätterte geräuschvoll darin, um Tripp Baxter zu zeigen, dass er sie beim Lesen störte. Da er jedoch keine Notiz von ihrem Unmut nahm, blieb ihr nichts anderes übrig, als sich anzuhören, welches tragische Schicksal John Kaplan ereilt hatte.

»Dein Pech ist, dass er dieses Buch über Strafrecht geschrieben hat, Edward«, meinte Mr. Baxter lachend. Ed warf einen Blick über seine überentwickelten Brustmuskeln auf das dicke Buch in seiner Hand, das so klein gedruckt war, dass man es besser zusammen mit einer Lupe verkauft hätte.

Elle betrachtete Kaplans Namenszug auf dem roten Buch über Strafrecht.

»Er starb sehr jung – ich glaube, er war erst fünfzig«, sagte Anne bedauernd und warf ihrem Mann einen bösen Blick zu.

»Wenn er im Unterricht nie mitgemacht hat, wie konnte er dann Lehrer werden?«, wollte Edward wissen.

»Nun, er hat einen Weg gefunden«, tönte Daniel Baxter III.

Elle verließ die Schlange. Die Moral von Kaplans Geschichte war offensichtlich, dass, wenn ein Mann, der sich nie die erforderlichen Bücher gekauft hatte, trotzdem Professor geworden war, sie auch ihren wöchentlichen Maniküretermin wahrnehmen konnte, der dummerweise mit ihrem Kurs in Strafrecht kollidierte.

7. Kapitel

Am nächsten Morgen um neun Uhr erschien Elle zur Einschreibung in der juristischen Fakultät.

»Elle!«, rief Warner überrascht. Elle bemerkte, dass sein gelbes T-Shirt farblich genau zu seinem sonnengebleichten Haar passte. Er zog die Brünette, die neben ihm stand und die Stirn runzelte, näher an sich. »Was tust *du* denn hier?« Verwundert ließ er den Blick über Elles pastellfarbenes Sommerkleid von Laura Ashley und die schmale Perlenkette gleiten.

Sie hatte Warner nicht kommen sehen, und seine einfache Frage brachte sie aus der Fassung. »Ich schreibe mich ein. Wie alle anderen auch.« Elle hatte sich eine Million Sätze für diesen Augenblick ausgedacht, aber ihn mit einer anderen Frau zu sehen, nahm ihr den Wind aus den Segeln – ihr Repertoire an schlagfertigen Bemerkungen war mit einem Mal verflogen.

»Einschreiben? Wofür? Das ist keine Modeschule, Elle.« Warner lachte.

»Tatsächlich? Freut mich, das zu hören! Sonst wäre ich stundenlang in der falschen Schlange gestanden, denn ich will mich für Jura einschreiben«, entgegnete Elle lächelnd. Sie musterte das spießige Mädchen, das Warner am Ärmel zupfte, um seine Aufmerksamkeit zu erregen.

»Das ist ... Sarah«, erklärte Warner und wandte sich seiner Begleiterin zu. Sarahs mausbraunes Haar war zu einem kurzen Bob geschnitten und mit einem marineblauen Gänseblümchen-Haarband streng zurückgehalten. Elle starrte das Mädchen durch die pinkfarben getönten Gläser ihrer Oliver Peoples-Sonnenbrille an und brachte ein schwaches Lächeln zustande.

»Wir waren zusammen auf der Grundschule«, erklärte Warner, in dem kläglichen Versuch, die Situation zu entschärfen. Elle erinnerte sich an Bilder von Sarah im Jahrbuch aus Warners Schulzeit in Groton. Sie musste zugeben, dass er einen guten Fang gemacht hatte – Sarahs Großvater war auf einer Briefmarke verewigt. Großmutter Huntington hatte sicher schon das Papier für die Einladungskarten zur Hochzeit ausgesucht.

Elle streckte Sarah die Hand entgegen. »Sicher hat dir Warner von mir erzählt.«

Sarah ergriff zögernd und mit schlaffem Griff Elles

Hand, während sie Elle verächtlich musterte. Warner hatte sich offensichtlich durch Elles schimmerndes blondes Haar blenden lassen – auf jeden Fall hatte diese Person nichts mit seinen ehrbaren Freunden aus der Schulzeit gemein.

Warner hatte Sarah von Elle erzählt, aber das wäre gar nicht nötig gewesen – Sarah hätte ohnehin auf etlichen Events wie beim Harriman Cup oder Far Hills von ihr gehört. Alle aus der Grundschule wussten über Warners dumme Affäre am College Bescheid – diese Geschichte war das Lieblingsthema von Warners Großmutter.

»Merkt euch meine Worte«, pflegte sie ihren Freunden in ihrem Club in Newport zu sagen. »Diese ... diese Frau wird niemals, *niemals,* den Namen Huntington tragen.«

Bevor Sarah Elle gesehen hatte, hatte sie großzügig über Warners Jugendsünde hinweggesehen. Eine College-Affäre. Doch als sie nun diese sprechende Barbiepuppe betrachtete, wurde Sarah klar, dass Warner seit seiner Schulzeit tiefer gesunken war, als sie angenommen hatte. Sie zog ihre Hand zurück und rückte demonstrativ ihr Haarband zurecht, um den Ring mit dem riesigen Diamanten an ihrer linken Hand zur Schau zur stellen.

»Ich bin Sarah Knottingham. Warners Verlobte«, erklärte sie affektiert.

Elle traute ihren Ohren nicht. Mit offenem Mund starrte sie auf Sarah, den Ring und Warner, während sie versuchte zu begreifen, was soeben geschehen war. Vielleicht war alles nur ein Alptraum. Sie kniff die Augen zusammen und hoffte, dass der Spuk vorbei wäre, wenn sie sie wieder öffnete. Doch leider war dem nicht so.

Elle ging zurück zu ihrem Zimmer und ließ sich so heftig aufs Bett fallen, dass Brutus in die Höhe sprang. »Brutus, du musst ruhig sein«, warnte Elle und hielt dem Hund die Schnauze zu, damit er nicht bellte. »Eigentlich dürfte ich dich gar nicht hier haben, aber ich brauche einen Freund.« Liebevoll zog sie den Chihuahua an seinen weichen Ohren.

Seufzend hängte Elle das Kleid weg, das sie vor einem Jahr niemals getragen hätte, und schlüpfte in das bequeme Delta Gamma T-Shirt, bevor sie begann, ihre Sachen auszupacken. Sie warf einen zornigen Blick auf das Kleid mit dem grellen Blumenmuster, als wäre es an allem Schuld.

»Was tue ich eigentlich hier?«, stöhnte Elle und ließ sich zwischen den Umzugskisten auf dem Boden nieder. Ein schmales Bett, ein Schreibtisch und ein Stuhl waren die einzigen Möbelstücke in ihrem düsteren Zimmer. Vor einem Jahr hatte sie sich ihr Leben nach dem College ganz anders vorgestellt.

Elle war sich sicher gewesen, dass sie zu diesem Zeitpunkt ihre Hochzeit planen würde; sie hatte geglaubt, sie würde sich Gedanken darüber machen, ob ihr Hochzeitskleid aus Tüll oder Organza geschneidert werden sollte.

Stattdessen saß sie in einem Studentenheim der juristischen Fakultät. Elle begann zu zittern. »Was habe ich getan?« seufzte sie und legte den Kopf auf die Arme. Beim Gedanken an Sarahs kurzes braunes Haar und ihre blasse Hand mit dem Familienjuwel, dem Stein von Gibraltar, der eigentlich ihr gehören sollte, begann sie zu schluchzen.

»Also gut, jetzt bin ich hier«, sagte sie schließlich bestimmt und zwang sich, ihren Schmerz zu unterdrücken. »Warner, Sarah und auch meine Eltern sollten mich besser noch nicht abschreiben.« Sie stand auf und suchte nach dem Telefon.

8. Kapitel

Als Elle schließlich ihr pinkfarbenes Plüsch-Handy in einer Kiste mit der Aufschrift ›Lebenswichtige Utensilien‹ gefunden hatte, ließ sie sich aufs Bett fallen und drückte Brutus an sich. Um sich zu trösten, beschloss sie Margot und Serena anzurufen. Sie waren mit Sicherheit zu Hause, denn sie versäumten niemals eine Episode ihrer Lieblingsseifenoper *Passions*. Margot glaubte jede Woche wieder daran, dass sich etwas ereignen würde. Sie war so begeistert von Soaps, dass ihre Einstellung sich auch nicht durch die Tatsache änderte, dass seit Beginn der Serie noch gar nichts passiert war. Elle lächelte, als sie an ihre Freundinnen dachte.

Margot nahm sofort den Hörer ab. »Ich bin's, Elle!«, rief sie und stellte den Lautsprecher an.

»Hallo, ihr Süßen!« Elle freute sich riesig, die vertrauten Stimmen zu hören.

»Elle! Wie geht's dir? Du fehlst uns!«, rief Serena.

»Ich vermisse euch auch. Ihr könnt euch gar nicht vorstellen ...«, begann Elle, wurde aber von Margot unterbrochen.

»Wie sind die Läden dort oben? So gut wie hier?«, wollte sie wissen.

Elle wollte ihr gerade antworten, dass sie noch keine Zeit gehabt hatte, einen Fuß in eines der Geschäfte zu setzen, als Serena ihr ins Wort fiel.

»Elle, wie geht's Warner? War er überrascht, dich zu sehen? Hast du den Klunker schon bekommen?«, sprudelte sie hervor.

Elle wusste nicht, wo sie mit ihrer Geschichte beginnen sollte – es war einfach zu frustrierend, am Telefon die schrecklichen Ereignisse zu schildern. »Warner geht es gut, aber den Stein habe ich noch nicht«, log Elle. »Ich muss mich auf den Unterricht vorbereiten – ihr könnt

34

euch nicht vorstellen, wie viele Bücher ich bekommen habe.« Sie seufzte tief.

»Oh, du Ärmste!«, schnurrten die beiden im Chor. »Wir sind so froh, dass wir das College hinter uns gebracht haben!«, fügte Margot hinzu.

»Wir würden ja gern noch mehr erfahren, aber wir müssen zu einem Treffen.«

»Ein Treffen?«, fragte Elle skeptisch.

»Jesus wiegt dich!«, riefen die Mädchen gemeinsam.

»Das ist ein neues spirituelles Programm, um abzunehmen«, erklärte Serena.

»Wenn du wieder in L. A. bist, musst du mit uns kommen. Wir waren erst einmal dort, fühlen uns aber jetzt schon schlanker und sind im Einklang mit dem Universum«, meldete sich Margot zu Wort.

»Wir müssen los! Alles Liebe. Gib Warner ein Küsschen von uns«, riefen beide.

Als Elle auflegte, fühlte sie sich schlechter als je zuvor. Serena und Margot hatten Jesus gefunden, und Sarah hatte den Juwel. Sie ließ sich auf ihre pinkfarbenen Seidenkissen fallen und weinte, bis sie sich für ihren ersten Tag in der Fakultät zu Recht machen musste.

Elle versuchte, an etwas Positives zu denken, als sie quer über den Campus zur Begrüßung des Dekans von Stanford ging. Sie entdeckte vor dem Gebäude einige Tische mit politischen Parolen und ging interessiert darauf zu. ›Verbrennt eure BHs‹, stand auf dem Schild. Die Frau dahinter, die ihr krauses braunes Haar mit einem Tuch zusammengebunden hatte und ein Clipboard in der Hand hielt, sah zwar so aus, als würde sie in einem 60er Jahre-Film mitspielen, aber Elle freute sich dennoch, auf etwas zu treffen, das ihr bekannt vorkam. Lächelnd dachte sie an die Party, die sie für Serena nach deren Brustvergrößerung organisiert hatten – alle hatten ihre BHs verbrannt und traditionsgemäß einen Büstenhalter in der neuen Körbchengröße mitgebracht.

Als Elle sich dem Tisch näherte, sprang die Frau auf und beschimpfte einige Burschenschaftsanwärter, die ihr ein paar *Playboy-Ausgaben* auf den Tisch geworfen hatten und dann lachend davongelaufen waren. Elle bemerkte angewidert, dass diese Frau offensichtlich den BH, den sie verbrannt hatte, nicht ersetzt hatte.

»BHs zu verbrennen ist ein politisches statement!«, rief sie kämpferisch.

Elle blinzelte verblüfft. »Sprichst du mit mir?«, fragte sie.

»Befreit Frauen von dem Körperkult, den Männer ihnen aufzwingen – unterstützt von Kapitalisten! Boykottiert den Wonderbra!«

Elle ging rasch weiter und beschloss, dass ihre erste Begegnung mit Aktivisten in Stanford auch ihre letzte gewesen war.

Aufgeregte Studenten und Eltern hatten sich bereits im Auditorium der juristischen Fakultät versammelt und sahen gespannt der Rede des Dekans entgegen. Dekan Haus war auf dem Campus unter dem Spitznamen ›Großes Haus‹ bekannt – ein Kompliment für seine freundliche Art und seinen Sinn für Humor, sowie eine Anspielung auf seine Residenz mit zehn Schlafzimmern und sechs Badezimmern, die ihm Stanford großzügigerweise zur Verfügung gestellt hatte.

Dekan Haus sah aus wie der Mann von nebenan in einer Sitcom: etwa fünfzig Jahre alt, groß, schlank, freundlicher Gesichtsausdruck und blassblaue Augen hinter den Gläsern einer Hornbrille, die auf seiner langen, dünnen Nase saß. Für Elle war sein Willkommensgruß jedoch nicht sehr lange erfreulich.

Dekan Haus pries zuerst die Leistungen der 180 Studenten, die aus Tausenden Bewerbern für einen der begehrten Studienplätze des ersten Semesters in Stanford ausgewählt worden waren. Stolz wies er auf die Vielfalt seiner Studenten hin und gab den Zuhörern eine kurze Beschreibung einiger der neuen Sterne an Stanfords Himmel.

Zuerst wurde ein Mitglied des Joffrey Balletts begrüßt; dann standen zwei Ärzte auf – ein Herzchirurg und ein Orthopäde – und verbeugten sich. Danach stellte der Dekan einen Wissenschaftler aus Rhodes, einen Harvard Englischprofessor, einen Cellisten vom Bostoner Symphonieorchester und zwei Pulitzer-Preisträger vor. Ein Maschinenbauingenieur, der bereits sechsundzwanzig Patente angemeldet hatte, wurde von vier Elektroingenieuren ausgebuht, als er sich erhob. Elle verblüffte dieser Snobismus unter den Ingenieuren – er erinnerte sie an die Konkurrenz zwischen den Einwohnern von San Francisco und Los Angeles. Nachdem der Rekordhalter im Stabhochsprung seine spindeldürren Arme in einer Siegesgeste nach oben gestreckt hatte, legte der Dekan eine dramatische Pause ein.

Elle hatte sich während der Vorstellung des Englischprofessors und des Patentsammlers nach Warner umgesehen und ihn neben Sarah links zwei Reihen vor ihr entdeckt. Sie zuckte zusammen, als sie bemerkte, dass die beiden identische Pullover trugen. Um seine Aufmerksamkeit zu erregen, starrte sie ihn so angestrengt an, dass sie von der nächsten Vorstellung des Dekans völlig überrumpelt war.

»Und nun, meine Damen und Herren, was wäre eine Klasse ohne eine Präsidentin der Studentinnenvereinigung?« Der Dekan grinste bei den Buhrufen und dem Gelächter, das folgte. Selbst Warner machte mit. »Miss Elle Woods« – er bedeutete ihr mit einer Geste aufzustehen – »zeichnet sich dadurch aus, dass sie unter Tausenden Bewerbern die einzige *Homecoming Queen* ist!«

Elle errötete, als Dekan Haus fortfuhr: »Passend zu Silicon Valley haben wir nun unsere eigene Pentium-Blondine!«

Elle hatte noch nie von einem Farbton mit dem Namen Pentium gehört, aber aus dem schallenden Gelächter schloss sie, dass es sich um eine schreckliche Farbe handeln musste. Sie verzichtete darauf, sich zu verbeugen, packte ihre Sachen und verließ hastig den Saal.

9. Kapitel

Elles erster Tag war ein Desaster. Die erste Vorlesung auf ihrem Stundenplan war Strafrecht, und als sie den Saal erreichte, stellte sie fest, dass sie ihr Namensschild vergessen hatte. Vor jedem Sitz befand sich ein speziell dafür angefertigter Halter, in den die Studenten ein großes Schild aus Pappe steckten, damit die Professoren sie namentlich demütigen konnten. Elle war die Einzige, die anonym blieb – alle anderen wiesen sich vorschriftsmäßig mit ihren Namensschildern aus. Stöhnend beobachtete Elle, wie Sarah hereinkam und sich hinter ein Schild mit dem Schriftzug ›Knottingham, S.‹ setzte.

»Zumindest steht da noch nicht Huntington«, murmelte Elle vor sich hin.

Sarah schwatzte mit Claire Caldwell-Boulaine, auf deren Karte ›Caldwell, C.‹ gedruckt war. Der Name war jedoch wild mit einem Textmarker durchgestrichen und durch den korrekten Doppelnamen ersetzt worden. Über der Stuhllehne hing ordentlich ein weißer Cardigan.

»Wie eine sprechende Barbiepuppe«, hörte Elle Sarah flüstern. Claire machte »Psst« und deutete auf ihr perlengeschmücktes Ohr und anschließend auf Elle. Dann öffnete sie die mit ihrem Monogramm versehene Segeltuchtasche, holte einen Block heraus und begann, etwas aufzuschreiben. Als sie den Zettel Sarah reichte, konnte Elle die Worte *Homecoming Queen* deutlich erkennen.

»Abwarten«, entgegnete Sarah.

Der Junge neben Elle, der offensichtlich schon in jungen Jahren an Haarausfall litt, tippte eifrig auf seinem Laptop. Elle fragte sich, worüber sich Garney, T., so hieß er offensichtlich dem Schild nach zu schließen, jetzt schon Notizen machte, und sah sich in dem mit Notebooks gefüllten Saal um.

Ihr Nachbar legte eine kurze Pause ein, warf einen Blick auf seine riesige Digitalarmbanduhr mit vierundzwanzig Funktionen und sah sich dann um. Als er bemerkte, dass sich noch kein Professor am Pult befand, runzelte er beunruhigt die Stirn und verglich seine Uhr mit der an der Wand. Neben seinem Notebook hatte er vier Textmarker in allen Regenbogenfarben sorgfältig aufgereiht.

Aus dem Augenwinkel entdeckte er Elles pinkfarbenen Block und ihren Stift, der mit einer rosa Feder verziert war. »Wo ist dein Notebook?«, fragte er entsetzt.

Elle ignorierte Garney, T. und warf erneut einen Blick auf ihren Stundenplan, in der Hoffnung, dass sie sich im falschen Raum befand – so wie manche Leute manchmal unlogischerweise zweimal den leeren Kühlschrank öffnen, weil sie es nicht fassen können, dass der Schokoladenpudding nicht mehr da ist. »Nein«, sagte sie zu sich selbst. »Das ist der richtige Saal.« Sieht so aus, als würde ich Sarah öfter begegnen, dachte sie, während sie beobachtete, wie diese den gefalteten Notizzettel an Claire zurückgab.

Vier Jahre lang hatte Elle im College ihren Stundenplan recht kreativ und eigenwillig gestaltet, und nun musste sie plötzlich lernen, dass der Unterricht an der juristischen Fakultät von drei Dingen bestimmt war: er war Pflicht, genau festgelegt und fand an fünf Tagen in der Woche statt. Warner kann jeden Augenblick hereinkommen, rief sie sich ins Gedächtnis und war froh, dass sie sich noch die Zeit genommen hatte, ihr Haar zu fönen. Als die Tür aufging, warf sie einen hoffnungsvollen Blick über die Schulter.

Ihr blieb beinahe das Herz stehen, als sie Sidney Ugman erkannte. Seit Jahren versuchte Elle, ihm aus dem Weg zu gehen. In Bel Air hatte er neben ihr gewohnt und die gleiche Schule wie sie besucht. Sidney war ihr jahrelang nachgestiegen wie ein Stehaufmännchen, das sich einfach nicht aus der Bahn werfen ließ.

Sidneys Vater, Lee Ugman, war einer von Evas Stammkunden. Er hatte alle Büros der sechzig Anwälte, die für ihn arbeiteten, mit Bildern und Skulpturen aus ihrer Galerie ausgestattet. Vor einiger Zeit hatte Sidney diese Geschäftsbeziehung ausgenützt und sich bei Einladungen zum Abendessen und Vernissagen in der Galerie so plump-vertraulich verhalten, wie Elle es in der Öffentlichkeit niemals geduldet hätte.

Seine Eltern prahlten bei diesen Anlässen damit, dass Sidney und Elle eine ›ganz besondere Beziehung‹ hätten, weswegen Lee Ugman selbstverständlich nur in Evas Galerie einkaufte. »Wird wohl alles in der Familie bleiben«, pflegte er zu sagen. Natürlich existierte die Vorstellung von einer ›ganz besonderen Beziehung‹ nur in Sidneys Gehirn. Als er jetzt seinen Freund erkannte – den Träger der Digitalarmbanduhr, der neben Elle auf seinem Laptop herumhackte –, ließ Sidney sich auf dem freien Stuhl in der gleichen Reihe nieder.

»Was gibt's denn alles auf deinem PowerBook?«, witzelte er und tauschte mit dem Armbanduhrträger einen Handschlag wie in Star Trek aus.

Schließlich betrat Professorin Kiki ›Schlachthaus‹ den Saal. Catherine ›Kiki‹ Haus war in einem Pauschalarrangement Professorin an der juristischen Fakultät geworden – als Ehefrau des Dekans, den Stanford von Harvard abgeworben hatte. Während man ihren Mann ›Großes Haus‹ nannte, hatte sie vor Jahren den Spitznamen ›Schlachthaus‹ bekommen, denn nach dem berühmt-berüchtigten Schlachthausfall des Obersten Bundesgerichts hatte sie Verfassungsrecht unterrichtet.

Selbst als Kiki zum Strafrecht wechselte, blieb ihr dieser Name erhalten, denn sie hatte den Ruf, ihren Unterricht unerträglich zu gestalten. Vor allem bei den männlichen Studenten. Sie nannten die Professorin auch ›Drei-C-Kiki‹ aufgrund des Gerüchts, dass sie bei den Abschlussprüfungen ihre Gemeinheiten fortsetzte, indem sie drei Mal die Note ›C‹ vergab – immer an besonders attraktive und beliebte Männer, um die »soziale Gerechtigkeit« wieder herzustellen.

Als Elle dieses Gerücht von ihrer Kommilitonin Bianca hörte, deren Freund John Brooks im vergangenen Jahr seinen Abschluss in Stanford bestanden hatte –, hatte sie geglaubt, hier würde es von interessanten Jungs wie John Brooks nur so wimmeln; jetzt fragte sie sich allerdings, wer von diesen Studenten attraktiv genug war, um mit einem ›C‹ benotet zu werden.

Kikis Klasse repräsentierte nur allzu deutlich, was Elle gerade über die juristische Fakultät lernen musste: alles hier unterschied sich absolut von ihrem bisherigen Leben. Sidney hatte eine ganze Herde von Teiggesichtern mit Vierundzwanzig-Funktions-Digitaluhren um sich geschart, die mit ihm über *Deep Space Nine* fachsimpelten. Claire und Sarah hatten sich bereits mit den konservativen Silberkettchen-Trägerinnen von der Ostküste angefreundet. Die linke Fraktion wartete mit so vielen Fällen auf, dass sie selbst damit überfordert waren – allerdings würden ihre Tische mit den revolutionären Schriften sicher schnell verschwinden, wenn Vertreter von Anwaltskanzleien sich hier nach Praktikanten umsahen. Die Geisteswissenschaftler trafen sich in Cafés und lösten dort Kreuzworträtsel in verschiedenen Fremdsprachen. Die Naturwissenschaftler verglichen die Vorteile der Forschungsmöglichkeiten auf den Computer-Programmen Westlaw und Lexis und verschlüsselten ihre Telefonnummern. Aber Elle hatte niemanden. Sie musste sich mit der bitteren Erkenntnis abfinden, dass sie, Elle Woods, unbeliebt war.

10. Kapitel

Kiki Schlachthaus war um die vierzig, hatte ein breites Gesicht und einen kräftigen Körperbau. Als sie begann, um das Pult herumzugehen, strahlte sie einen muffigen Hauch aus der Ära der Alt-Feministinnen aus. Alle paar Wörter unterbrach sie ihre Sätze mit einem langgezogenen ›äh‹.

»Die Gesetzgebung ist immer ... äh ... voreingenommen. Gegen Frauen ... äh ..., institutionell«, dröhnte sie.

Das war Strafrecht? Im Gegensatz zu den anderen Vorlesungen hatte Elle sich auf diesen Unterricht gefreut. Sie hatte sich vorgestellt, dass hier über Anwälte, Waffen und Geld gesprochen würde – so wie in diesem Song von Warren Zevon.

Kiki sprach jedoch nur über Frauen. Monoton hielt sie eine Einführungsrede, in der es darum ging, dass Frauen Arbeit und Familie unter einen Hut bekommen mussten, während Männer, wahrscheinlich so wie ihr eigener Ehemann, von dieser Doppelbelastung befreit waren. Niemand hatte eine Ahnung, was das mit Strafrecht zu tun hatte, aber das Klappern der Tastaturen verriet, dass alle brav jedes Wort mitschrieben.

»Äh, Sie, ohne das ... äh ... Namensschild.« Schlachthaus deutete auf Elle. »Äh, wie heißen Sie?«

»Elle Woods.«

»Nun, äh, Miss Woods, warum sind Sie an der juristischen Fakultät?«

Erste Frage am ersten Tag. Ein Kinderspiel. Sarah drehte sich gespannt um. Im Saal wurde es still.

»Um Anwältin zu werden?«, riet Elle.

Jetzt begann Kiki mit ihrer Schlachthof-Attacke.

»Und, äh, warum wollen *Sie* Anwältin werden?«

»Damit ich mich bei meiner Scheidung selbst vertreten kann«, antwortete Elle freimütig und lächelte. »Ohne etwas dafür bezahlen zu müssen.«

Rasch warf sie einen Blick auf Sarah und Claire, um zu sehen, ob das Wort Scheidung irgendeine Wirkung zeigte. Als Claire sie anstarrte, zuckte Elle gelassen die Schultern.

»Ich verstehe«, sagte Kiki. »Sie alle wollen Anwälte werden, aber vorher müssen Sie meinen Kurs bestehen. Und letztes Jahr haben das nur die Hälfte meiner Studenten geschafft.«

Als Kiki sich umdrehte, um etwas an die Tafel zu schreiben, streckte Sarah Elle die Zunge heraus, und Claire kicherte. »Ich hab's dir doch gesagt«, meinte Sarah.

Im Kurs Schadensersatzrecht, genannt ›Torts‹, wurde Elle wieder aufgerufen und musste eine Frage aus einem Text beantworten, den sie vorher hätte lesen sollen. Elle stellte fest, dass man hier nicht zur Ruhe kam. Sie hatte es einfach nicht rechtzeitig geschafft, sich damit zu beschäftigen, und hatte nicht einmal ihre Bücher bei sich. Ohne die Nachschlagewerke und ohne ihr Namensschild war sie ein leichtes Ziel.

In ›Torts‹ beschäftigte man sich hauptsächlich mit Körperverletzung und Personenschaden. Torts hatte also nichts mit sahnegefüllten Kuchen zu tun, die im Restaurant zum Dessert auf einem Wägelchen angeboten wurden, sondern bedeutete ein Vergehen, für das man jemanden verklagen konnte. Die Klasse beschäftigte sich mit alltäglichen Missständen wie Streitigkeiten nach Autounfällen oder Telefonterror – der Stoff, aus dem die Nachmittags-Talkshows gemacht sind.

Die Grundregel hätte man auch auf einem Schild hinter einer Ladentheke lesen können: ›Was Sie kaputtmachen, müssen Sie auch bezahlen.‹ In der juristischen Fakultät wurde jedoch selbst die simpelste Regel verkompliziert. ›Klagbare unerlaubte Zufügung von seelischer Qual‹ bedeutete zum Beispiel einfach, dass sich jemand gemein genug verhalten hatte, um dafür verklagt werden zu können. Elle stellte fest, dass es in diesem Kurs in erster Linie darum ging, unbedeutende Streitigkeiten in vielsilbige Wörter zu verpacken.

Das Wort des Tages lautete ›Subrogation‹, und hätte Elle das entsprechende Kapitel gelesen, wäre ihr die Bedeutung möglicherweise bekannt gewesen – ein Bösewicht zog sich aus der Affäre, indem er eine andere Person verklagte und somit keinen Schadensersatz zahlen musste. Viele Versicherungsgesellschaften sind begeistert von diesem Konzept.

»Sie, ohne Notebook und Namensschild ...« Professor Glenn, eine weißhaarige, rotnasige Harvard-Koryphäe, der sich durch die grauenhafte Kombination aus kariertem Hemd und brauner Krawatte bereits eines Vergehens schuldig machte, deutete auf Elle. »Was halten Sie von Subrogation?«

Elle fragte sich, ob der Professor ebenso wie Kiki Schlachthaus feministisch angehaucht war. »Nun«, begann sie zögernd, »sie ist in unserer Gesellschaft weit verbreitet. Vor allem, was die Unterdrückung der Frauen betrifft.«

Die Klasse brach in Gelächter aus, und Elle fragte sich, was daran so komisch war. Professor Glenn schüttelte traurig den Kopf. Einige Spaßvögel unter den Studenten hatten ihn in Professor Glenn-Fiddich umgetauft, nachdem sie den Unterschied zwischen seinen brillanten Vorlesungen vormittags und seinem Geschwafel mit roter

Nase nachmittags bemerkt hatten. Heute war er jedoch nüchtern, und das schien er zu bedauern.

»Danke, Miss Woods. Wir wollen uns lieber an jemanden wenden, der den Text gelesen hat.«

Ein Arm schoss nach oben. Es war schwer zu erkennen, ob er zu einem Jungen oder einem Mädchen gehörte. Elle begriff, dass es totale Zeitverschwendung gewesen war, die Ausgabe von *Cosmopolitan – Life after College* zu lesen. In dem Artikel über juristische Fakultäten hatte nichts gestanden, was auch nur im Entferntesten diesem Leben hier glich. Offensichtlich brauchte sie eine andere Quelle, um sich Rat zu holen.

Wahrscheinlich würde sie mehr lernen, wenn sie zu Hause blieb und sich die Sendung *Oprah* ansah. Und schon befand sie sich in einem Tagtraum.

Wäre ich Präsidentin, würde ich Oprah an den Obersten Gerichtshof holen. Phil ist zu liberal, Geraldo zu gefühllos, und Larry King würde sich nicht auf die Gehaltskürzung einlassen. Rikki Lake? Elle dachte kurz nach. *Nein, sie würde keine Zustimmung bekommen. Aber Oprah ... jeder weiß, dass sie gerecht ist. Und sie hat genug Geld, um sich aus dem TV-Geschäft zurückzuziehen. Vielleicht würde die Boulevardpresse aufhören, über ihre Gewichtsschwankungen zu schreiben, wenn sie nur noch in ihrer schwarzen Robe auftreten würde.* Elle lächelte. Eindeutig Oprah.

Sie schnappte nach Luft und wich entsetzt zurück, als Sidneys feuchte Hand ihren Arm packte. »Beam dich zurück auf die Erde, Elle«, sagte er. »Der Unterricht ist vorbei.«

»Beam dich irgendwo anders hin, Sidney«, fauchte Elle. Als sie sich umdrehte, um den Saal zu verlassen, hörte sie Geflüster hinter ihrem Rücken. Sidney zog rasch den Reißverschluss seiner schwarzen Notebook-Tasche zu und folgte ihr nach draußen.

Im Flur packte er wieder ihren Arm. »Elle, das ist nicht

Bel Air«, sagte er hämisch. »Hier bist du nicht so beliebt. Die Leute können dich nicht einmal leiden.« Er verstärkte seinen Griff, als Elle versuchte, sich loszureißen.

Auch als Elle weiterging, ließ Sidney sich nicht abschütteln. »Ich habe hier schon so viele Freunde gefunden, Elle. Du solltest ein wenig netter zu mir sein ... Vielleicht nehme ich dich dann mit zu meiner Lerngruppe«, stieß er hervor.

Elle konnte sich endlich aus seinem Griff befreien und wirbelte herum. »Sidney, mach nicht alles noch schlimmer, als es ohnehin für mich schon ist«, sagte sie. »Bitte.« Statt einer Antwort brach Sidney in Gelächter aus.

Elle wurde ernst. »Sidney, tut mir einen Gefallen, du und deine Lerngruppe.«

»Was denn?«

Obwohl sie wusste, dass ihre Bemühungen nicht fruchten würden, sah sie ihm in die Augen. »Bitte lasst mich einfach in Ruhe, Sidney.«

Als sie Sidneys Grinsen sah, bereute sie ihre Worte. Das Blatt hatte sich gewendet – er ergötzte sich an ihrer Verzweiflung. Er war der König, und sie eine Witzfigur. Das Jurastudium war seine Chance, es ihr heimzuzahlen, und er würde jede Minute genießen.

Elle verfluchte sich dafür, dass sie versucht hatte, an seine Gutmütigkeit zu appellieren, drehte sich auf dem Absatz um und stürmte davon.

11. Kapitel

Gleich nach dem Unterricht machte Elle sich auf den Weg zu *Savoir-Vivre*, einem Schönheitssalon, den sie in der ersten Woche entdeckt hatte, als sie dem Grillfest entkommen wollte. Der Salon lag im Einkaufszentrum von

Stanford, und Elle hatte sich mit der französischen Nagel-
pflegerin angefreundet – sie diente ihr als Bindeglied zu
einer heilen Welt, in der man Magazine wie *Woman* las
und sich niemals Gedanken über Subrogation oder Beru-
fungsbegründungen machte.

Mit einem tiefen Seufzen lehnte sich Elle zurück auf
die weichen schwarz-weißen Kissen aus Rohseide und
hielt ihre linke Hand unter den Nageltrockner. »Josette, es
ist noch schlimmer geworden.«

Josette feilte mit kurzen, schnellen Bewegungen den
Daumennagel an Elles rechter Hand. Ihre schimmernden
schwarzen Korkenzieherlocken tanzten dabei auf und ab.
»Schlimmer? Elle, was du mir bisher erzählt hast, war
schon *schrääcklisch!*« Ihre feinen Gesichtszüge verzogen
sich bei diesem Gedanken, so dass sie aussah wie eine be-
trübte Puppe. Elle mochte Josettes französischen Akzent.
Sie hatte sich sowohl für eine Maniküre wie auch für eine
Pediküre angemeldet; ausgehungert nach einem Gespräch mit jemandem, der Geschmack besaß. Am liebsten wäre sie noch länger geblieben.

Elle sah sich in dem Salon um und bemerkte, dass sich
nur eine der Kundinnen in Hörweite befand, und diese
saß mit in Folie gewickelten Haarsträhnen unter einer ge-
räuschvollen Trockenhaube. »Schau mal, ich muss die
Vorlesungen besuchen, weil ich keine Freunde an der Uni
habe – ich wüsste nicht, wen ich darum bitten könnte, für
mich mitzuschreiben, wenn ich hin und wieder mal blau
machen würde«, gestand sie beschämt.

»Dann solltest du dir Freunde suchen«, riet Josette ihr.

»Nein, Josette, warte, bis du hörst, wie diese Leute sind!
Da haben wir den Gummibärchenmann, der das Techno-
logische Institut in Massachusetts besucht hat ... Elle
schauderte bei dem Gedanken an das fahle Gesicht, das
rote Haar und den langen, pickeligen Hals dieses Typen.
»Er sitzt im Kurs Zivilprozesse hinter mir und behauptet,

an einem wissenschaftlichen Experiment über Verbrennung zu arbeiten. Im Zuge dieses Experiments hat er die widerwärtige Angewohnheit entwickelt, während des Unterrichts pausenlos Gummibärchen zu kauen. Sobald der Professor uns den Rücken zukehrt, spuckt er sie aus und schleudert sie an die Decke, so dass sie dort kleben bleiben.«

»Ihh!«, rief Josette. »Und vor diesem Mann musst du sitzen?«

»Nicht nur das, Josette – ich befinde mich in der Schusslinie! Der Gummibärchenmensch rechnet damit, dass die Gummibärchen sich im Frühling, wenn es warm wird, in Geschosse verwandeln, die im zweiten Semester von oben auf die Sitze knallen. Da wir jedoch einen Altweibersommer haben, schmelzen die Gummibärchen bereits jetzt!«

»Ihh!«, wiederholte Josette. »Tropfen sie auf dich herunter?«

»Wenn das Thermometer über 24 Grad steigt, kann ich die Vorlesung nicht besuchen, Josette. Die angekauten Gummibärchen würden auf mich niederprasseln!«

»Möchtest du ein Design?« Josette deutete auf Elles Fingernägel.

Wie bitte? So was Billiges. »Nein, danke, ich verwende nur Rosatöne. Ich habe eine Flasche mit meinem Lieblingsnagellack von Chanel in Pink mitgebracht.«

»Was ist mit den anderen Studenten?«

»Nun, da gibt es Gramm Hallman. Er verschwendet jedermanns Zeit damit, bei jeder Diskussion im Unterricht eine detaillierte Schilderung des Spanischen Erbfolgekriegs herunterzuleiern. Das war das Thema seiner Diplomarbeit in Yale, und davon erzählt er dir bereits fünfzehn Sekunden, nachdem du ihn kennen gelernt hast.«

»Klingt sehr langweilig.«

»Langweilig? Er ist nicht halb so schlimm wie Ben! Ben

lebt nur für die juristische Fakultät. Wenn er nicht gerade die *Legal Times* oder Fallstudien liest, kuckt er Court TV. Wenn wir zwischen den Vorlesungen eine Stunde Pause haben, vertieft er sich in der Bücherei in die *Stanford Law Review*. Er sieht immer so aus, als würde er unter dem Gewicht der Bücher, die er mit sich herumschleppt, gleich zusammenbrechen. Er hat mir erzählt, dass er die juristische Fakultät so sehr liebt, dass er noch viel länger hier bleiben möchte. Schon seit seinem siebten Lebensjahr will er Dozent in Stanford werden!«

»Ich glaube, ich wollte als kleines Mädchen Ballerina werden«, meinte Josette nachdenklich. »Oder eine Prinzessin. Und du?«

»Ich wollte eine von Charlie's Angels sein. Chris natürlich.«

»Und wie steht's mit den Mädchen in der Uni?«, fragte Josette.

Elle betrachtete ihre Fingernägel und hielt beide Hände unter den Trockner. Dann streckte sie seufzend ihre Füße aus, damit Josette die Pediküre beenden konnte. »Sie lassen auf eine düstere Zukunft schließen, in der alle Amerikanerinnen schlecht angezogen sind.«

Josette kicherte. »Warum bist *du* dann in der juristischen Fakultät, Elle?«

Elle dachte nach und fragte sich, ob sie das Josette erzählen sollte. »Ich bin meinem Freund Warner nach dem College hierher gefolgt«, gestand sie dann. »Er hat mit mir Schluss gemacht, bevor er nach Stanford ging, und ich dachte, wenn ich mich auch für ein Jurastudium bewerbe, könnte ich ihn zurückgewinnen. Aber jetzt ist er mit dieser schrecklichen Sarah verlobt, und ich sitze hier fest und muss die Sache beenden – zumindest, um ihm zu zeigen, dass man kein Mädchen mit mausbraunem Haar, einem Haarband und altmodischen Nachthemden sein muss, um seriös zu sein.« Sie warf Josette einen Blick zu

49

und fuhr dann schüchtern fort. »Und klug und kompetent. Ich bin mir sicher, wenn er das begriffen hat, wird Sarah Vergangenheit sein.«

»Vielleicht solltest du dich mit einem anderen Mann verabreden?«, schlug Josette vor.

»Ich weiß, ich bin eine richtige Heulsuse.«

Josette musste sich um ihre nächste Kundin kümmern und bedeutete Elle mit einer Handbewegung, mit ihr in den vorderen Bereich des Salons zum Fenster zu kommen.

»Nächste Woche zur gleichen Zeit?«, fragte sie.

»Was? Tut mir Leid«, erwiderte Elle. »Ich war ganz in Gedanken. Ja, den gleichen Termin in der nächsten Woche, bitte.« Vorsichtig, um den Nagellack nicht zu verwischen, streifte sie sich ihre hohen Schuhe über und machte sich auf den Weg zu einer Berufsberatung. Diese Seminare fanden seit Beginn des Semesters einmal wöchentlich nach den Vorlesungen statt. Elle hatte sich dafür eingeschrieben, um zu sehen, was die Zukunft für sie bereit hielt. Außerdem hoffte sie, Warner dort zu begegnen, doch bisher waren weder er noch Sarah aufgetaucht.

Der Vortrag ließ nichts Gutes ahnen. Der Berufsberater empfahl den Studenten, sich von der Welt dort draußen möglichst fern zu halten, solange sie sich auf dem Weg befanden, ihren Lebenslauf zu verfeinern. Als ob es nicht schon schlimm genug wäre, dass sie sich während des Jurastudiums in einer Art Vogel-Strauß-Politik in die Versenkung begeben mussten. Kein Wunder, dass Jurastudenten von allen anderen gemieden wurden.

Ein erfolgreicher Abschluss versprach dann die Gelegenheit, in einer Anwaltskanzlei zu schuften, dort im Archiv unklare Rechtsfragen zu untersuchen, dabei ein nervöses Zucken zu entwickeln und ständig zwanghaft auf die Uhr zu schauen, um die abrechnungsfähigen Stunden zu kontrollieren, in denen man Geld für einen anderen, nämlich seinen Partner, verdiente. Das nannte sich Teilhaberschaft. Man verkaufte seine Freiheit für sieben oder acht Jahre für Anteilsrechte und ein wenig Freizeit zum Golfen.

Als Elle nach der Vorlesung nach Crothers zurückkehrte, fand sie eine formelle Notiz an ihrer Tür. Das Studentenheim war informiert worden, dass sie einen Hund in ihrem Zimmer hielt, womit sie die Regeln verletzte. Elle wurde aufgefordert, ein neues Heim entweder für den Hund, oder für sich und den Hund zu suchen. Ihre Miete würde anteilsmäßig verrechnet werden, falls sie sich entschließen sollte, das Wohnheim zu verlassen.

»So viel zu den Rechten der Tiere.« Elle seufzte. »Ich schätze, wir müssen uns ein neues Zuhause suchen, Brutus.« Sie legte ihr übermütiges Haustier an die Leine und führte es nach draußen.

12. Kapitel

Die meisten Kurse in der juristischen Fakultät waren eine Übung im Ertragen intellektueller Qualen. In Zivilrecht wurden die Grundlagen für Gerichtsprozesse dargelegt. Jeder, der lesen und Anweisungen befolgen konnte, wusste über Zivilprozesse Bescheid. Man musste sich lediglich einige Begriffe merken, die man Insidern an den Kopf werfen konnte. Elle war der Überzeugung, dass es darüber hinaus keinen Grund gab, irgendwelche Gesetze auswendig zu lernen. Also war es völlig unsinnig, sich zu überanstrengen.

Elle war in ein Magazin vertieft und zuckte zusammen, als Professor Erie Ben bat, eine Frage zu einem bestimmten Prozess zu beantworten. Das würde einen weiteren Marathon von ›Ben unplugged‹ nach sich ziehen. Elle war froh, dass sie die neue *Vogue* mitgebracht hatte.

Ben erntete lautes Gelächter, als er die Namen des Falls

in der Entscheidungssammlung von A, B und C in D, E und F änderte, um ›die Unschuldigen zu schützen‹. Dabei ginge es um die Vertraulichkeit zwischen dem Anwalt und dessen Klienten, wie er dem grinsenden Professor erklärte. Bens abstrakte Lösung eines Problems beinhaltete seiner Meinung nach immer einen kategorischen Vergleich zwischen den verschiedenen Kursen. Als ob es nicht schon schlimm genug war, sich durch die Vorlesung über Zivilprozesse zu quälen, wollte Ben alle fünf Kurse in jeder Stunde vertreten wissen.

Elle bemerkte, dass Ben eine große Digitalarmbanduhr trug, und fragte sich, ob die heiße Luft die Gummibärchen zum Schmelzen bringen würde. Sie warf einen Blick zur Decke – offensichtlich klebten alle noch fest dort oben.

Das Mädchen neben ihr bot ihr einen Kaugummi an. »Apfelgeschmack«, flüsterte sie. »Mein Lieblingskaugummi.«

»Nein danke«, lehnte Elle lächelnd ab. Das Mädchen trug kein Haarband und im Gegensatz zu den meisten ihrer Klassenkameradinnen hatte sie keine Thermoskanne mit dem Emblem ihrer Eliteuniversität vor sich stehen. Sie hatte ein frisches, hübsches Gesicht mit hellem Teint und blauen Augen. Und sie war blond – oder hätte es mit einigen besser gemachten Strähnchen wirklich sein können.

»Klingt wie Buchstabensuppe für mich«, flüsterte sie grinsend.

Elle musterte ihre Nachbarin neugierig.

»A kann gegen B klagen, aber nicht gegen C; A kann D verklagen, hat aber keine Gerichtshoheit über F. Was zum Teufel ist fingierte *in rem* Zuständigkeit?«, schrieb sie auf einen Zettel, den sie Elle reichte.

»Tut mir Leid, keine Ahnung«, kritzelte Elle auf das Blatt Papier. »Ich schwänze diese Vorlesungen sehr oft, aus Angst vor herunterfallenden Gummibärchen.«

»Ist das nicht krass? Das nächste Mal komme ich eher

und klebe ihm einen Kaugummi auf den Sitz!«, lautete die Antwort. »Übrigens, ich heiße Eugenia.«

Elle lachte. Sie kannte nicht nur den Gummibärchenmann, sondern schlug sogar zurück! Dieses Mädchen war in Ordnung!

»Miss Iliakis?« Eine Stimme unterbrach ihren Briefwechsel. »Ist Miss Iliakis heute hier?«

Eugenia schluckte und schob ihren Kaugummi in die Backe, so dass sich eine leichte Wölbung zeigte. »Äh, ja.« Sie hob die Hand. »Hier hinten.«

»Miss Iliakis, bei dem zweiten Problem geht es um A.« Professor Erie wandte sich an Ben. »Es macht Ihnen doch nichts aus, wenn ich ihn A nenne, oder, Herr Anwalt?«

Dieser Versuch, witzig zu sein, kam bei Ben und seinen Armbanduhrfreunden hervorragend an.

Ben spielte den Ball zurück. »Nein, das ist in Ordnung, Euer Ehren«, erwiderte er.

Im Saal wurde gekichert.

»Gut, da wir nun die *personae dramatis* festgelegt haben, wollen wir wissen, wie wir sie vor Gericht bringen können, Miss Iliakis.«

Eugenia warf Elle einen hilflosen Blick zu.

Der Professor wandte sich wieder an Ben, seinen bevorzugten ›Anwalt‹, der mit Freuden zum Wohl seiner wachsenden Anhängerschaft seine scharfsinnige Lösung für diesen Zivilprozess zum Besten gab. Seine Vierundzwanzig-Funktionen-Uhr, die aussah, als sei sie gleichzeitig eine Datenbank, zeigte 11:45 an. Wieder eine der besten Stunden zum Sonnenbaden und Bräunen vergeudet.

Auf dem Flur holte Eugenia Elle ein. »Hast du Lust, eine Kleinigkeit mit mir zu essen, bevor die Vorlesung in Schadensersatzrecht anfängt?«

»Nur wenn wir dazu diesen Kerker verlassen können«,

erwiderte Elle, verblüfft, dass tatsächlich jemand mit ihr sprach und sie sogar einlud, die Mittagspause gemeinsam zu verbringen.

»Natürlich«, erklärte Eugenia sich einverstanden. »Wo immer du willst.«

Die Margaritas beim Lunch waren unwiderstehlich. Eugenia schlug vor, sich den Rest des Tages frei zu nehmen. »Ich kann mir von Claire oder einer der anderen die Unterlagen besorgen.«

»Cool.« Elle hatte endlich einmal Glück.

Beim Mittagessen erzählte Eugenia Elle, dass sie im griechischen Viertel von Pittsburgh groß geworden war, in der Nachbarschaft von Angehörigen der griechisch-orthodoxen Kirche, zu denen auch die Warhola-Familie gehörte. Elle hörte ihr gespannt zu. »Als meine Mutter noch ein kleines Mädchen war, traf sie Andy Warhol oft in der Kirche, bevor er dann nach New York ging und *Velvet Underground* und all das produziert hat.«

»In der Kirche?« Elle stellte sich unwillkürlich ein Gefolge von Transvestiten in Kimonos vor.

»Von Pittsburgh kam ich nach Yale, und ich dachte, sobald ich in Kalifornien gelandet wäre, würde ich in die Kreativ-Szene eintauchen, verstehst du? Die Künstlerwelt: in die Luft gehauchte Küsschen und Egozentriker.«

Elle lachte. »Du bist wie Christopher Columbus. Es war die richtige Richtung, aber du bist 500 Meilen zu weit nördlich gelandet.«

Eugenia war beeindruckt, als Elle ihr von der Kunstgalerie ihrer Mutter in L. A. erzählte, und verblüfft, dass Elle eigentlich Schmuckdesignerin und nicht Anwältin hatte werden wollen. Sie fragte jedoch nicht, warum Elle dann auf der juristischen Fakultät in Stanford gelandet war.

Elle staunte – hatte sie tatsächlich eine Freundin an der Uni gefunden?

13. Kapitel

Anfang Oktober büffelte Elle in ihrem kleinen Zimmer mit den grauen Wänden, als das Telefon klingelte. Sie warf einen Blick auf den Apparat und beschloss, den Anrufbeantworter das Gespräch annehmen zu lassen – das war die sicherste Strategie, in dieser feindlichen Umgebung zu überleben.

Als sie Warners Stimme erkannte, erstarrte sie. Natürlich nannte er seinen Namen nicht – das war ja auch nicht nötig.

»Elle, äh, ich wollte dich schon lange anrufen und dich fragen, wie es bei dir so läuft. Ich kann es immer noch nicht fassen, dass du tatsächlich hier bist! Ausgerechnet in Stanford! Wie du wahrscheinlich weißt, ist meine Verlobte Sarah in deiner Gruppe, und aus ihren Erzählungen zu schließen, bist du immer noch dieselbe alte Elle!«

Elle starrte auf den Anrufbeantworter. Ich wette, Sarah hat eine Menge zu erzählen, dachte sie.

»Natürlich hätte ich dich schon eher anrufen sollen, aber jetzt kommt Daniel zu Besuch, und ich habe versprochen, ihm unser Video von Vegas zu zeigen. Wenn du es mir leihst, könnte ich eine Kopie machen. Oder ich gebe es dir später wieder zurück. Okay, Schätzchen?«

Bei dem Wort ›Schätzchen‹ wurde Elle warm ums Herz.

Warner legte eine kleine Pause ein und fuhr dann in förmlichem Ton fort. »Danke, Elle. 854-TOY.« Er lachte. »Das ist wirklich meine Nummer. Ich glaube, die Abkürzung gefällt dir. Ruf mich bald zurück.«

Elle ließ sich in die Kissen fallen. »Meine Güte, das Video von Vegas!« Sie rollte sich lachend auf den Rücken und sah verträumt an die Decke.

Warner sehnte sich heimlich von ganzem Herzen nach einer Karriere als Regisseur. Seine vornehme Familie – und wahrscheinlich auch Sarah – wussten davon natürlich nichts. Warner verehrte Martin Scorsese. Drei Jahre lang hatte er Elle in jeden seiner Filme geschleppt, und nachdem er sich einen Camcorder zugelegt hatte, begann er, ihre Erlebnisse zu filmen und führte bei diesen ›Dokumentationen‹ Regie.

Warner quälte seine Ostküsten-Mentalität, die die Filmindustrie als eine verrückte, anrüchige Branche sieht. Elle ermutigte Warner zu dieser kreativen Tätigkeit und versuchte, ihm klar zu machen, dass Film *das* künstlerische Medium ihrer Generation sei. Trotzdem bewarb Warner sich nie an der Filmhochschule und kam nicht über das Filmen einiger weniger Wochenendausflüge hinaus.

Auf dem Video, um das er Elle gebeten hatte, war ein total verrückter Wochenend-Trip zu dritt durch die Straßen und Casinos von Las Vegas. Hauptsächlich waren darauf Daniel, Warners alter Schulfreund, und Elle zu sehen, außer wenn Warner die Kamera auf sich selbst gerichtet hatte. Die Kamera schwenkte von Siegfried & Roys weißen Tigern im *Mirage* über ein weinendes Kind vor Treasure Island, das sich verlaufen hatte; von einem Pokertisch mit einem Mindesteinsatz von 100.000 Dollar in Nahaufnahme, unterbrochen von einer unbekannten Hand und einigen vorbei eilenden Passanten bis zu auf der Straße verstreuten Porno-Werbezetteln; von Elle, die, über einen Black Jack Tisch gebeugt, Einblick in ihr verführerisches Dekolleté gab, mit einem strahlenden Leuchten in den Augen, was sowohl vom Wodka, als auch von ihrem Gewinn kam; bis zu Daniel, der sich mit hochgezogenen Augenbrauen vorbeugte und souverän seinen Wetteinsatz auf den Tisch legte.

Das Video endete mit einem Rundblick über die »love suite« des *Imperial Palace,* die schäbige, geschmacklos im Shogun-Stil gehaltene Unterkunft der drei Freunde. Die Einrichtung des Zimmers war jedoch durchdacht. Das große Bett mit den nachgemachten Bambuspfosten stand auf einem riesigen Podest an der einen Seite des Raums; darüber war ein gewaltiger Deckenspiegel angebracht. Neben dem Bett, eine Stufe weiter oben, befand sich ein verglaster Whirlpool, und wie sich herausstellte, war das gleichzeitig auch die Dusche. Die Kamera schwenkte auf den Duschkopf, der in der Schlafzimmerwand installiert war, und dann auf den Spiegel, indem je nach Position der Whirlpool oder das Bett zu sehen war.

Die Dokumentation endete mit dem Spiegelbild der drei erschöpften Nachtschwärmer: Warner mit offenem Hemd und der Kamera vor dem Auge, Elle, die sich schläfrig an Daniel lehnte, und Daniel, der zwinkernd Elles müdes Haupt an seine Schulter bettete.

Elle hob den Hörer ab, rief sich jedoch sofort zur Ordnung und legte wieder auf. Ein Lächeln breitete sich auf ihrem Gesicht aus, während sie dem Drang widerstand, Warner zurückzurufen. »Ich werde ihn eine Weile warten lassen – solange, bis Daniel in der Stadt ist.«

Stattdessen rief Elle ihren neuen Vermieter zurück. Er hatte ihr eine Nachricht hinterlassen, dass er mit einem sofortigen Einzug einverstanden sei. Der alte Trottel schien sie nicht wiederzuerkennen, obwohl sie sich vor zwei Tagen mit ihm getroffen hatte.

»Mr. Hopson, hier ist Elle Woods. Ich ziehe heute schon ein. Gibt es noch Probleme mit dem Teppich?«

Die einzige akzeptable Wohnanlage, in der Haustiere erlaubt waren, trug aus unerfindlichen Gründen den Namen *Méditerrannée*. Etwas anderes hatte Elle nicht finden können. Dort war eine Wohnung frei geworden, weil es eine groteske Geschichte mit einem fliegenden Teppich gegeben hatte. Nebenan war gebaut worden, und dadurch hatte sich der Wasserdruck im Bad neben dem Schlafzimmer erhöht. Als Folge davon traten ständig Luftströme auf, die den Teppich aus der Verankerung gerissen hatten und ihn mit etlichen Möbelstücken durch die Luft wirbelten. Da Elle keine andere Unterkunft gefunden hatte, wo sie sofort einziehen konnte, wollte sie ihr Glück beim Teppich-Surfen versuchen.

»Die Schmuckverkäuferin?«, erkundigte sich die brüchige Stimme. Anscheinend hatte der alte Mann Elle endlich wiedererkannt. Sie hatte es für das Beste gehalten, sich als Schmuckdesignerin vorzustellen, da die meisten Wohnungseigentümer nicht an Jurastudenten vermieten wollten, die jederzeit bereit waren, sie notfalls zu verklagen. Eigentlich eine verständliche Einstellung.

»Genau, Sir. Die Schmuckdesignerin. Ich wollte Ihnen nur sagen, dass ich meinen Hund mitbringe.«

»Einen Hund? Für Haustiere müssen Sie eine zusätzliche Kaution hinterlegen.«

»Ja, das haben wir bereits besprochen, Mr. Hopson. Ich habe Ihnen einen Scheck ausgestellt.«

»Tatsächlich?«

»Ja. Gestern.«

»Wann wollen Sie einziehen?«, brummte die Stimme am anderen Ende.

»Mr. Hopson, ich habe den Schlüssel gestern abgeholt. Sie sagten, Sie würden die Wohnung nicht neu streichen lassen und ich könne daher heute einziehen. Ich wollte Sie nur wissen lassen, dass ich heute Nachmittag komme, damit Sie dem Mann an der Pforte Bescheid geben können.«

»Was? Heute schon?«

»Ja«, erwiderte Elle entnervt. »Sagen Sie dem Pförtner bitte, Elle Woods kommt. W-O-O-D-S. Danke.«

14. Kapitel

Elle ließ den Blick über ihre im Zimmer verstreuten restlichen Besitztümer gleiten. Fast alles hatte sie bereits am Abend zuvor verpackt. Schon im September hatte sie einige Kisten mit Porzellan, Gläsern und gerahmten Bildern nach Hause transportieren lassen, als sie entdeckt hatte, dass ihr Zimmer Schuhschachtel-Format besaß. Doch leider war Elle noch nie minimalistisch veranlagt gewesen.

Beim Gedanken an die Schlepperei seufzte sie tief. In Kalifornien hätte sie so etwas niemals allein machen müssen. An der USC hatten ihre Kommilitoninnen ritterliche Freunde aus den Burschenschaften, die wiederum ihre Helfer hatten. Warner und seine Gefolgschaft hatten sich dort um Elles Mobiliar und Umzugskisten gekümmert.

Eine großartige Idee! Elle nahm lächelnd den Telefonhörer ab. Sie hatte nichts zu verlieren und würde sich vielleicht einige abgebrochene Fingernägel ersparen. 854-TOY.

Sie verzog das Gesicht, als Sarahs Stimme in Warners Namen eine Nachricht zirpte. »Besitzergreifung des Anrufbeantworters«, stöhnte Elle. »Das typische Verhalten einer Frau, die sich bedroht fühlt.«

»Warner, mein Lieber«, gurrte Elle betont liebevoll. »Wirklich süß von dir, dass du mich angerufen hast. Ich habe das Video von uns – wir in Las Vegas – hier in der Uni. Ich halte es für deine beste Dokumentation!«

Jetzt ließ sie ihre Stimme ernster klingen. »Ich habe nur ein Problem, Warner. Da ich gerade umziehe, und meine Sachen bereits alle in Kartons verpackt sind, weiß ich nicht, wo genau es sich befindet. Ich werde versuchen, die Kisten so schnell wie möglich in meine neue Wohnung zu schaffen, damit ich das Video für Daniel suchen kann, aber das dauert ... Ich muss das alles ganz allein machen ... Elle dachte kurz nach. »Vielleicht könntest du mir ja dabei helfen, wenn du das Band dringend brauchst. Ruf mich auf jeden Fall zurück, Süßer. Meine Nummer hast du ja!«

Elle öffnete die Schublade ihres Schreibtisches und zog das Video mit der Aufschrift ›Vegas‹ hervor. *Das ist mein Ticket.* Sie drückte die Kassette kurz an ihre Brust und packte sie dann in eine der Kisten, die in einem der Kartons steckte – wie die kostbaren Babuschka-Puppen, mit denen sie als Kind gespielt hatte. »Diese Schachtel wird so schnell niemand finden.«

Eine knappe Stunde später tauchte Sarah auf. Sie fuhr auf den Parkplatz von Crothers und parkte ihren Volvo neben Elles Range Rover, der bereits mit Kisten und Kleidersäcken vollgestopft war.

Elle beäugte misstrauisch den Volvo mit dem Kennzeichen aus Connecticut, während sie zu ihrem Wagen stolperte, eine Lampe in der einen Hand, einen Spiegel in der anderen balancierend. Dann sah sie, dass Sarah aus dem Auto stieg.

»Bist du gekommen, um mir beim Umzug zu helfen?«, fragte Elle.

Sarah verschränkte die Arme vor der Brust und musterte Elle schweigend. »Ich würde dich gern hereinbitten, aber ich habe dich eigentlich nicht mal hergebeten«, erklärte Elle. »Und außerdem bin ich mit meinem Umzug beschäftigt.«

»Ich habe deine Nachricht auf Warners Anrufbeantworter gehört. Um was für ein Video geht es da?«

»Oh, du weißt anscheinend sehr wenig über deinen Verlobten.« Elle genoss den Ausdruck der Eifersucht auf Sarahs ernstem Gesicht. Sie hob einen Kleidersack, um Platz für weitere Sachen zu schaffen und ignorierte Sarah, die hinter ihr ungeduldig auf und ab ging.

Nachdem sie den Spiegel sicher verstaut hatte, trat Elle einen Schritt zurück und streckte eine Hand aus, um ihre

Fingernägel zu überprüfen. »Ein Umzug stellt wirklich eine Gefahr für gepflegte Nägel dar«, erklärte sie und dachte an ihren ersten Tag in der Uni, an dem Sarah sie hinter ihrem Rücken als sprechende Barbie bezeichnet hatte. Zufrieden stellte sie fest, dass ihre Maniküre noch perfekt war – kein abgesplitterter Nagellack, keine Flecken. Elle schlenderte zurück ins Haus, und Sarah, aufgeregt und wütend, folgte ihr bis in ihr Zimmer.

»Sei so nett, und nimm eine der Kisten mit, wenn du raus gehst, Sarah.« Elle grinste.

Sarah drehte sich um und warf ihr einen bösen Blick zu. »Nein, ich werde nicht ... nett sein! Und ich werde auch deine Kisten nicht tragen. Hör zu, Elle Woods, ich habe dir etwas zu sagen, und ich werde es so einfach wie möglich formulieren.«

Elle ließ sich aufs Bett fallen und zog Brutus auf ihren Schoß. »Ooooh, Brutus, Sarah droht uns.« Sie zog die Ohren des Hundes wie bei einem Kaninchen nach oben. »Hör gut zu!« Brutus mit den Hasenohren und Elle sahen Sarah gespannt an.

Sarah errötete vor Zorn und stieß dann wütend hervor: »Alle in der juristischen Fakultät in Stanford, die einigermaßen bei Verstand sind, haben bemerkt, dass du offensichtlich Anpassungsschwierigkeiten hast.« Elle keuchte in gespieltem Erstaunen und spreizte mit der Hand Brutus' Kiefer, so dass auch der Hund Sarah überrascht mit offenem Maul anstarrte.

»Wir haben Anpassungsschwierigkeiten!«, erklärte Elle ihrem Hund.

»Du hast dich in der ganzen Schule zum Gespött gemacht, Elle. Ich glaube, es werden bereits Wetten abgeschlossen, dass du die Abschlussprüfungen nicht schaffen wirst. Wenn man bedenkt, dass du keine Freunde hast und als Jurastudentin keine Aussicht auf Erfolg, suchst du möglicherweise eine Schulter, an der du dich ausweinen kannst. Deshalb bin ich hierher gekommen, um dir eines klarzumachen: Lass die Finger von Warner!«

Elle hatte das Gefühl, dass Sarah diese Rede auf der Herfahrt geübt hatte, und ihr selbstgefälliger Gesichtsausdruck ließ darauf schließen, dass ihr diese Ansprache besser gelungen war, als sie erwartet hatte.

»Keine Sorge, Sarah – ich bin nicht an Warners Schulter interessiert.«

Sarah drehte sich zögernd um. »Nein?«

»Nein, überhaupt nicht.« Elle nahm Brutus auf den Arm und stand auf. »Kein bisschen.« Dann schlug sie Sarah die Tür vor der Nase zu.

15. Kapitel

Warner hatte sie nicht zurückgerufen. Elle sah auf ihre Armbanduhr. Die Vorlesung in Strafrecht zog sich hin; der Professor stand an der Tafel und zeichnete ein weiteres überflüssiges Schaubild, um die Zuständigkeit des Bundesgerichts, bezogen auf die verschiedenen Einzelstaaten, zu demonstrieren.

Elle schaute sich im Saal um und entdeckte zwei oder drei Hände, die sich bereits in Vorfreude auf eine Frage emporreckten. Wie immer ruderten die Zwillinge Jeremy und Halley wild mit den Armen. Diese nicht zu bremsenden Freiwilligen beeindruckten alle und machten sich gegenseitig Konkurrenz, indem sie spontane, auf Halbwissen basierende Reden schwangen, noch bevor jemand einen fundierten Vorschlag machen konnte. Sie nannten diese Praktik ›zupackendes Denken‹.

»Miss Caldwell-Boulaine«, sagte Professor Erie. Elle sah von ihrer *Vanity Fair* auf. Sie hatte die Fälle für die heutige Stunde gelesen, sie aber so langweilig gefunden, dass sie einen Hoffnungsschimmer hegte, auch Claire könnte keinen Durchblick haben.

»Die Firma, die verklagt wird, hat ihren Sitz in Arizona, wo der Kläger sein Auto käuflich erwarb. Aber der Wagen explodierte in Kalifornien und verletzte nur Einwohner dieses Staates. Die Klage fällt unter das Deliktsrecht. Wie können die Parteien den Prozess vor das Bundesgericht bringen?«

»Sie plädieren auf die Zuständigkeit der Bundesrichter bei Streitigkeiten zwischen Parteien verschiedener Einzelstaaten, Professor Erie«, sagte Claire selbstbewusst. Claire hatte nicht nur die richtige Antwort gegeben, sondern schien dabei auch noch Spaß zu haben. Elle wusste nicht, was sie schlimmer finden sollte.

»Korrekt.« Der Professor lächelte und drehte sich wieder zur Tafel um. »In welchem Staat würde dem Beklagten die Zeugenladung ausgestellt werden?«

Bevor Claire antworten konnte, wurde sie von Fran unterbrochen.

»Professor.« Fran hob die Hand. »Ich möchte einen Einwand vorbringen.«

Ihre Stimme verblüffte Elle. Sie klang heiser und hätte eher zu einer eleganten Frau gepasst, die Whiskey trank und mit einer Zigarettenspitze aus Elfenbein Kette rauchte, als zu einer dürren brünetten Feministin mit struppigem Haar, unrasierten Beinen, zusammengewachsenen Augenbrauen und klobigen, rauen Händen.

»Ein Einwand.« Professor Erie zog eine Augenbraue nach oben und ließ sich auf das Spiel ein. »In Ordnung, Frau Rechtsanwältin. Fahren Sie fort.«

Fran rutschte verlegen auf ihrem Stuhl hin und her und zupfte nervös an ihrem Rock, der aussah, wie die indischen Tücher, die im Dritte-Welt-Laden verkauft wurden. »Ich ... ich hätte gern, dass Sie dieses Wort nicht mehr benützen.«

»Welches Wort, Miss Anthony?«

»Das Wort *Ladung*. Es gehört nicht in eine emanzipierte Gesellschaft.«

»Ich glaube, sie leidet unter *Ladungsneid*«, meinte Aaron und stieß Tim mit dem Ellbogen an.

Doug brach bei dieser Bemerkung in Gelächter aus. »Sie hätte auch gern ein paar *Ladungen!*« Er rempelte Sidney an, und sie schlugen ihre Handflächen aneinander. Die Star Trek Fans brüllten vor Lachen, und Fran wirbelte zornig herum.

»Sehen Sie?«, kreischte sie.

Sie deutete auf Doug. »Genau das ist die Unterdrückung durch Testosteron, gegen die Frauen sich zur Wehr setzen müssen! Sehen Sie nur – er bringt pornografisches Material zum Unterricht mit!«

Doug hatte einen Farbdrucker in seinem Zimmer und versorgte die Trekkies mit erotischen Fotos, die er aus dem Internet herunterlud. Er wurde puterrot und schob rasch einen Ordner mit der Aufschrift ›Sex im Raumschiff‹ unter sein Notebook. »Ich habe keine Ahnung, wovon du sprichst«, stammelte er. Die Trekkies sahen schuldbewusst zu Boden.

Professor Erie hob entnervt die Stimme und stellte eine Frage, die Elle sehr gut gefiel. »Wann hört dieser Unfug endlich auf?« Allmählich war ein Punkt erreicht, wo es kein Wort mehr gab, das die Jungs in Stanford ohne Bedenken aussprechen durften. »Ruhe im Saal! Miss Anthony. Wie soll ich Ihrer Meinung nach eine Ladung nennen? Schließlich wird dieses Wort bei Gericht benützt.«

Fran zuckte die Schultern. »Sagen Sie Vorführungsbefehl. So nennt man das in England, wo man mehr Einfühlungsvermögen für solche Dinge hat.«

Leslie nickte energisch.

»Gut, Miss Anthony. Ein Vorführungsbefehl.«

Er wandte sich wieder an Claire, die der Aufruhr offensichtlich ein wenig aus dem Gleichgewicht gebracht hatte. Sie gab die korrekte Antwort, dass der Vorführungsbefehl in Arizona zugestellt werden musste, und Elle strich das Wort ›Ladung‹ aus ihren Notizen.

Als Elle aus dem Klassenzimmer eilte, spürte sie eine Hand auf ihrer Schulter und wirbelte herum. Warner stand vor ihr, außer Atem von dem Versuch, sie einzuholen.

»Elle, warte einen Moment! Ich habe gestern Abend versucht, dich anzurufen, aber nur deinen Anrufbeantworter erreicht.«

Elle sah ihn zweifelnd an. Er hatte keine Nachricht hinterlassen. »Ich war fast den ganzen Abend zu Hause und habe gepackt«, erklärte sie.

»Okay, ich hab nichts aufs Band gesprochen«, gab er zu.

»Ach ja, wie konnte ich das vergessen.« Elles Miene erhellte sich. »Ich habe einige Kisten in meine neue Wohnung gebracht.« Sie lachte. »Sie ist cool. Komm doch mal vorbei und schau sie dir an.«

»Das würde ich gern«, meinte Warner. »Hast du schon deine ganzen Sachen hingebracht?«

Elle hatte mittlerweile fast alles in die neue Wohnung transportiert.

»Nein, nein«, log sie. »Die großen Kisten konnte ich allein nicht heben – du erinnerst dich sicher noch daran, wie schwer mein Gepäck ist. Ich bräuchte Hilfe, Warner. Falls du dich davon schleichen kannst ...«, fügte sie leise hinzu und sah sich rasch um, ob Sarah in der Nähe war. Elle fuhr der Gedanke durch den Kopf, am Nachmittag einige der Kisten in das Studentenheim zurückzubringen, wenn alle im Unterricht saßen. Dann würde er einiges zu schleppen haben.

Sie gingen gemeinsam zum Ausgang. Warner blieb stehen und schenkte ihr ein Lächeln. »Großartig. Ich helfe dir gern«, sagte er.

Elle zuckte die Schultern und ging vor ihm her – sie wusste genau, welchen Effekt ihr blassrosa Kaschmirpullover und der enge Seidenrock auf ihn hatten.

Er folgte ihr nach draußen. »Hör zu, Elle, ich würde ja gern gleich mitkommen«, flüsterte er. »Aber mittags kann ich leider nicht.« Elle lachte.

Warner warf verstohlen einen Blick über die Schulter. »Ich habe schon etwas vor. Sarah ... du verstehst.«

Elle grinste und setzte ihre Sonnenbrille auf. »Ich meinte nicht zum Lunch, Süßer – ich brauche nur die starken Muskeln eines Sigma Chi Mannes. Ruf mich an und gib Bescheid, wann du heute Abend vorbeikommen kannst.« Unvermittelt drückte sie Warner einen Kuss auf die Wange, drehte sich dann um und ging weiter.

Elle hatte keinen Zweifel daran, dass er sich bereits darauf freute, ihr beim Umzug zu helfen, auch wenn es Sarah rasend machen würde.

16. Kapitel

»Vielen Dank, dass du mich noch drangenommen hast, Josette.« Elle sah sich in dem leeren Salon um. Ich weiß es ist schon spät, aber ich brauche keine komplette Maniküre. Nur diese beiden brauchen eine Reparatur.« Sie deutete auf zwei abgebrochene Nägel an ihrer rechten Hand. »Die anderen Nägel musst du nicht lackieren. Schließlich hast du mich erst vor kurzem manikürt. War das nicht am Dienstag?«

Josette schüttelte lebhaft ihre Ringellocken. »Kein Problem, kein Problem. Aber wir müssen die ganze Hand machen. Nur diese beiden zu lackieren, ist nicht gut – das würde ungleichmäßig aussehen. *Schrääcklisch!*«, erklärte sie und deutete auf den Tisch. »Diese Hand.«

Elle legte erleichtert ihre rechte Hand auf den Tisch, und Josette betrachtete missbilligend Elles angegriffene Nägel.

»Ich weiß, das sieht furchtbar aus«, sagte Elle und folgte Josettes Blick. »Ich musste heute zwanzig Umzugskisten schleppen. Am Nachmittag. Deshalb konnte ich erst so spät kommen.«

»Schon wieder?«, fragte Josette. »Du warst mit dem Umzug doch vor ein paar Tagen schon beinahe fertig.« Elle nickte, wusste aber nicht so recht, wie sie das erklären sollte.

»Also ziehst du schon wieder um?«

Elle errötete. »Josette«, begann sie und sah sich um. In dem Salon befand sich außer ihnen nur noch die Rezeptionistin, die wie üblich ihre ganze Aufmerksamkeit ihrem Gesprächspartner am Telefon schenkte. »Du erinnerst dich noch an meinen Exfreund? Ich habe dir doch erzählt, dass ich ihm an diesen Ort gefolgt bin, den sie hier juristische Fakultät nennen, nicht wahr?«

»Ja. Sein Name ist Warner, stimmt's?«

»Richtig. Warner.« Elle lächelte. »Au!« Ihre Fingernägel brannten bei Josettes energischer Feiltechnik.

Als Josette damit fertig war, rieb sie Elles Nägel mit einem lilafarbenen Öl ein, das angenehm prickelte. »Warner mit der Verlobten?«

»Sarah Knottingham.« Elles Lächeln verschwand schlagartig.

»Ist das für Sarah ... oder für Warner?« Josette warf einen bedeutungsvollen Blick auf die Flasche mit Elles pinkfarbenem Nagellack.

Elle sah sie verständnislos an.

Josette packte Elles Hand und hob sie hoch, um ihren Worten Nachdruck zu verleihen. »Warum machen wir deine Nägel so schön?« Sie tauchte Elles Hand in eine Schüssel mit Feuchtigkeitslotion und begann sie zu massieren, während sie ihre mysteriöse Bemerkung erklärte.

»Für ihn? Steht er auf schöne Hände? Oder willst du es ihr damit zeigen?«

Typisch französisch, dachte Elle. »Nein, es geht nicht um Sarah. Ich werde Warner heute Abend treffen. Er kommt zu mir, um mir beim Umzug zu helfen.«

»Umzug!« Josette verdrehte die Augen. »Du wirst dir deine Fingernägel wieder abbrechen!«

»Das glaube ich nicht. Dieses Mal habe ich Hilfe.« Elle sah sich wieder verstohlen um. »Ich habe Warner angerufen, verstehst du, Josette? Ich wollte ihn sehen, also sagte ich ihm, ich würde umziehen und deutete an, dass ich Hilfe brauchen könnte.«

»Mit diesen Nägeln wirst du ihn niemals zurückbekommen!«

Josette krauste die Stirn und deutete auf Elles abgebrochene Fingernägel. »Aber mach dir keine Sorgen – ich werde sie richten.«

»Danke, Josette.« Elle wurde wieder rot. »Du wirst es kaum glauben. Und ich werde jetzt nicht mehr sagen: ›Das ist das Idiotischste, was ich jemals getan habe‹, denn immer wenn ich das tue, renne ich los und bringe mich in noch größere Schwierigkeiten.«

»Ja, ja, worum geht es? Was hast du gemacht?« Ungeduldig wedelte Josette mit dem Nagellackpinsel herum, um Elle dazu zu bringen, ihr alles zu erzählen.

Elle grinste verlegen. »Also, das ist mir sehr peinlich. Ich habe heute Nachmittag den Unterricht geschwänzt und einige Kisten und Möbelstücke aus meiner neuen Wohnung zurück in mein Zimmer im Studentenheim gebracht. Die gleichen Sachen, die ich erst gestern dorthin transportiert hatte. Es hat einige Stunden gedauert, deshalb konnte ich erst jetzt zu dir kommen. Heute Abend werde ich alles wieder in die Wohnung zurückbringen, aber Warner wird mir dabei helfen!«

Elle konnte Josettes breites Lächeln nicht sehen, weil

sie über ihre Hand gebeugt Elles Fingernägel lackierte. Schließlich musste sie den Pinsel absetzen, um den Lack nicht zu verwischen, so sehr wurde sie von Lachen geschüttelt. Der Lack spritzte über den Tisch und hinterließ einen pinkfarbenen Streifen. »Du musst sehr verliebt sein«, meinte Josette.

Nachdem Elle ihren verzweifelten romantischen Trick verraten hatte, wurde ihr klar, wie impulsiv sie gehandelt hatte. Sie warf den Kopf zurück und lachte fröhlich, ohne sich zu schämen. Die von Glühbirnen umrahmten Spiegel, die Poster von Amber Valleta und die Kiehl's Produkte vermischten sich vor ihren Augen mit dem pinkfarbenen Nagellack zu einem wirbelnden Strudel – das alles war ein groteskes Lustspiel, und Elle war dabei die Pointe.

»Du hast Recht«, meinte Elle. »Josette, ich bin total durcheinander. Ich bin ein liebeskranker Idiot!«

17. Kapitel

Elle ließ sich in ihrer neuen Wohnung auf die Couch fallen, umgeben von Kisten, die nun dreimal hin und her gewandert waren.

»Warner, mir tun die Arme und Beine weh! Was immer noch drüben sein mag, ich will es nicht. Ich bin total erschöpft. Lass uns für heute aufhören, bitte!«

Sie hielt Warner eine Hand entgegen, damit er den Schaden begutachten konnte. »Siehst du? Ich habe mir bereits einen Fingernagel abgebrochen.«

Warner nutzte die Gelegenheit, um Elles Hand zu halten.

»Elle, hier sieht es aus wie im Keller eines Museums! Ich kann mir nicht vorstellen, wie du all diese Sachen in deinem Zimmer im Studentenheim unterbringen konntest.« Er schwieg eine Weile und fuhr dann fort: »Ich nehme an, dass wir heute dieses Video nicht mehr finden werden.«

»Nein.« Elle lächelte. »Heute Abend nicht mehr.« Nur mit dem Video hatte sie Warner noch am Haken. »Ach, Warner, ich trenne mich sehr ungern von dieser Kassette«, sagte sie verträumt, legte den Kopf in den Nacken und ließ den Blick über die Decke schweifen. Dann begann sie, in Erinnerungen zu schwelgen. »Dieses schäbige *Imperial Palace.* Ich werde immer gern daran zurückdenken – alles dort hat mir gefallen, die Spiegel an der Decke und die Bambusmöbel aus Plastik. Typisch Las Vegas. Aber es war unser Palast.« Bei dem Gedanken daran funkelten ihre Augen. Er war immer noch ihr Prinz.

Warner sah keinen Sinn mehr darin, Elle immer noch die Hand zu halten, also ließ er sich auf die Knie fallen, so dass er sich in gleicher Höhe mit dem Sofa befand und unterbrach ihren Wortschwall mit einem langen Kuss. Sie sah ihm mit Hingabe und Bewunderung in die halb geschlossenen Augen. Und dann musste sie, zu ihrer eigenen Überraschung, plötzlich kichern.

Sie hatte sich so sehr nach diesem Moment gesehnt, dass nun die Anspannung mit einem Schlag verflog und einer schwindelerregenden Mädchenhaftigkeit wich. Als Elle sich die Hände auf die Lippen pressen wollte, fuhr sie Warner versehentlich über das Gesicht.

»Es tut mir Leid«, stieß sie hervor und sah zu, wie er zurückwich, verdutzt und leicht verärgert.

Warner stand abrupt auf und ging zur Tür. Er bemühte sich, nicht zu zeigen, wie beschämt und zornig er war. Elle hatte ihn noch niemals ausgelacht! »Ich hätte gleich nach dem Umzug gehen sollen. Leg mir das Video in der Uni in mein Postfach, okay? Sarah würde mich umbringen, wenn sie wüsste, dass ich hier war.«

Als er Sarahs Namen erwähnte, änderte sich Elles

70

Stimmung schlagartig. In einem Anflug von Schuld schüttelte sie den Kopf. »Was habe ich mir nur dabei gedacht, Warner? Du wolltest gar nicht hierher kommen. Du hast dein eigenes Leben, bist praktisch schon verheiratet. Alles, was du von mir willst, ist dieses Video. Aber dafür musst du mich nicht küssen!«

»Elle«, protestierte Warner, ging zu ihr zurück und ließ dabei den Blick über ihre Figur gleiten. »So ist es nicht. Ich bin nicht nur wegen des Videos hier – ich wollte dich sehen.« Sie verstummte und sah ihn misstrauisch an.

»Ich habe einiges zu verlieren, Elle«, erklärte Warner und legte ihr die Hände auf die Schultern. »Sarah ist in diesen Dingen sehr empfindlich. Sie möchte nicht, dass ich mit dir Kontakt habe.«

Elle wand sich aus Warners Griff. »Bitte geh jetzt, Warner.« Sie verschränkte die Arme vor der Brust und starrte kläglich auf den Boden, um seinem Blick auszuweichen. Sie schämte sich für ihre Tränen und dafür, dass sie immer noch jeden Tag an ihn dachte.

Elle unterdrückte ein Schluchzen, bis sie die Tür ins Schloss fallen hörte, dann lauschte sie Warners hastigen Schritten. Erst als sie sicher wusste, dass er weg war, ließ sie verwirrt den Kopf in die Hände fallen.

Was für ein Desaster. Brutus sprang auf das Sofa und wollte spielen. »Hallo, Brutus.« Elle kraulte ihm den Kopf. »Ich sollte mich besser ernsthaft mit den Unterlagen über Vertragsrecht beschäftigen, denn meine Chancen auf eine Heirat habe ich, glaube ich, gerade verdorben.« Sie war Warner an die juristische Fakultät gefolgt, aber sie hasste das Jurastudium, und die Leute an der Uni hassten sie. Und Warner war von seiner Verlobten unter Beschlag genommen worden. Und zu allem Überfluss hatte sie sich bei Warners Annäherungsversuch nun auch noch wie ein hysterischer Teenager benommen.

Ihre Sachen waren gepackt, und sie zog in Erwägung, die Kisten nach L. A. zurückzuschicken, allem zu entfliehen und sich zu retten, solange sie das noch konnte. Sie war sich nicht mehr sicher, was sie wollte. Ja, sie liebte Warner immer noch, aber sie wollte, dass er sie auch liebte – nur sie. Wenn sie ihn nicht von dieser Sarah loseisen konnte, musste sie sich etwas anderes einfallen lassen.

Elle konnte sich gut vorstellen, wie Sarah und ihre Freundinnen sich freuen würden, wenn sie, Elle, sich verzweifelt geschlagen gäbe und von der juristischen Fakultät geworfen würde. Die Barbiepuppe, die es nicht geschafft hat. Elle runzelte die Stirn, als sie an Sarah und Claires geflüsterte Worte am ersten Tag dachte, und als ihr die spöttische Bemerkung von Dekan Haus über ihren Titel als *Homecoming Queen* einfiel. Sie alle wären begeistert, wenn sie versagte. Und sie würden die Wände hochgehen, wenn sie es doch schaffte.

Entschlossen biss sie die Zähne zusammen und zauste Brutus das Fell. »Jetzt führen wir beide ein Hundeleben«, meinte sie, fand aber dann Trost in den sanften Augen des Hundes, der sie ergeben ansah.

18. Kapitel

In der einen Hand balancierte Elle die Kaffeetasse, die sie während der Vorlesung in Vertragsrecht geleert hatte, mit der anderen öffnete sie wie jede Woche ihr Postfach. Sie rechnete damit, sämtliche Flugblätter sofort in den Papierkorb werfen zu können. In den knapp zwei Monaten, in denen Elle jetzt in Stanford war, hatte sie nur Mitteilungen über Studentenversammlungen gefunden, und hin und wieder hatte jemand ein Bild von einer Barbiepuppe aus einer Zeitungsanzeige ausgeschnitten und es bei ihr eingeworfen, um sie zu ärgern. Heute steckte jedoch ein dickes, mit einer roten Schleife verschnürtes Päckchen in ihrem Postfach. Oben auf dem Papierstapel lag ein kleines Kuvert, adressiert an ›Elle‹.

Sie riss den Umschlag auf und zog einen einfachen weißen Briefbogen heraus. Überrascht schnappte sie nach Luft, als sie ein in altertümlicher Schrift verfasstes Gedicht entdeckte. Die seltsamen Buchstaben waren offensichtlich mit einer Feder gemalt worden.

Dein Bild seh' ich mir eben an
Sei nicht besorgt und ratlos
Noch schwebe ich hier nicht im Wahn
Dir nur zu helfen, ist mein Los.

Dein Engel bin ich – unerkannt
Und sicher wirst Du versteh'n
Dass ich von Deinen Augen gebannt
Dem Wunsch nicht kann entgeh'n
Geschenke zu machen von Geist und Sinn
Geschenke von Anmut und Ehre
Geschenke, die Deine Schönheit entführ'n
In eine Dir würdige Sphäre.

Wie kann ich anders Dein Herz gewinnen
Als mit einem simplen Gedicht?
Wie kann ich anders Dich zum Bleiben bringen
Als mit Material für den Unterricht?

Verlass die juristische Fakultät nicht, Elle.
Du bist etwas Besonderes.

Dein geheimer Engel.

Elle lehnte sich gegen die Reihe der Briefkästen und starrte verblüfft auf die kryptischen Buchstaben. Mit vor Erstaunen zitternden Händen löste sie das Band und las die Überschrift in fetten schwarzen Buchstaben auf der obersten Seite. ›Strafrecht, Schlachthaus, Herbst 2001.‹ Nach einer Trennpappe folgte ein weiteres Deckblatt auf einem separaten Stapel. ›Schadensersatzrecht, Glenn (Fiddich), Herbst 2001.‹ Ein kurzer Blick auf die Seiten bestätigte das Versprechen des Poeten. Jemand hatte ihr das Unterrichtsmaterial zukommen lassen, den Schlüssel zum Erfolg an der juristischen Fakultät!

Im ersten Teil ging es um Subrogation, das Thema, das Professor Glenn in der ersten Woche des Semesters besprochen hatte. Die Unterlagen waren so geordnet, wie der Unterricht abgehalten wurde. Breit grinsend und zuversichtlich steckte Elle die Papiere in ihre Prada-Tasche. Sie fragte sich, wer ihr wohl ein solches Geschenk gemacht haben könnte.

»Siehst du, Sarah«, sagte Elle trotzig. »Noch hast du mich nicht geschlagen.«

Mr. Heigh hatte heute wieder einmal seine Frau in die Vorlesung über Strafrecht mitgebracht. Elle bemerkte es, als die Frau in ihrer Kühltasche nach einem Snack kramte, bevor der Unterricht begann. Mr. Heigh hatte es erst spät in seinem Leben zu etwas gebracht. Als Besitzer eines Naturwarenladens in Berkeley, hatte er irgendwann festgestellt, ›dass ich schlauer bin, als alle diese verdammten Anwälte, mit denen ich mich herumschlagen muss.‹ Natürlich war es ein geschickter Schachzug, das zu werden, was er verachtete.

Als Marketing-Genie trug Mr. Heigh hauptsächlich Werbeartikel aus seinem Laden. Wenn ihm die saubere Wäsche ausging, zog er zum Joggen schon mal Boxershorts an, die ihm zwei Nummern zu klein waren, und dazu ärmellose T-Shirts mit vulgären Aufschriften wie ›Wie buchstabieren Sie Erleichterung? S-E-X‹, oder – Elles Favorit – ›Sexy Opa‹.

Mr. Heigh brachte seine Frau mit zum Unterricht, weil sie viel davon hielten ›ihre Erfahrungen miteinander zu teilen‹. Mrs. Heigh schien diese Ausflüge zu genießen und hatte stets eine Kühltasche mit dem Logo des Ladens neben sich, in die sie Pita mit Bohnensprossen, Karotten oder Pflaumensaft gepackt hatte.

Anschließend stotterte sich Professorin Schlachthaus durch eine weitere Unterrichtsstunde über Strafrecht. Elle war erleichtert, als sie sah, dass Kiki zumindest heute vernünftig genug war, mit einer visuellen Hilfe in Form eines Diagramms an der Tafel zu arbeiten.

———————— I ——————— I ——————— I ————

Verbrechen   Anklage   Prozess

»Wieder ein Tag im Schlachthaus«, sagte Eugenia und erntete prompt ein gezischtes ›Pst!‹ vom Gummibärchenmann. Wie üblich lagen vor ihm Gummibärchen und eine Ausgabe der *New Republic,* in der er bestimmte Stellen markiert hatte, um jederzeit daraus zitieren zu können.

»Äh ... das äh ... Gesetz bezüglich unverzüglicher Hauptverhandlungen verfolgt welches Ziel?« Übereifrig wie immer meldete sich sofort Halley zu Wort. »Eine unverzügliche Hauptverhandlung!« Ihr Zwillingsbruder nickte zustimmend.

Das ist genau ihr Thema, dachte Elle mit einem Blick auf die beiden Geschwindigkeitsfanatiker. Dieses Gesetz schrieb dem Staatsanwalt vor, den Angeklagten innerhalb einer festgesetzten Frist ab Zustellung der Anklageschrift vor Gericht zu bringen.

»Es gibt ... äh ... unterschiedliche Motivationen, die in

verschiedenen Stadien des Prozesses auftreten.« Professorin Schlachthaus deutete mit ihrem Stock auf das Wort ›Verbrechen‹. »Die Festsetzung einer bestimmten Frist ab dem Zeitpunkt des Verbrechens übt Druck bei den Ermittlungen aus. Die Polizei muss daher schneller arbeiten. Warum könnten wir nicht wollen, dass ein Prozess ... äh ... so rasch stattfindet?«

Schlachthaus wandte sich an Cari, die prompt antwortete. »Diese Motivation könnte dazu führen, dass der Staatsanwalt den Angeklagten zu rasch vor Gericht bringt. Wir wollen nicht, dass Staatsanwälte unter diesem Druck stehen; wir wollen nicht, dass der Fall verhandelt wird, bevor es stichhaltige Beweise gibt. Wird direkt nach dem Verbrechen eine unverzügliche Hauptverhandlung beantragt, könnte das eine verfrühte Strafverfolgung auslösen.«

Eugenia stieß Elle an die Schulter. »Verfrühte Strafverfolgung! Wie schön zu hören, dass man gemeinsam arbeiten und es für beide Seiten lange genug ausdehnen kann.«

Elle brach in Gelächter aus, und flüsterte Eugenia dann zu: »Ich glaube, in diesem Fall steht dir eine Beratung zu.« Kiki warf ihnen einen Blick zu und ignorierte sie dann.

»Ja, Cari, aber ... äh ..., wir müssen auch an eine eventuelle Verzögerung denken. Der Angeklagte wünscht einen schnellen Prozess, damit er die Sache hinter sich bringen kann. Wenn die Verzögerung immer länger wird, wird er Einspruch einlegen. Ein Unschuldiger wird auf eine unverzügliche Verhandlung bestehen.«

»Der arme Staatsanwalt«, flüsterte Eugenia. »Vielleicht hat er dann Angst davor, seine Leistung zu erbringen.« Elle verbarg ihr Gesicht in den Händen und bebte vor unterdrücktem Gekicher.

Jeremy mischte sich ungefragt ein, nachdem es ihm nicht gelungen war, mit seinem üblichen Gehüpfe Kikis Aufmerksamkeit zu erregen. »Der Staatsanwalt hat nicht unbegrenzt Zeit«, erklärte er. »Während der ganzen Zeit befindet sich der Angeklagte im Gefängnis. Das ist auch in Ordnung, solange der Staatsanwalt damit beschäftigt ist, den Fall abzuklären. Niemand will eine verfrühte Strafverfolgung auslösen, aber früher oder später wird der Angeklagte Einspruch einlegen, und dann ist der Staatsanwalt gezwungen, sich zurückzuziehen.«

Elle platzte los, als sie Eugenias blitzende Augen sah, und ihr Gelächter hallte durch den stillen Saal.

»Miss ... äh ... Woods, haben Sie zu dem ... äh ... Problem des Verzögerns eines Prozesses noch etwas hinzuzufügen? Wir haben noch Zeit für eine weitere Stellungnahme.«

Elle bemerkte Jeremys finstere Miene – wahrscheinlich war er sauer, weil sie ihm die Show gestohlen hatte.

»Es geht nicht nur um die Dauer der Verzögerung«, erwiderte Elle. »Entscheidend ist, was der Staatsanwalt damit anfängt.«

Elle warf Eugenia einen raschen Blick zu – anscheinend konnte diese sich kaum mehr beherrschen. Die beiden packten ihre Bücher und hasteten zum Ausgang.

19. Kapitel

»Ich weiß nicht, wie lange ich das noch aushalte«, seufzte Elle und drehte ihre Hand so, dass Josette die ölige Creme in die Handfläche einmassieren konnte. »Von der ständigen Schreiberei bekomme ich schon Schwielen an den Händen.« Sie deutete auf den Nagellack am Ende der Reihe.

»Doch nicht den schwarzen, oder?«

Elle zuckte die Schultern. »Es ist Halloween, Josette. Heute Abend gehe ich auf eine Kostümparty. Wirklich lieb von dir, dass du mich in deiner Mittagspause drangenommen hast – du bist ein Engel.«

»Ist das eine Schulparty?«

»In der juristischen Fakultät findet eine Party statt, wo ich vielleicht kurz vorbeischauen werde.« Warner könnte dort sein, und Elle wollte ihm zeigen, dass sie sich gut fühlte, toll aussah, und über die Sache mit ihm längst hinweg war.

»Bist du sicher, dass du schwarze Nägel willst?«, fragte Josette noch einmal nach. »Verkleidest du dich als Hexe?«

»Nein, das überlasse ich Sarah«, stieß Elle hervor. »Ich werde dieses knallenge schwarze Outfit tragen, mit dem ich früher auf Techno-Partys gegangen bin.«

Josette grinste. »Du bist der Boss.« Sie trug eine Schicht des dicken, tiefschwarzen Lacks auf, und eine knappe Stunde später eilte Elle zur Universität zurück.

Als sie ihre Kommilitoninnen im Kurs Schadensersatzrecht musterte, stellte Elle fest, dass man in der juristischen Fakultät in Stanford eigentlich jeden Tag Halloween feiern könnte. Wäre vor dem Studentenheim der USC jemand mit einem Unterhemd aus Polyester mit aufgebügelten Drachen aufgetaucht, hätte sie ihm ein paar Süßigkeiten gegeben und die Tür wieder zugemacht.

In Stanford war es außerdem angesagt, mehrere Schichten übereinander zu tragen, was vielleicht daran lag, dass die Heizung völlig außer Kontrolle war. Heute war es warm, also sah man eine ganze Bandbreite an T-Shirts, die noch meilenweit unter C&A-Standard lagen. T-Shirts mit einer Aufschrift waren, ebenso wie diese Vierundzwanzig-Funktionen-Armbanduhren, in Stanford voll im Trend. Oft stellten die Träger damit ihren Einsatz für eine gute Sache zur Schau, oder zeigten, dass sie zum Beispiel einen Sommer lang beim Ausbau der Infrastruktur in Guatemala geholfen und dabei Großartiges geleistet hatten – was immer das auch heißen mochte. Gramm Hallman, ein begeisterter Fan des Spanischen Erbfolgekriegs, hatte sich heute für ›Yale – Schluss mit Bildung‹ entschieden.

Fran präsentierte zum dritten Mal in dieser Woche, wie auch in den vorherigen Wochen schon, die Aufschrift ›Friedenscorps Sarajevo '99‹.

Andrew Walton, der in Harvard seinen Abschluss in Betriebswirtschaftslehre gemacht hatte, lief immer mit einem aufklappbaren Handy von Motorola durch die Gegend, das nie klingelte. Er trug heute ein T-Shirt mit der Aufschrift ›Harvard Business School – es gibt nichts Besseres‹. Elle war der Meinung, dass er dafür den Ehrenpreis des Tages verdient hatte.

Professor Glenn-Fiddich kam fünfzehn Minuten zu spät. Als er die Stufen zum Pult hinunterschwankte, stieg Elle ein starker Geruch nach Whiskey in die Nase.

»Wieder einmal ein umfangreiches Mittagessen in flüssiger Form«, flüsterte Eugenia und deutete mit einer Kopfbewegung auf Glenn, der ungeschickt in seinen Unterlagen kramte.

»Müsste ich Schadensersatzrecht lehren, würde ich auch trinken«, meinte Elle.

»Tut mir Leid, dass ich zu spät dran bin.« Professor Glenn starrte ziellos in die Leere. Sein weißes Haar klebte an seinem Kopf, als hätte er stark geschwitzt. Anscheinend hatte er sein olivgrün-braun kariertes Jackett hastig übergestreift. Der Kragen stand hinten hoch, und der Aufschlag war auf einer Seite umgekrempelt. Seit der letzten Vorlesung schien er abgenommen zu haben – seine Augen in dem geröteten Gesicht wirkten riesig. Eine Fliege riss ihn aus seinem vernebelten Zustand. Er fuchtelte mit der Hand über seinem Kopf herum. »Verdammte Fliege.«

Und dann verkündete er plötzlich das Thema dieser Stunde. »Palsgraf!« Sein Blick irrte durch den Raum, als würde er sich von jemandem herausgefordert fühlen. Dann fuhr er zufrieden fort: »*Palsgraf* ist der Fall für unsere heutige Vorlesung.« Er schüttelte lachend den Kopf. »Das ist ein brillanter Fall. Eine Schadensersatzforderung, die man nicht alle Tage zu sehen bekommt. Mein Kompliment an den Anwalt, der den Mut hatte, ihn vor Gericht zu bringen.«

Glenn hatte vergessen, seinen Sitzplan mitzubringen, also sah er sich nach einem Studenten um, den er erkannte und aufrufen konnte. »Sie«, er deutete auf Ben. »Sagen Sie mir, was Richter Cardozo zu diesem Fall gesagt hat.«

»*Cardozo?*« Ben warf dem Professor einen finsteren Blick zu, weil dieser gegen die heiligen Gesetze der juristischen Fakultät verstieß, indem er nicht zuerst die Fakten nannte. »Wollen Sie wirklich, dass ich die Rechtslage erläutere, bevor wir über die Fakten gesprochen haben?«

»Zum Teufel, Sie haben es doch gelesen. Irgendein Idiot hatte ein Päckchen mit Sprengstoff bei sich, der Zug hielt, und diese Lady stieß gegen irgendetwas. Dann passierten noch zehn andere Sachen, und danach drehten die Nerze durch, die Miss Palsgraf auf ihrer Farm züchtete, und fraßen ihren Nachwuchs auf.«

Ben konnte es kaum fassen. »Die Nerzfarm kam im Fall *Madsen* vor, Professor«, berichtigte er. »Palsgraf ...«

»Das war hypothetisch gemeint«, schnauzte Professor Glenn ihn an. »Egal, was passierte – wichtig ist, was Cardozo davon hielt. Was sagte der Richter in diesem Fall? Wie wäre es mit Ihnen?« Er wandte sich verächtlich von Ben ab und deutete auf Jeremy.

»Cardozo sagte, Miss Palsgraf habe sich außerhalb der Gefahrenzone befunden, deshalb lehnte er den Antrag auf Entschädigung ab. Seiner Meinung nach war ihr Schaden nicht vorhersehbar. Er sagte, die Bahnbehörde trage Sorgfaltspflicht nur bei Menschen, die sich in einer vorhersehbaren Gefahrenzone aufhalten.« Elle notierte: ›Kein Geld für den Kläger‹.

»Sorgfaltspflicht«, wiederholte Professor Glenn und stolperte zur Tafel. Er zog zwei verwackelte Striche quer über die Tafel und zeichnete dann etliche Schienen ein. »Das ist die Bahn von Long Island«, erklärte er und trat einen Schritt zurück, um sein Bild zu betrachten. »Die Gefahrenzone gibt die begrenzte Anzahl der Menschen an, die sich in der Sorgfaltspflicht der Bahnbehörde befinden.«

»Wie zum Beispiel die Fahrgäste«, warf Halley ein. »Und auch Passanten, Menschen an den Bahnübergängen oder vielleicht sogar im Bahnhofsgebäude.«

»Richtig«, begann der Professor, konnte sich jedoch offensichtlich nicht mehr daran erinnern, was er hatte fragen wollen. »Also ist der Fall *Palsgraf* klar. Wenn Sie noch Fragen haben, kommen Sie zu den Sprechzeiten in mein Büro. Ich habe noch einen Termin.«

Der stockbetrunkene Professor taumelte zur Tür hinaus.

20. Kapitel

Elle parkte ihren Range Rover in einer unbefahrenen Nebenstraße und klappte den Spiegel in der Sonnenblende herunter. Furchterregend. Unter dem aufgebauschten blonden Haarschopf starrten sie dick mit schwarzem Eyeliner umrahmte Augen an; von den Augenlidern führten, ähnlich wie bei Kleopatra, zwei geschwungene Linien nach oben. Elle holte den billigen Lippenstift heraus, den sie in einer kleinen Drogerie gekauft hatte, zog sich die Lippen schwarz nach und grinste teuflisch.

Nachdem sie das Hundehalsband mit den Eisenspitzen angelegt hatte, betrachte Elle ihre eindrucksvolle Aufmachung. So ist mit mir nicht zu spaßen, dachte sie lächelnd. Sie fühlte sich verwegen. Im Schein der Innenbeleuchtung las sie die Wegbeschreibung, die sie auf die Rückseite des Lehrplans gekritzelt hatte. Warner hatte sie am Morgen angerufen, während sie gerade Brutus spazieren führte, und ihr eine Nachricht auf dem Anrufbeantworter hinterlassen, die sie verleitete, sich doch noch Hoffnung zu machen.

»Elle, komm doch heute Abend auf die Party«, hatte er gesagt. »Ich werde versuchen, mich dann abzuseilen. Ich weiß, du magst die Veranstaltungen der Fakultät nicht, aber ich würde mich freuen, dich dort zu sehen.« Sie beschloss, zu dieser Party zu gehen, obwohl sie nicht wusste, was sie ihm sagen sollte. Zumindest würde ihr Kostüm ihn daran erinnern, was er jetzt versäumte.

Selbstsicher schlenderten Elle und Brutus über den Rasen. Brutus war als Hunde-Godzilla verkleidet und trug einen Einteiler mit grünen Schuppen. Elle hatte hüfthohe Stiefel aus Vinyl angezogen, die unter ihrem superkurzen Lederrock die Sicht auf ein paar Zentimeter Netzstrümpfe freigaben. Die Nieten auf der mit Piratenflaggen verzierten Lederweste glänzten im Außenlicht der Veranda. Elle hatte sich die Adresse nicht aufgeschrieben, erinnerte sich aber daran, dass die Party im dritten Haus nach der Kreuzung stieg. Es war beängstigend ruhig. Wahrscheinlich fand die Party im Keller statt. Elle zuckte die Schultern – wildes Treiben hatte sie ohnehin nicht erwartet. Nachdem sie zum zweiten Mal geläutet hatte, ging die Haustür quietschend auf. Ein grauhaariger Mann mit einer Fernsehzeitschrift und einer Fernbedienung in der Hand kam aus dem dunklen Flur auf sie zu.

»Kann ich Ihnen helfen?« Der Mann mittleren Alters betrachtete interessiert die Kette, die von Elles Hundehalsband zu ihrer Hüfte führte.

Elle erstarrte. Sprachlos sah sie hinunter auf ihre Aufmachung und befürchtete, der Mann würde gleich die Polizei rufen.

»Meine Güte!«, rief sie schließlich entsetzt. »Das muss ... das falsche Haus sein.« Sie trat nervös von einem Fuß auf den anderen. »Ich suche nach einer Party von Studenten der juristischen Fakultät.« Brutus rieb sich aufgeregt an ihren Beinen.

Der Mann trat lächelnd auf die Veranda und musterte Elle.

»Dein Kostüm gefällt mir«, sagte er grinsend. Er machte keine Anstalten, zu seinem Abendessen vor dem Fernseher zurückzukehren. »Vielleicht kann die Party hier bei mir stattfinden?«

Elle wurde knallrot, als sie begriff, dass dieser unheimliche alte Mann annahm, dass sie käuflich sei. »Oh, nein ... es ist nicht ... es ist nicht das, was Sie denken. Wir feiern Halloween!«

»Natürlich.« Er grinste verschwörerisch.

Elle nahm Brutus unter den Arm und trippelte hastig zu ihrem Auto.

Nach dem erniedrigenden Erlebnis mit dem einsamen Fernsehzuschauer war Elle erleichtert, als sie endlich die Party gefunden hatte. Das Haus war tatsächlich das dritte – allerdings an der nächsten Kreuzung der Oxford Street. Wegbeschreibungen waren noch nie Elles Stärke gewesen. Sie hatte immer noch gerötete Wangen, als sie auf die offene Haustür zuging und der lauten Musik und dem Stimmengewirr folgte.

Ihre Absätze klapperten auf den Stufen, und die Ketten klirrten, als sie mit Brutus die Treppe hinunterstieg. Elle verzog das Gesicht, als ihr das aufgeregte Gezeter der Jurastudenten bestätigte, dass sie das richtige Haus gefunden hatte. Unvermittelt stand sie vor Sidney – oder, besser gesagt, über ihm. In seinem Kostüm aus flatternden schwarzen Roben wirkte er noch zwergenhafter als sonst.

Hätte sie hinter ihm gestanden, wäre Elle aufgefallen, dass er eine dieser Roben bei der Schul-Abschlussfeier getragen hatte – sie war in Goldlamé mit der Aufschrift ›Vorsitzender Richter Rehnquist‹ bestickt.

Sidney benahm sich wie immer zu vertraulich und packte Elle sofort an einem ihrer nietengeschmückten Handgelenke. Die orangefarbenen Spuren um seine Lippen ließen Elle darauf schließen, dass er sich an diesem Abend schon mehrere Gläser Bowle gegönnt hatte. Sie riss sich von ihm los.

»Du siehst so verdammt heiß aus«, säuselte Sidney. »Du machst mich verrückt.« Leicht schwankend glotzte er Elle an und wäre beinahe auf Brutus linke Vorderpfote getreten.

»Vergiss es, Sidney.«

»Beam dich hinein.« Sidney deutete auf das Zimmer nebenan. »Ich kann erst zurückkommen, wenn mein Bruder Richter Scalia eingetroffen ist.«

»Gott sei Dank.« Elle interessierte es nicht im Geringsten, wer als Scalia verkleidet auftauchen würde. Sie sah sich um und versuchte, Warner irgendwo zu entdecken.

Cari rauschte an ihr vorbei. Sie trug eine Marineuniform, eine Perücke mit schwarzen Pudellocken und in der Hand eine Aktenmappe – Marcia Clark. Elle musterte kritisch Caris Aufmachung als unbarmherzige Staatsanwältin und kam zu der Überzeugung, dass O. J. Simpson sicher verurteilt worden wäre, hätte Cari den Fall in der Hand gehabt.

Sidney versuchte wieder, Elles Arm zu packen. »Ich kann kaum glauben, dass du dich nicht als eine deiner Star Trek-Figuren verkleidet hast«, sagte sie und trat rasch einen Schritt zur Seite.

Sidneys glasige Augen leuchteten auf. »Hab ich doch! Captain Kirk.« Stolz richtete er sich in seiner Robe auf.

»Na klar.« Elle hätte Captain Kirk ohnehin nicht erkannt.

»Aber nicht heute Abend, Elle. Ich meine damit meine Rolle im großen Unternehmen unseres Lebens. Aaron hat mir gesagt, *er* würde heute als Captain Kirk kommen, und ich sei Scotty«, stieß er hervor. »Scotty!«, wiederholte er beleidigt. Elle ging schnell weg – es erschien ihr einfacher, ihren übrigen Kommilitonen gegenüber zu treten.

»Ich bin größer als Captain Kirk«, hörte sie Sidney hinter sich lallen. »Der einzige Mann, der bedeutender ist als der Captain der *Enterprise* ... ist Rehnquist!«

Elle beschloss, etwas Stimmung in die Party zu bringen, bereitete sich auf ihren Auftritt vor und bog um die Ecke. Als sie die orangefarbenen und schwarzen Bänder an der Tür zur Seite geschoben hatte, fühlte sie sich auf einmal fehl am Platz. Zwei Männer in Star Trek-Kostümen starrten sie unverhohlen an.

Fran, die als Gloria Steinem verkleidet war, eine Perücke aus der Hippiezeit und einen Button mit der Aufschrift ›Gleichberechtigung – jetzt sofort!‹ trug, ließ ihren Drink fallen. »Seht nur, wer uns hier mit ihrer Anwesenheit beehrt«, zischte sie. Wie immer sprach sie in Elles Gegenwart über sie, anstatt mit ihr. Fran hob ihren leeren Plastikbecher auf und warf einen finsteren Blick auf Elles Dekolleté und den Leder-BH, der unter ihrer nietenbesetzten Weste hervorlugte. »Nicht einmal von dir hätte ich eine solche Aufmachung erwartet, Elle. Wie erniedrigend für uns Frauen!«

Claire, die sich anscheinend auf Frans Seite geschlagen hatte, starrte mit geweiteten Augen verblüfft auf Elles Kostüm.

»Hätte ich mich erniedrigen wollen, liebste Fran, dann

wäre ich als Brünette hier erschienen«, erwiderte Elle scharf und warf dabei einen Blick in Claires Richtung.

Claire trug eine armselige Kopie von Elles pinkfarbenem Chanel-Lieblingskostüm. Zu ihrer Verkleidung als ›Anwalts-Barbie‹ gehörte auch ein Kassettenrecorder, aus dem eine Fistelstimme zu hören war, die ständig wiederholte: »Das Jurastudium ist wirklich nicht leicht!« Claire drückte noch einmal auf die Wiedergabetaste und grinste Elle triumphierend an.

Elle rauschte an ihr vorbei zu dem Tisch, auf dem die Bowle stand und zupfte dabei an Claires blonder Perücke. »Das hättest du wohl gern!«, sagte sie lachend und ging weiter, ohne sich noch einmal umzusehen.

Hätte sie einen Tipp abgeben sollen, hätte Elle geschworen, dass Michael als Graf Dracula oder eine ähnliche Horror-Figur erscheinen würde. Erstaunt entdeckte sie, dass Michael sich als Andy Warhol verkleidet hatte. Er stand neben der Punschschüssel; sein normalerweise zurückgekämmtes Haar war grau gepudert und toupiert, und irgendwo hatte er einen wollenen schwarzen Rollkragenpullover und enge Jeans aus der Studio 54 Ära aufgetrieben. Er musterte Elles dunkles Outfit anerkennend durch seine runden Brillengläser und bot ihr wortlos den Drink an, den er sich gerade eingeschenkt hatte.

Dankbar nahm Elle das Glas entgegen. Vielleicht haben einige Leute hier einfach nicht genug Fantasie, dachte sie, doch als sie den widerwärtigen Dr. Dan sah, änderte sich ihre nachsichtige Einstellung schlagartig.

Dr. Dan, ein ehemaliger Herzchirurg, war an die juristische Fakultät gekommen, um seine zweite Karriere zu starten. Er besuchte die Vorlesungen im Arztkittel, als käme er gerade aus dem Operationssaal, und erklärte, diese Dinger wären nicht nur bequem, sondern er hätte auch noch so viele davon, dass er sie nicht einfach wegwerfen wolle. Manchmal trug er darunter zu enge T-Shirts, mit denen er scheinbar seine muskulöse Brust betonen und seine geringe Körpergröße überspielen wollte. Er fuhr sich andauernd mit den Fingern durch das schwarze, ganz offensichtlich gefärbte und gefönte Haar, als könne er seine Schönheit nicht oft genug zur Schau stellen. Elle vermutete, dass Dan ständig Medizinstudentinnen auf dem Campus anbaggerte. Selbst nachdem er seine Lizenz wegen eines medizinischen Kunstfehlers verloren hatte, hatte Dan diese für Ärzte typische Selbstüberschätzung nicht abgelegt. Der Mediziner mit dem unerträglichen Ego kam direkt auf Elle zu.

Elle konnte sich das Lachen kaum verkneifen, als sie sah, dass Dr. Dan von allen Seiten mit Spielkarten behängt war und anscheinend den Herzkönig darstellen wollte. Er musterte Elle durch seine getönten Kontaktlinsen. »Dein Glück, dass sich ein Herzchirurg im Raum befindet, Elle«, witzelte er. »Dein Outfit könnte bei dem einen oder anderen einen Herzinfarkt auslösen.«

»Ein *ehemaliger* Herzchirurg«, betonte Elle und sah sich verzweifelt nach Warner um.

Ein weiterer Trekkie tauchte auf. »Hier ist Captain Kirk«, stellte Aaron sich vor und streckte Elle seine Hand entgegen. Seufzend und mit einem erzwungenen Lächeln musterte sie Aarons bizarren Neonstretchanzug mit dem Emblem des Raumschiffs *Enterprise* und reichte ihm die Hand. »Ich habe schon von dir gehört.«

Sidney, aufdringlich wie immer, kam herbeigeeilt.

»Weißt du, Sidney, ich finde es großartig, dass du als Oberrichter hierher gekommen bist – als Rehnquist«, meinte Aaron.

»Klar«, gab Sidney zurück. »Aber du hättest nicht als Captain Kirk kommen sollen. Du bist vielmehr der Typ, der Scotty verkörpern könnte.«

Aaron legte den Kopf zur Seite, antwortete aber nicht.

»Scotty ist nicht der Kapitän«, fuhr Sidney fort, »und

auch nicht sehr wortgewandt, aber er arbeitet härter als die anderen, und im Grunde genommen ist er es, der weiß, wie die *Enterprise* funktioniert.«

Aaron zeigte sich von Sidneys Stichelei nicht beeindruckt. »Tja, deshalb steht dir die Rolle des Vorsitzenden Richters Rehnquist sehr gut; er ist eine dunkle, böse, machtgierige Gestalt wie Darth Vader, die versucht die konstitutionelle Regierungsform zu zerstören.«

A. Lawrence Hesterton stand hinter Aaron und sah ihm über die Schulter – er wartete auf einen Augenblick, in dem er sich in die Unterhaltung einmischen und Elle mit einer der Huren aus den *Canterbury Tales* vergleichen konnte, aber dieser geistig anspruchslose Schlagabtausch war nicht nach seinem Geschmack. A. Lawrence, auch bekannt als ›literarischer Larry‹ glich einem Teddybär mit sanfter Stimme, welligem braunem Haar und warmen braunen Augen, die tief hinter seiner runden Brille lagen. Obwohl er zweimal für den Pulitzerpreis nominiert worden war, hatte man ihm in Harvard keine feste Anstellung als Professor angeboten, also war er nach Stanford gekommen. Alle Anspielungen in einer Unterhaltung, die sich nicht um Literatur drehten, waren unter seiner Würde. Aaron lachte immer noch über seinen eigenen Scherz und wandte sich an Larry. »Was würdest du als Richter tragen?«, fragte er herausfordernd.

Larry zog überheblich eine Augenbraue hoch. »Ich bin von dieser Konversation ebenso amüsiert wie Queen Victoria von einer Unterhaltung mit Kleinbauern.«

Elle betrachtete die Wendung des Gesprächs als Signal zum Aufbruch und machte sich rasch davon, während die begeisterten Anhänger von Star Trek ihren Wahlspruch: ›Möge die Macht mit dir sein‹ grölten. Sie lief Ben in die Arme, der sie verblüfft anstarrte. Er trug Anzug und Krawatte, und unter seinen schlechtsitzenden Hochwasserhosen schauten weiße Socken heraus.

»Warum bist du nicht verkleidet?«, wollte Elle wissen.

Auf diese Frage hatte Ben gewartet. »Das bin ich doch!« Er lachte gackernd und deutete auf seinen Anzug. »Ich bin als Patent-Anwalt gekommen!« Ben krümmte sich vor Lachen.

Entnervt sah sich Elle in dieser unromantischen, deprimierenden Umgebung um und entdeckte Mr. Heigh und seine Frau. Sie waren als Lyle und Erik Menendez kostümiert. Beide trugen Tenniskleidung; sie hatte ein Toupet auf dem Kopf und er ein Plastikgewehr in der Hand. Heather hatte sich eine krause blonde Perücke aufgesetzt, kritzelte Notizen auf einen gelben Block und stellte sich jedem als die Anwältin Leslie Abramson vor.

»Wie witzig«, murmelte Elle vor sich hin und ließ mit steigender Verzweiflung den Blick durch das Zimmer schweifen. Keine Spur von Warner – nicht einmal Sarah konnte sie entdecken. Wahrscheinlich hatten die beiden sich anderswo getroffen. Sie seufzte. Jetzt stehe ich hier, umgeben von der gesamten Besatzung der *Enterprise,* einer Barbiepuppe, etlichen Mitgliedern des Obersten Bundesgerichts, Gloria Steinem, Marcia Clark und sogar den Menendez Brüdern, dachte sie. Nur Warner Huntington ist nicht da.

Als Elle sich umdrehte und auf den Ausgang zusteuerte, hörte sie Fran, die schon wieder entsetzt loskreischte. »Du kommst als O. J.! Das darf doch nicht wahr sein! Du sympathisierst mit einem Mann, der seine Frau geschlagen und dann umgebracht hat!«

»Nur gut, dass Sarah das nicht sieht«, warf Claire zustimmend ein.

Elle spitzte die Ohren. Warner trug ein Footballtrikot mit der Nummer 32 und zog auf dem Weg zur Bowlenschüssel eine mit einer Kette an seinem Fuß befestigte Kugel hinter sich her. Anscheinend fühlte er sich immer noch mit L. A. verbunden. Er grinste die empörten Frauen an und versöhnte Claire mit einem Kuss auf die Wange. »Er wurde freigesprochen«, erklärte er und brachte damit sogar Fran zum Schweigen, die aufgewühlt auf den Boden starrte.

Elle lief aufgeregt zur Punschbowle hinüber. »Warner!«, rief sie.

»Meine Güte, Elle.« Warner verschlug es sichtlich den Atem, während er Elles außergewöhnliches Kostüm ausgiebig betrachtete.

Sie zuckte die Schultern. »Du bist ja nicht mehr da, um mich bei der Auswahl meiner Garderobe zu beraten.«

»Du siehst verdammt heiß aus«, flüsterte er und bedeutete ihr mit einer Kopfbewegung, sich von der Menge zu entfernen. Auf der hinteren Terrasse stand ein Fass, an dem sich niemand aufhielt, weil es offensichtlich schon leer war. Elle und Brutus gingen vor, und Warner folgte ihnen. Brutus begrüßte ihn überschwänglich, obwohl sein Kostüm es ihm nicht erlaubte, so hoch zu springen wie gewöhnlich.

»Was stellst du in diesem Outfit dar?«, fragte Warner und zupfte leicht an ihrem Hundehalsband.

»Was immer du willst«, erwiderte sie mit rauchiger Stimme, die bei jeder 0190-Nummer gut angekommen wäre.

Warner lächelte. »Hast du meine Nachricht bekommen?«

Elle nickte. »Wo ist deine zweite Kugel?« Sie deutete auf seine Fußfessel.

»Zu Hause.«

»Zu Hause?« Sie strahlte wie ein kleines Kind und sah ihn dann nachdenklich an. »Lassen wir die Party in meiner Wohnung ausklingen? Vielleicht die ganze Nacht?« Sie war sich sicher, dass Warner sie dieses Mal nicht vor dem nächsten Morgen verlassen würde.

»Das ist ein wenig heikel, Elle. Sarah fühlt sich nicht gut. Sie ist erkältet, und ich … na ja, ich muss mich um sie kümmern.«

»Weil sie erkältet ist?« Elle sah ihn verblüfft an. Das klang überhaupt nicht nach Warner. Dann war anscheinend doch alles vorbei. Sie wandte sich zum Gehen.

»Es ist nicht wirklich die Erkältung, die sie so fertig macht.« Warner packte Elle am Arm und zog sie zurück. »Ihr Hund … Sie hatte ihn schon in Greenwich, als sie noch ein kleines Mädchen war. Ihre Eltern haben ihn einschläfern lassen. Er war schon sehr alt, und seit ich Sarah kenne, war sie jede Woche mit ihm beim Tierarzt. Trotzdem hat es sie hart getroffen. Deshalb ist sie auch nicht zur Party gekommen.«

»Oh, das ist schrecklich. Die postmortale Haustier-Depression«, sagte Elle mitfühlend und warf einen Blick auf Brutus. »Aber du bist trotzdem gekommen«, fügte sie hoffnungsvoll hinzu.

»Ja, ich brauchte einen Tapetenwechsel. Seit wir beschlossen haben, zu heiraten, sieht Sarah es nicht mehr gern, wenn ich ausgehe, verstehst du?« Er schwieg eine Weile. »Aber ich wollte dich heute Abend sehen.«

Elle warf einen Blick über die Schulter und sah, dass Claire sie beobachtete. »Wir sollten nicht länger zusammen hier draußen stehen bleiben.«

»Du hast Recht.« Warner betrachtete die zusammengewürfelte Gesellschaft der quasselnden Jurastudenten.

Elle schüttelte den Kopf und rief sich ins Gedächtnis, dass sie sich ganz cool verhalten wollte. »Ich muss sowieso los, Warner – ich bin noch auf eine andere Party eingeladen«, log sie. »Außer, du willst zu mir kommen. Liegt ganz bei dir.«

»In fünfzehn Minuten bin ich da«, flüsterte er ihr zu. »Wenn du versprichst, dich nicht wieder wie eine kichernde Hyäne zu benehmen.«

Sie strahlte übers ganze Gesicht und unterdrückte den Drang, ihn zu umarmen. »Oh, Warner, das verspreche ich dir! Ich sage dem Portier Bescheid.«

21. Kapitel

Warner hielt Wort – ebenso wie Elle. Er hatte kaum einen Fuß über die Schwelle ihrer Wohnung gesetzt, als sie ihn mit Küssen überhäufte.

Brutus brachte sich mit einem Sprung rasch in Sicherheit, um nicht von den hastig abgestreiften Kleidungsstücken getroffen zu werden, die auf dem Weg von der Eingangstür zum Sofa auf den Boden fielen. Elle stiegen Tränen in die Augen, als Warner seine Lippen über ihren Nacken zu den nackten Schultern wandern ließ. Plötzlich hielt er inne, legte den Kopf auf Elles Brust und seufzte tief.

»Elle«, murmelte er. »Was tue ich nur mit Sarah?« Er hob den Kopf und sah ihr in die Augen.

Verärgert, dass Sarahs Name so schnell fiel, schob Elle Warners Hand von ihrer Wange. »Das weiß ich nicht, Warner. Sag du es mir. Was will sie denn von dir?«

»Sie hat bereits, was sie sich gewünscht hat.«

»Und das ist?«

»Ein Ring.«

Natürlich – der Familienklunker. »Zumindest hat sie schon fast alles, was sie will«, fügte Warner hinzu. »Ich nehme an, sie möchte auch meinen Namen tragen – bald.«

Huntington. Elle Huntington. Wie oft hatte sie leise diesen Namen vor sich hingeflüstert, sogar ihre neue Unterschrift geübt!

Elle starrte Warner an und spürte, wie ein Gefühl hasserfüllter Rivalität von ihr Besitz ergriff.

»Und? Liebst du sie?«

»Ja, ich liebe Sarah«, antwortete er mechanisch. Elle sah ihn zweifelnd an. Da Warner sich gerade an ihren Busen schmiegte, erschien ihr diese Aussage nicht sehr glaubwürdig.

»Sarah liebt *mich,* Elle. Wir werden in Greenwich oder Newport miteinander glücklich sein. Ihr Vater möchte, dass ich in seiner Firma arbeite, oder ich könnte natürlich auch in das Unternehmen meines Vaters einsteigen. Beides ist möglich. Ich weiß nicht, was ich tun soll, Elle – ich bin total durcheinander. Eigentlich würde ich am liebsten Dokumentarfilme drehen, aber das würde Sarah nie verstehen.«

Warner strich Elle über das weiche Haar, als hoffte er, bei ihr seine Probleme zu vergessen.

»Warte mal, Warner.« Sie setzte sich auf, zog sich eine Decke um die Schultern und rutschte ein Stück zur Seite. »Dein Schätzchen, deine *Verlobte,* die dich über alles liebt und dir die Entscheidung überlässt, ob du für ihre oder deine eigene Familie arbeiten wirst, lässt dich nicht mehr ausgehen, weil sie ihre Zeit nur noch mit dir allein verbringen will? Habe ich das richtig verstanden? Sie wird dich unterstützen, alles tun, was für dich am Besten ist, solange deine Entscheidungen in das Leben passen, das sie sich wünscht, stimmt's? Deine Erziehung und deine Herkunft machen dir den Weg frei für einen Job in einer der besten Firmen, und du wirst eine Menge Geld verdienen. Allerdings kannst du in einem solchen Leben deine künstlerischen Ambitionen nicht ausleben.«

»Elle, ich wusste, dass du das begreifst.« Warner streckte den Arm nach ihr aus. »Du bist die Einzige, die mich wirklich versteht. Ich ...«

Noch wenige Minuten vorher war sie überwältigt gewesen und hatte sich auf diesen lang ersehnten Moment gefreut, doch jetzt konnte Elle nur mit Mühe ihren Zorn und ihre Empörung verbergen.

»Natürlich verstehe ich das, Warner«, erwiderte sie schroff. »Sehr gut sogar! Wie schaffst du es nur, das Tag für Tag auszuhalten? Die Jobs, eine dich liebende Frau, eine politische Karriere ... Man legt dir alles zu Füßen, aber eigentlich verdienst du mehr, nicht wahr? Geld, Prestige – das ist nicht genug für dich. Nein, du willst zusätzlich Regisseur sein, Filme drehen, kreativ sein. Solange du deinen guten Ruf in Newport, Rhode Island, nicht verlierst, und Großmama dich nicht aus ihrem Testament streicht.«

Warner senkte geknickt den blonden Schopf. »Okay, okay, hab schon kapiert. Bist du fertig?«

»Ja, Warner«, sagte sie in sanfterem Tonfall. »Solange du nicht du selbst bist, wirst du nicht fähig sein, jemanden zu lieben. Ich denke, du solltest jetzt besser gehen.«

Er sah ihr in die Augen. »Schenkst du mir zum Abschied noch einen Kuss, Elle?«

»Nein«, antwortete Elle traurig.

Nachdem Warner gegangen war, kuschelte sich Elle ins Bett unter ihre Lieblingsdecke, aber sie konnte nicht einschlafen. Also sahen Brutus und sie sich im Fernsehen *Harry und Sally* an. Der Film ließ sie hoffen, dass Warner, wie Harry, doch noch zur Vernunft kommen würde. Schließlich schlief Elle ein und versuchte in ihren Träumen die Geschehnisse des Tages zu vergessen.

Zum ersten Mal seit September konnte Elle es kaum erwarten, zum Unterricht zu kommen. Beim Einparken stieß sie mit einem lauten Knall gegen den Bordstein, doch sie hörte es gar nicht. Sie trällerte den Bob Marley-Song, der gar nicht zum tristen November passte, so laut mit, dass der Range Rover im Takt der Musik vibrierte. »Let's get together and feel alright!«, beendete sie das Lied in gekonntem Rasta-Slang, dann sprang sie von ihrem beheizbaren Vordersitz und freute sich auf den ersten

Unterrichtstag. Das Studium erschien ihr im Vergleich zu einer möglichen Wiedervereinigung mit Warner als leicht zu nehmende Hürde.

Als sie ihren Briefkasten öffnete, fand sie ein zweites, mit einer Schleife versehenes Päckchen von ihrem geheimen Engel. Wahrscheinlich noch ein Gedicht, dachte sie und öffnete neugierig das Kuvert.

Der Atem, der das Herz entleert,
gleichwohl erfüllt die Seelen.
Noch niemals hab ich mehr begehrt,
einen Kuss von ihr zu stehlen.

Ein Traum vom liebevollen Raub
von Lippen, die sich treffen,
deren feuchte Wärme mit Verlaub
man gerne möcht' ermessen.

Doch auch wenn dieser Traum vergeht,
so werd' ich's doch versuchen.
Und wenn sie niemals zu mir steht,
einen Dank kann ich doch verbuchen.

Und einst wird sie mir sagen,
wie schön's ist, sich zu sehen.
Ihr Atem wird mich tragen
und weit mein Herz verwehen.

Ich gehöre dir, ma chère.

G. E.

Der intime Tonfall des Briefes jagte Elle einen Schauer über den Rücken. Nur schade, dass der geheime Engel sich mir heute nicht persönlich vorgestellt hat, dachte sie mit einem Schulterzucken. Im Augenblick könnte ich die ganze Welt umarmen.

Elle warf die Flugblätter und Ankündigungen von Studentenveranstaltungen, die sich eine Woche lang angesammelt hatten, in den Altpapiercontainer. Sie zögerte und lächelte unwillkürlich, als sie die sorgfältig mit Tinte aufgemalten Buchstaben des geheimen Engels betrachtete, dann faltete sie den Brief zusammen, steckte ihn wieder in das Kuvert und legte ihn in eines ihrer Bücher. Hoffnungsvoll öffnete sie das Päckchen. ›Strafrecht, Haftbarkeit‹, Pfisak, Herbst 2001' lautete die Überschrift.

Er hilft mir, das hier zu schaffen. Elle seufzte erleichtert, drückte impulsiv ihre geschminkten Lippen auf die Titelseite und hinterließ auf dem oberen Rand einen herzförmigen Abdruck. Jetzt war das Schicksal wieder auf ihrer Seite.

22. Kapitel

Als Elle zwischen zwei Vorlesungen in die Toilette rannte, um ihre Lippen nachzuziehen, stellte sie erstaunt fest, dass sich einige Mädchen hier versammelt hatten. Normalerweise standen die Jurastudentinnen Schlange vor den Kopiergeräten und den Laserdruckern, aber der Weg zu den Spiegeln im Klo war immer frei.

Claire kämpfte mit ihrem Haarband und versuchte, eine widerspenstige Haarsträhne festzustecken. Elle sah ihr zu und stellte fest, dass Claires Haar wie Stahlwolle aussah – und daran konnte auch das Haarband nichts ändern. Nachdem sie ihre Frisur in Ordnung gebracht hatte, zog Claire ihren weißen Rollkragenpullover glatt und rückte ihre Brille zurecht.

Während Elle versuchte, sich einen Platz vor dem Spiegel zu erkämpfen, um Lippenstift aufzutragen, sprach Claire zu einer unsichtbaren Person in einer der Kabinen.

»Heute werden die Fotos für das Jahrbuch gemacht. Ich kann es nicht fassen, dass ich das vergessen habe!«, jammerte sie. »Dieses Bild hat man ein Leben lang!«

Unzufrieden mit dem Sitz ihres Haarbands, erklärte Claire dem unbekannten Mädchen in der Toilette, dass sie einfach noch nicht bereit sei. Sie würde im Sekretariat fragen, ob sie sich in einem Fotostudio ablichten lassen könnte.

»Warum nimmst du nicht das Foto aus deiner Mappe?«, warf Elle ein.

»Mappe?«

»In Kalifornien hat jeder eine Mappe von sich, Claire.« Elle presste ihre pinkfarbenen Lippen zusammen und drückte sie dann lächelnd auf ihren Handrücken.

Claire verdrehte die Augen. Elle hatte einmal zufällig mitangehört, wie Claire Sarah erzählte, es sei unverschämt, dass sie selbst sich nächtelang mit Kaffee wachgehalten und an ihrer Diplomarbeit geschrieben hatte, um einen mürrischen, pedantischen alten Studienberater zufrieden zu stellen, während Elle als *Homecoming Queen* mit einer Krone auf dem Kopf den Leuten vom Rücksitz eines Cabriolets zuwinkte.

Offensichtlich betrachtete Claire es als unfair, dass sie für einen angesehenen akademischen Grad in Harvard geschuftet hatte, um dann auf der gleichen Stufe zu stehen wie eine durchgeknallte Tussi aus der Universität für verwöhnte Bälger.

Um Claire zu ärgern, wartete Elle jeden Montag, bis die Vorlesung zur Hälfte vorüber war, klopfte ihr dann auf die Schulter und verkündete: »Nur noch siebeneinhalb Stunden bis *Ally McBeal!*«

»Wollen die denn nur ein Porträt? Wenn es ein Ganzkörperbild sein soll, schicke ich ihnen einfach meine

Werbeaufnahmen für *Super Sun – perfekte Bräune*.« Elle zuckte grinsend die Schultern.

»Perfekte Bräune. Perfekte Barbie«, hörte sie Claire giftig zischen.

23. Kapitel

Das Jurastudium beeinträchtigte Elles Privatleben so sehr, dass sie das Gefühl hatte, nichts mehr zu erleben, also beschloss sie, öfter abends auszugehen und tagsüber die Aufzeichnungen des Engels zu lesen.

Sie nahm ihr schnurloses Telefon in die Hand, um Margot anzurufen. Jetzt, wo die Abschlussprüfungen bevorstanden, benahmen sich ihre Kommilitoninnen so hysterisch, dass Elle einfach mal hier raus musste. Sie hatte die Unterlagen des Engels eifrig studiert und sich auf seinen Ratschlag hin auf einen bestimmten Fall konzentriert. Trotzdem war sie nervös, und sie brauchte einfach einen Menschen außerhalb der juristischen Fakultät, mit dem sie sich unterhalten konnte.

Elle wählte Margots Nummer, aber noch bevor sie ihre Freundin begrüßen konnte, sprudelte Margot ihre Neuigkeiten hervor.

»Bald werden die Hochzeitsglocken läuten, Elle!«, kreischte sie. »In meiner Wohnung!«

Elle dachte an Margots neuen Freund und versuchte, sich vorzustellen, wie die beiden miteinander alt wurden. Romantisch wie sie war, gefiel ihr dieses Bild, obwohl es seltsam war, sich Margot und Snuff verheiratet und in reifem Alter vorzustellen.

»Dann hat es mit der Singlevermittlung in Malibu geklappt?«

Margot war nach der Abschlussprüfung nach Malibu

gezogen und hatte im Herbst eine Party unter dem Motto ›Bring dein Karma mit‹ veranstaltet. Elle hatte die Einladung nicht angenommen. Zu der Zeit hatte sie gerade ihr Jurastudium angefangen, und alles, was sie hätte mitbringen können, wäre negative Energie gewesen.

»Ja, Elle!«, rief Margot. »Nächstes Jahr werde ich eine Braut sein!«

»Marg, das ist fantastisch.« Elle versuchte den Anflug von Enttäuschung zu verbergen, dass sie nicht *vor* Margot vor den Altar treten würde. »Ich freue mich riesig für dich«, fügte sie hinzu. »Wann ist denn euer großer Tag?« Sie lächelte bei dem Gedanken an Snuff, einen bereits zweimal geschiedenen Musikproduzenten, mit dem Margot im Sommer eine stürmische Romanze begonnen hatte, und der nun ihr Verlobter war.

»Weißt du, Snuff hat mich vom Zen-Buddhismus total überzeugt«, zwitscherte Margot. »Jetzt muss ich mir überlegen, wie wir die kirchliche Trauung gestalten. Ich habe an diese Kirche in Sedona gedacht, von der aus man einen tollen Blick auf Arizona Vortex hat.«

»Klasse!« Elle gratulierte ihr zu dieser Wahl. »Barfuß wie Cindy Crawford?«

»Du lieber Himmel, nein!«, protestierte Margot sofort. »Ich will ein schönes Kleid mit allem Drum und Dran. Und du bekommst auch eins, Süße. Ich bestehe nämlich darauf, dass du meine Brautjungfer wirst.«

Elle zuckte bei diesem Wort zusammen. Immer nur die Brautjungfer, nie die Braut. Trotzdem war es ein Kompliment. »Danke, Marg«, seufzte sie.

Als könne sie ihre Gedanken lesen, sagte Margot leise: »Ich hätte niemals gedacht, dass ich vor dir heiraten würde, Elle. Niemals!«

Elle zuckte die Schultern. »Das ist kein Wettrennen, Dummerchen.«

»Ich habe gehört, dass Bebe sich scheiden lässt – nach

nur sechs Wochen«, berichtete Margot kichernd über das Mädchen aus der USC, das als Erste geheiratet hatte. »Das wird mir und Snuff nicht passieren. Wir sind ja sooo verliebt«, schwärmte sie.

»Ich fühle mich geehrt, Marg. Brautjungfer bei einer Zen-Zeremonie. Was kann man sich mehr wünschen?«

»Kannst du an diesem Wochenende nach Hause kommen? Ich weiß, das wird knapp für dich, aber ich möchte, dass du und Serena eure Kleider anprobiert. Außerdem habe ich dich nicht mehr gesehen, seit du in Stanford bist.«

»Na klar.« Elle wusste, dass sie eigentlich lernen sollte, aber mit den Kassetten würde das schon klappen.

Sie stellte die Stereoanlage an, um sich den ersten Teil von *Schadensersatzrecht auf Band* anzuhören, während sie packte. »Herzlich willkommen zu unserem Kurs«, ertönte die Stimme des Professors aus den Lautsprechern. Brutus winselte und steckte den Kopf zwischen seine Pfoten.

»Armer Brutus.« Elle tröstete den Hund mit einem sanften Kraulen. »Aber ich darf nichts unversucht lassen.« Sie wühlte sich durch einen Stapel Karteikarten, die sie auf der Couch verstreut hatte, bis sie die Fernbedienung für die Stereoanlage fand, mit der sie ein Rätsel aus der *Cosmopolitan* eingemerkt hatte. »Irgendjemand muss sich ja um diese Fälle kümmern«, sagte sie lachend und warf einen Blick auf zwei riesige Einkaufstüten, die mit Unterlagen vollgestopft waren.

Während sie einen Kleidersack auseinander faltete, versuchte sie sich auf das Thema des Tages – fahrlässige Zufügung emotionaler Belastung – zu konzentrieren. Die gruselige Geschichte handelte von einem Mann, der ein Krankenhaus verklagt hatte, weil sie ihm statt der persönlichen Gegenstände seines verstorbenen Vaters dessen amputiertes Bein geschickt hatten.

Elle schauderte bei dem Gedanken an das Paket. *Diese Kassette sollte einen Warnvermerk tragen.*

24. Kapitel

»Willkommen zu unserem Kurs über Schadensersatz-recht auf Band«, ertönte die mittlerweile vertraute Stimme, während Elle auf der Autobahn in fünf Stunden die Strecke von Palo Alto nach L. A. zurücklegte. Sie hatte die Geschichte über das amputierte Bein mittlerweile so oft gehört, dass sie sich, als sie in die Auffahrt vor dem Haus ihrer Eltern einbog, vor allen Paketzustellern fürchtete.

Elle begrüßte ihre Eltern und rief dann Serena und Margot an. Als ihre Freundinnen ankamen, packte Elle gerade die Bücher aus, die sie mitgebracht hatte. Die beiden umarmten Elle und tauschten dann beim Anblick ihrer blassen, erschöpften Freundin einen entsetzten Blick aus.

»Wir haben dich seit deiner Abreise nicht mehr gesehen«, bemerkte Margot und musterte Elle vorsichtig. »Du hast tiefe Ringe unter den Augen!«

Serena nickte. »Elle, was tust du dir dort an?«

»Ich versuche, mich sechzehn Stunden am Tag mit Karteikarten zu amüsieren«, erwiderte Elle.

»Sag schon – sicher warst du mit einem großartigen Typen aus Stanford auf einer Party. Komm schon, wir haben doch keine Geheimnisse voreinander.« Offensichtlich hatte Serena keine Ahnung, wie der Stundenplan in Stanford aussah.

»Ich kann nicht glauben, dass du deine Bücher mitgebracht hast«, fuhr Serena mit einem Blick auf Elles Schlafzimmer fort, das sich mittlerweile in eine Bibliothek verwandelt hatte.

»Lass die Dinger liegen«, befahl Margot. »Wir müssen jetzt einkaufen.«

Elle erklärte sich einverstanden, und die drei Mädchen quetschten sich in den kleinen Carrera, den Margot vor dem Haus geparkt hatte.

Vor der Valentino-Boutique nahm der Portier die

Autoschlüssel entgegen. »Ist eine Valentino-Hochzeit nicht das Beste, was man sich vorstellen kann?« Margot stieß Elle in die Rippen.

Elle lachte. »Kannst du mir erklären, wie das mit der Zen-Mentalität zusammenpasst?«

»Natürlich.« Margot räusperte sich. »Das ergibt Sinn. Die Hochzeit wird in Vortex stattfinden, verstehst du?«

»Klar.«

»Und beide Wörter – Vortex und Valentino – beginnen mit einem V! Das ist harmonisch! In dem Moment, in dem ich diese Idee hatte, spürte ich sofort den positiven Energiestrom!«

Serena hielt die Tür auf, und Margot eilte in den Laden. »Sie ist völlig durchgeknallt«, flüsterte Serena Elle zu. »Warte, bis du erfährst, was sie sich für die Brautjungfern ausgedacht hat.«

Margot stürzte zu einem Kleiderständer hinter der Ladentheke und zog ihn nach vorne. Eine Reihe schwarzer Kleider schaukelten darauf hin und her, als sie das Gestell anhielt.

»Schwarz?« Elle sah Margot verblüfft an.

»Das ist Zen – schwarz und weiß, yin und yang!«, rief Margot aus und brachte dabei die Metaphern durcheinander. »Ich habe auf MTV Robert Palmers Video *Addicted to Love* gesehen, und da ich der Liebe verfallen bin, und das alles so romantisch ist, kam ich auf diese Idee. Du und Serena und meine anderen Brautjungfern ... ihr werdet alle Robert Palmers Mädchen darstellen. In hautengen schwarzen Kleidern, mit roten Lippen und Gitarren.«

»Gitarren?«

Serena raunte Elle zu: »Ich hab's dir doch gesagt.«

»Ja, Snuff kennt eine Menge Bands. Wir werden uns einige Gitarren ausleihen, und dann werdet ihr genauso aussehen wie die Mädchen im Video – nur dass ihr braungebrannt und blond seid«, rief Margot über die Klapptür der Kabine, in der Elle ihr Kleid überstreifte.

»Der Rest von uns zumindest.« Serena verschränkte die Arme vor der Brust und musterte Elle, die auf einem Bein aus der Umkleidekabine hopste und sich eine Socke vom Fuß zog.

Margots begeisterter Gesichtsausdruck verschwand schlagartig. »Morticia!«, kreischte sie und schlug die Hände vors Gesicht. Elle lehnte sich gegen die Wand und schleuderte die zweite Socke über den Fußboden. Dann betrachtete sie sich unter dem grellen Licht im Spiegel. »Was ist los? Ist das zu eng?«

Margot begann zu wimmern. »Elle, so kannst du nicht auf meine Hochzeit kommen. Nein, lassen Sie das«, fügte sie hinzu und scheuchte die Schneiderin weg, die bereits begonnen hatte, den Saum von Elles Kleid aufzustecken.

»*Wie* sehe ich aus?« Elle starrte in den Spiegel und dann auf die entsetzten Gesichter ihrer Freundinnen.

»Deine Haut! Oh, mein Gott, du siehst wirklich aus wie Morticia«, bemerkte Serena betroffen.

»Wärst du eine Pflanze, würdest du sterben!« Margot wischte sich die Augen. »Elle, deine Haut sieht so ... eingefaltet aus.«

»Eingefaltet?« Elle machte sich nicht die Mühe, Margot zu verbessern.

»Total bleich«, stimmte Serena ihr zu. »Das ist grauenhaft.« Sie legte Margot einen Arm um die Schultern, um sie zu trösten. »Mach dir keine Sorgen, so lassen wir sie nicht gehen. Sie kann Körperschminke verwenden oder so etwas.«

Margot war ein wenig beruhigt. »Wahrscheinlich warst du mit deinem Jurastudium so sehr beschäftigt, dass du nicht einmal Zeit gefunden hast, hin und wieder eine Selbstbräunungscreme aufzutragen, damit du bei meiner Hochzeit gut aussiehst.«

»Ich bin ganz sicher, dass sie bis dahin wieder Farbe haben wird«, erklärte Serena mit einem Blick auf Elle. »So oder so. Egal, ob sie studiert, oder sonst was tut.«

Sie schlossen einen Kompromiss: Elle würde sich ihre Kassetten ab sofort auf einer Sonnenbank anhören. Obwohl es nicht ausgesprochen wurde, war klar, dass Serena Elles Rolle als Trauzeugin übernehmen würde. Als eine der Gitarren schwingenden Brautjungfern würde Elle weniger auffallen.

Hoffentlich würde sie in Palo Alto ein geeignetes Solarium finden.

Margot rief Elle regelmäßig an, um sich zu vergewissern, dass ihre Freundin die Termine im Solarium einhielt. Im Dezember erklärte Margot, sie mache sich Sorgen, dass Elle zu viel lernen und wieder blasser werden könne, und kündigte ihren Besuch an.

Elles Wohnung gefiel ihr, aber sie betrachtete stirnrunzelnd die vielen Bücher und Unterlagen, die überall verstreut waren. Elle gestand, dass sie hart gearbeitet hatte, um den Unterrichtsstoff aufzuholen und seit ihrem Besuch in L. A. außer Lernen kaum etwas unternommen hatte.

»Also, was gibt's Neues in L. A.?«, fragte Elle und ließ sich neben Margot auf dem Sofa nieder. »Ist Malibu immer noch die Gerüchteküche schlechthin?«

»Natürlich«, erwiderte Margot. »Über Holly Finch weißt du ja Bescheid.«

Elle ließ sich auf ihr Bett fallen und starrte lustlos an die Decke. »Wer ist Holly Finch?«

»Wer Holly Finch ist? Elle, du machst wohl Witze!«

»Nein«, seufzte Elle leise, ohne nach einer Entschuldigung zu suchen. Margot war immer Opfer des neuesten VIP-Talks. Immer gab es etwas Neues, etwas, was sie fünf Minuten zuvor gehört hatte, oder ein Gerücht, das ihr bei

104

einem Cocktail während einer von Snuffs PR-Veranstaltungen zu Ohren gekommen war.

»Elle! Sie ist das Thema Nummer eins in L. A., Süße. Die virtuelle Xanthippe! Sie hat in der Cyberwelt einen Tumult ausgelöst.«

»Interessierst du dich jetzt für Computer?«, fragte Elle skeptisch. Sie bräuchte eine ständige Verbindung zu einer Nachrichtenagentur, um Margots immer neue Anspielungen zu verstehen.

»Nein, ich nicht, aber eine Menge Leute aus der Branche sind online. Das ist der letzte Schrei. Es hat nichts mit diesen Trekkies zu tun. Sie klinken sich in eine komplette virtuelle Welt ein. Multimedia.«

Offensichtlich war Margot zu einer Gastveranstaltung von Viacom eingeladen worden und hatte dort einige Wörter aufgeschnappt.

»Und worum geht es bei diesem Aufruhr in der Cyberwelt?«, fragte Elle mit leicht sarkastischem Unterton.

»Holly Finchs Dad besitzt dieses große Multimedia-Unternehmen und eine Vertriebsgesellschaft für Tonträger. Er hatte eine Datenbank mit Angaben über die wirklich wichtigen Leute in der Branche, und Holly hat sich Zugang dazu verschafft. Dann richtete sie dieses fragwürdige, anonyme elektronische schwarze Brett ein. Dort konnten die Leute sich unter falschem Namen eintragen. Es war nur auf L. A. beschränkt und so begehrt, dass man sich nur einklinken konnte, wenn ein anderer Teilnehmer starb oder ausstieg ... oder wenn dein Nettoeinkommen stimmte.«

»Und warum ist diese virtuelle ... äh ... Hexe nun in Schwierigkeiten?«

»Weil sie anscheinend ihr Netzwerk nicht nur dazu benützte, um Informationen auszutauschen.« Margot legte eine Kunstpause ein. »Die Leute unterhielten sich online über ihre Fantasien, verstehst du? Darüber, wie sie es am liebsten haben.« Sie senkte ihre Stimme und flüsterte verschwörerisch: »Elle, ich habe gehört, dass es da um total perverse Dinge ging. Eine absolut ekelhafte Szene.«

»Und?« Elle gähnte.

»Die online Gespräche waren nur der erste Schritt, um sich diese Fantasien im wirklichen Leben zu erfüllen. Sex – egal wie pervers die Praktiken im Netz auch dargestellt wurden. Und auch Drogen. Es war wie ein Versandhaus aus einem Fantasieland! Du brauchtest nur die Angaben über deine Traumfrau in den Computer einzugeben, und am folgenden Tag lag sie verpackt und verschnürt vor deiner Tür.«

»Aber ich dachte, alle verwendeten Pseudonyme«, meinte Elle verwirrt.

»Na klar, sie nahmen alles. Heroin, LSD, Ecstasy.«

»Was?«, unterbrach Elle sie. »Wovon sprichst du eigentlich?«

Margot dachte einen Augenblick lang nach. »Ecstasy weniger. Das ist passé. Aber du hast sicher Recht – für das Zeug, was du gerade erwähnt hast, gab es bestimmt eine Menge Bestellungen.«

Elle lachte. »Nein, Marg. Pseudonyme sind falsche Namen.«

»Oh.« Margot verstummte, um sich dieses neue Wort einzuprägen. »Pseudonyme.« Dann fuhr sie fort: »Holly hatte sich eine Liste zugelegt. Zu jedem falschen Namen notierte sie die wahre Identität und die kranken Vorlieben der jeweiligen Typen. Es geht um angesehene Leute aus der Branche, und sie droht damit, die Liste zu veröffentlichen, wenn sie verklagt wird.«

»Was wirft man ihr vor?«

Margot lachte schrill. »Holly Finch wird etliche Jahre sitzen müssen, wenn man sie drankriegt. Sie ist wegen Dealens aller Drogen, die es auf dieser Welt gibt, angeklagt, und sogar wegen Sex mit Autoteilen!«

»Autoteilen?«

»Ja, Kupplungen oder so. Ich glaube, das nennt sich Kuppelei. Ich sage dir Elle, diese Leute sind echt pervers.«

Elle bot Margot einen Eistee an und ging rasch in die Küche, bevor sie vor ihrer Freundin in Gelächter ausbrach.

»Und ich kann immer noch nicht fassen, dass in der Nähe meiner Wohnung ein Gewaltverbrechen begangen wurde«, fuhr Margot fort. »Es war kein Unfall oder so, sondern ein richtiger Anschlag. Chutney Vandermarks Vater ist tot – umgebracht von ihrer teuflischen Stiefmutter. Wenn du schon Anwältin in Malibu wärst, hättest du jetzt alle Hände voll zu tun!«

Elle las schon seit langem keine Zeitungen mehr oder Klatschmagazine wie *People,* aber der Name kam ihr irgendwie bekannt vor. »Wer?«

Margot schob einen Stapel von Elles Büchern zur Seite, ohne auf ihre Frage zu reagieren, und sah sich vergeblich nach der Fernbedienung um. Dann ging sie zum Fernseher und drückte auf einige Knöpfe. »Wie macht man das ohne Fernbedienung?«

»Keine Ahnung«, gab Elle zu. »Warte, hier ist sie.«

Margot nahm ihr das Gerät aus der Hand und schaltete durch alle Kanäle, bis sie die Sendung *Hard Copy* gefunden hatte. »Meine Güte, Elle, in allen Nachrichtensendungen ist es das Hauptthema.«

Aus dem Off erzählte der Kommentator die grausige Geschichte, während über den Bildschirm eine dramatische Nachstellung des Verbrechens flimmerte. »Heyworth Vandermark, vierundsiebzig Jahre alt, Großindustrieller. Er starb nicht an schwachem Herzen, sondern durch die Hand einer kaltblütigen Mörderin.« Eine Schauspielerin, die die Tochter des Toten spielte, erklärte den Polizeibeamten unter Tränen, wie sie ihren Vater gefunden hatte. »Er lag hier.« Sie deutete auf die Kreidelinie. »Und seine Frau beugte sich über ihn und versuchte, ihn umzudrehen.«

Der Kommentator fuhr fort. »Die dreiundzwanzigjährige Brooke Vandermark, die sechste Frau des ermordeten Multimillionärs, wird dieser abscheulichen Tat in Malibu beschuldigt. In der Wochenausgabe von *Hard Copy* bringen wir ein Interview mit der Augenzeugin Chutney Vandermark, Heyworth Vandermarks einziger Tochter.«

»Oh, Margot, schalt diesen Quatsch ab«, beklagte sich Elle. »So kurz vor dem Examen kann ich mich mit solchem Zeug nicht beschäftigen.«

»Tja, während du nur an deine Kassetten über Schadensersatzrecht denkst, spricht ganz Südkalifornien über die Ermordung Vandermarks«, erwiderte Margot gekränkt. »Sogar in der *Vogue* wird der Fall erwähnt.« Sie stellte den Ton des Fernsehers ab. »Chutney ging auch auf die USC, Elle.«

»Warte, jetzt kann ich mich an sie erinnern. War sie nicht eine Theta?«

»Delta Gamma«, erklärte Margot. »Aber ihre Stiefmutter, die Mörderin, war eine Theta. Typisch!«

Elle kicherte. »Marg, ist das nicht ein wenig übertrieben?«

»Ich weiß nicht – die ganze Sache ist schrecklich. Wusstest du, dass dieses Monster Brooke ein Jahr jünger ist als Chutney? Dreiundzwanzig. Und sie hat den alten Knacker einfach abgeknallt.«

»Das ist furchtbar«, stöhnte Elle.

»Finde ich auch. Ich würde sterben, wenn mein Vater eine Frau heiraten würde, die jünger ist als ich.«

Elle schüttelte den Kopf. »Nein, ich meinte, es ist schlimm, dass Chutney ihren Vater verloren hat.«

Margot sah sie erstaunt an. »Ach so, das. Aber es kommt noch schlimmer – soweit ich weiß, hat er sein gesamtes Vermögen seiner Frau hinterlassen.«

25. Kapitel

Vor ihrer Heimreise berichtete Margot Elle von einem ›wirklich süßen Schönheitschirurgen‹, der in der Gegend von Palo Alto wohnte. Sein Name war Austin. Serena hatte ihn in Aspen kennen gelernt und konnte es kaum erwarten, ihn mit Elle zusammenzubringen. »Serena sagt, er ist umwerfend«, erklärte sie. »Dürfen wir ihm deine Nummer geben?« Mit einem missbilligenden Blick auf Elles Bücherstapel fügte sie hinzu: »Du solltest wirklich öfter ausgehen.«

Elle zuckte die Schultern, es war ihr ein wenig peinlich, dass die Sache mit Warner nicht geklappt hatte. »Ich hatte schon seit Monaten keine Verabredung mehr – ich bin total aus der Übung.«

»Eben deshalb.« Margot wandte sich zum Gehen. »Er wird dich bald anrufen – er kann es kaum erwarten, sich mit dir zu treffen.«

Aus Margots kurzer Beschreibung konnte Elle nicht schließen, ob ein Date mit Austin eine ihrer Regeln verletzen könnte. Es gab drei Typen von Männern, mit denen sie nie ausgehen würde: Männer mit einem Ring am kleinen Finger, Männer, die mehr als eine Unterhaltsverpflichtung hatten, und Männer mit Kindern, die älter waren als Elle. Sie beschloss, Austin eine Chance zu geben.

Noch vor dem nächsten Wochenende rief er sie an. Ob er tatsächlich an ihr interessiert war, oder einfach nur keine andere Verabredung in Aussicht hatte, konnte sie nicht beurteilen, aber sie vereinbarten, sich auf einen Drink zu treffen.

Elle war sich nicht sicher, wie sie Austin im Restaurant ausfindig machen sollte. Margot hatte ihn lediglich als ›süßen Schönheitschirurgen‹ beschrieben, aber es dauerte nur eine knappe Minute, bis sie den Promi-Arzt an der

Bar entdeckte. Er trug einen Anzug von Prada und an seinem dunklen behaarten Handgelenk prangte eine Breitling-Uhr. Neben seinem Handy lag deutlich sichtbar der Schlüssel zu seinem Porsche, und er trank Campari-Soda. Er war tief gebräunt und schwamm in Haargel – genau der Typ, auf den Serena abfuhr.

»Austin«, sagte Elle, als sie auf ihn zuging und streckte ihre Hand aus. Er nickte, wirkte ein wenig überrascht, ergriff aber dann ihre Hand. »Elle?«

Sie nickte. Der Doktor musterte anerkennend ihr kleines Schwarzes und die Kurven darunter. »Freut mich, dich kennen zu lernen. Großartiges Rohmaterial, wenn ich das sagen darf.«

»Rohmaterial«, murmelte Elle und sah der Zeit, die sie nun mit diesem Mann verbringen musste, mit Schrecken entgegen.

Dem attraktiven Paar folgten etliche Blicke, als sie zu einem Tisch gingen. Der Ober verzog das Gesicht, als Elle verkündete, dass sie nur auf einen Drink bleiben könne. Jetzt war sie richtig froh, dass sie für den nächsten Tag einen zwanzigseitigen Aufsatz vorbereiten musste. Als sie Austin erklärte, sie habe deshalb noch eine lange Nacht vor sich, nickte er verständnisvoll. Mit übervollen Terminkalendern kannte er sich aus.

Nachdem Austin Platz genommen hatte, entschuldigte Elle sich einen Moment. In der Damentoilette stellte sie fest, dass ihre Bräune von der Sonnenbank in diesem Licht leicht gelblich wirkte. Rasch holte sie das Make-up von Chanel aus ihrer Handtasche, tupfte etwas davon auf ihr Gesicht und verteilte es, um ihrem Teint einen anderen Farbton zu verleihen. In der Hektik stach sie sich mit dem mandelförmigen, spitz zugefeilten Nagel ihres Ringfingers in die Nase.

»Autsch!« Elle trat rasch einen Schritt zurück, und die Toilettenfrau, die in aller Ruhe auf einem Stuhl gesessen

110

hatte, sprang auf und eilte ihr mit einem Handtuch zu Hilfe. Elle sah, dass ihre Nase blutete.

»Meine Güte«, stöhnte Elle und betrachtete im Spiegel die dünne rote Blutspur, die ihr über die Lippe lief. Dankbar nahm sie das Handtuch entgegen und presste es gegen den Schnitt.

»Kaltes Wasser hilft«, empfahl die Toilettenfrau. Elle nickte und hielt einen Zipfel des Tuchs unter den Wasserhahn. Dann presste sie den eiskalten Stoff auf ihre Nase und hielt ihn fest, bis die Blutung gestillt war.

»Danke.« Sie gab der Toilettenfrau ein Trinkgeld. Wahrscheinlich war deren Job noch langweiliger als ein Jurastudium. Nach einem letzten besorgten Blick in den Spiegel, eilte sie nervös an den Tisch zurück. Sie hatte sich zehn Minuten im Waschraum aufgehalten, und Austin hatte bereits sein Glas geleert. Er sah sie neugierig an, nahm jedoch dann lässig die Unterhaltung wieder auf, als sie ihm einige Fragen zu seiner Person stellte.

Elle erfuhr, dass Austin nicht verheiratet war, aber eine Frau ihm nachstellte, die ihm einen Brief nach Hause geschickt hatte, in dem sie ihn um eine Operation bat. Unterzeichnet war der Brief mit ›Ihre Spielwiese‹. Obwohl er ihre Vorgehensweise etwas merkwürdig fand, hatte er sich entschieden, den Eingriff vorzunehmen. Allerdings änderte er seine Meinung, als sich die Frau den Kittel vom Leib riss, sich auf den Operationstisch warf und rief: »Mein Liebling, du kannst schneiden, wo du willst! Damit möchte ich dir beweisen, dass ich dir voll und ganz vertraue!«

»Nach dieser Vorstellung war das Geschäft gelaufen«, sagte Austin lachend. Er ließ die beschämte Patientin von der Krankenschwester hinausbringen – mit der Bitte, nicht wieder zu kommen.

Elle hielt sich die Hände vors Gesicht und kicherte. »Oh, Austin, wie schrecklich.« Als sie nach ihrem Glas griff, bemerkte sie einen kleinen roten Fleck auf ihrem Zeigefinger. Austin sah ihn ebenfalls.

»Oh, nein.« Elle holte ihre Puderdose aus der Tasche, öffnete sie und stellte fest, dass der Schnitt sich wieder geöffnet hatte.

»Entschuldige mich«, sagte sie mit einem raschen Blick auf Austin und eilte zum zweiten Mal in den Waschraum. Die Toilettenfrau verdrehte die Augen, reichte aber Elle bereitwillig ein frisches Handtuch.

Als Elle zu ihrem Tisch zurückkehrte, bemerkte sie erleichtert, dass Austin bereits aufgestanden war. Er sei angepiepst worden, erklärte er. »Und du hast ohnehin noch eine lange Nacht vor dir«, fügte er hinzu. Elle wurde rot. Sie war sicher, dass er hinter ihrem Nasenbluten etwas Bestimmtes vermutete, aber sie wollte ihm nicht erklären, dass sie sich lediglich selbst verletzt hatte, als sie hektisch ihr Make-up erneuern wollte. Das würde er ihr sowieso nicht glauben.

Während sie darauf warteten, dass der Ober Austin die Quittung seiner Kreditkarte brachte, legte Austin eine Hand sanft auf Elles Arm. »Elle, siehst du im Moment jemanden regelmäßig?«, fragte er lächelnd.

Elle hatte zwar keine Lust auf ein weiteres Date mit Austin, wollte aber auch nicht zugeben, dass sie in der juristischen Fakultät das Leben einer Einsiedlerin führte. »Ja, Austin, ich treffe mich sogar mit mehreren.«

Er sah sie verblüfft, aber interessiert an. Mit väterlicher Besorgnis verstärkte er seinen Griff und fragte: »Warum gehst du gleichzeitig zu mehreren Therapeuten?«

»Oh.« Sie begriff, dass er von Psychiatern sprach, und zuckte die Schultern. »Ich bin komplizierter als ich aussehe.«

»Ich verstehe«, erwiderte Austin zweifelnd.

»Zwei wissen mehr als einer«, erklärte sie.

»Natürlich.«

Auf alle Fälle gab es nun eine weitere Regel, was Verabredungen betraf: Keine Dates mit Männern, die nach einer texanischen Stadt benannt waren.

26. Kapitel

Elle lernte sehr schnell, dass Blondinen keineswegs immer mehr Spaß hatten, zumindest nicht an der juristischen Fakultät. Ihr Misserfolg im Kurs »Haftbarkeit im Strafrecht« war ein herausragendes Beispiel für den Snobismus, den man in Stanford Blondinen gegenüber an den Tag legte.

Professor Pfisak hatte die Studenten gebeten ein kurzes, zweiseitiges Essay zu verfassen, in dem sie eine gesetzliche Organisation erfinden sollten, die dem öffentlichen Interesse dient. Sie konnten sich irgendetwas aussuchen, von dem sie glaubten, dass es ›beim Status Quo der derzeitigen kapitalistischen Körperschaften‹ vernachlässigt wurde. In diesem Zusammenhang sollten die Studenten die Regeln der Verantwortlichkeit des Berufsstandes hinsichtlich der Beziehung zwischen Anwalt und Klienten erläutern.

Elle reichte einen Aufsatz ein, in dem sie vorschlug, einen Fonds für die Verteidigung von blonden Menschen vor Gericht zu schaffen (FfVB). Seine Aufgabe wäre es, jegliche Diskriminierung von Blondinen und blonden Männern zu bekämpfen. Gleichzeitig wäre diese Institution eine Anwaltskanzlei für alle Bereiche von und für Blonde, die sich vor allem auf Bezirke konzentrieren würde, wo es einen hohen Anteil von Blondinen gab, wie z. B. in der Nähe von Stränden. Der FfVB würde vor allem streng gegen falsche Behandlung in Friseursalons vorgehen.

Die Ausstattung der Firma würde an die großen Errungenschaften in der Geschichte der Blondinen erinnern. Heiße Poster von Jean Harlow und Marylin und eine Sammlung der Titelblätter von Christie Brinkleys Magazin würden die Wände zieren. Der FfVB würde regelmäßig Kunstwerke von berühmten Blondinen ausstellen, angefangen mit einem von Prinzessin Grazias Blumenarrangements aus getrockneten Blüten. Madonna würde jedoch nicht berücksichtigt werden, da sie nicht als echte Blondine bezeichnet werden konnte.

Elle bemühte sich in ihrem Essay, den Unterschied zwischen einer echten Blondine und einer natürlich Blonden darzustellen. Der FfVB würde auch brünette Klienten annehmen, die diskriminiert wurden, allerdings nur solche, die man im Herzen als blond bezeichnen konnte. Echte blonde Menschen, ob die Haarfarbe natürlich war oder nicht, konnte man an ihrem tief verwurzelten, heiteren Selbstbewusstsein erkennen. André Agassi, zum Beispiel, besaß das innere Feuer eines blonden Menschen, obwohl er schreckliche Dinge mit seinem Haar angestellt hatte. Madonna zählte jedoch unwiederbringlich seit dem Tag nicht mehr dazu, als sie ihr platinblondes Haar in diesen abscheulichen Schwarzton umgefärbt hatte. Dieser Wechsel bedeutete, dass Madonna im Herzen keine Blondine war, denn eine echte Blondine würde sich niemals das Haar schwarz färben. Da half es auch nichts, dass sie jetzt wieder blondes Haar trug. Billy Idol würde jedoch gerade noch durchgehen.

Elle erörterte die Schwierigkeit, entsprechende Vorbilder unter den Intellektuellen zu finden, was natürlich an der Diskriminierung von blonden Menschen lag. Vor allem bei Männern war die Quote sehr gering. Sie könnte Robert Redford in den Aufsichtsrat berufen, oder möglicherweise Andrew McCarthy um Unterstützung bitten. Elle fielen allerdings nur wenige berühmte blonde Männer ein, die keine Schauspieler oder Surfer waren. Dan Quayle war der einzige Blonde von hohem Rang, der ihr in den Sinn kam, aber wahrscheinlich würde er disqualifiziert werden, weil er sich über die blonde Candice Bergen lustig gemacht hatte.

Der Mangel an geachteten blonden Geschäftsleuten wäre ein Beweis, den man vor Gericht für FfVB-Klienten anführen könnte. Elle malte sich bereits aus, wie sich windende Arbeitgeber zu rechtfertigen versuchten, wenn sie einem brünetten Angestellten einem blonden mit gleicher Qualifikation bei einer Beförderung den Vorzug gegeben hatten. »Aber, Euer Ehren, das ist nur fair – Blonde haben dafür mehr Spaß im Leben.« Und sie, erste Anwältin, würde zurückschlagen: »Einspruch. Irrelevant und voreingenommen.«

Als Professor Pfisak begann, Elles Aufsatz der Klasse vorzulesen, wurde schnell klar, dass sich seine Vorstellung einer Reformierung des kapitalistischen Status Quo nicht mit der Gründung des FfVB vereinbaren ließ. Seine Stimme triefte vor Sarkasmus, und er legte, ungläubig den Kopf schüttelnd, mehrere Pausen ein. Einige Sätze, die ihm besonders merkwürdig vorkamen, wiederholte er. »Haben das alle gehört? Madonna ist keine echte Blondine, weil sie ihr platinblondes Haar schwarz gefärbt hat. *Abscheulich* schwarz.«

Obwohl ihre Kommilitonen johlten und ihr Professor sich über den FfVB lustig machte, hielt Elle unbeirrt an ihrer Vision fest.

27. Kapitel

Auf sadistische Art und Weise wurden in Stanford die Examen unmittelbar auf die Zeit nach den Winterferien gelegt – somit war es der Fakultät gelungen, den Studenten Weihnachten und Neujahr auf einen Satz zu verderben. Elle parkte ihren Range Rover in der Auffahrt vor ihrem Heim in Bel Air und schleppte dann ihre schweren Bücher zur Türschwelle.

Brutus sprang vom Beifahrersitz, überglücklich zu Hause zu sein. »Ja, es ist schön, wieder hier zu sein, auch wenn ich in den Ferien lernen muss«, sagte Elle zu ihrem begeistert jaulenden Hund. Ihre Stimmung hob sich sofort.

Elles Mutter Eva war eine Ferienfanatikerin. Während der Weihnachtszeit gab sie sich besonders große Mühe und verwöhnte Elle, wo sie nur konnte. In dem Jahr, in dem Tory Spellings ›Weiße Weihnachten‹ Stadtgespräch gewesen war, ärgerte Eva sich jedes Mal, wenn darüber geredet wurde. *Sie* hätte den Einfall haben sollen, genügend Schnee einfliegen zu lassen, um damit den Rasen vor dem Haus zu bedecken! Da Eva jedoch in Los Angeles geboren war, assoziierte sie Schnee in erster Linie mit Skifahren, und nicht mit Weihnachten.

Elle musste nicht lange warten, um herauszufinden, welche ausgefallene Idee ihre Mutter dieses Jahr hatte.

Als sie die Eingangshalle betrat, stand sie vor einem wundersamen ›Elle-Baum‹, neben dem die zierliche Eva und sogar Elles schlaksiger Vater Wyatt wie Zwerge wirkten. Wyatt strahlte Elle an. Sein gutes Aussehen, das an einen wohlerzogenen Club-Tennisspieler erinnerte, und seine freundliche Art bildeten einen perfekten Kontrast zu Evas exzentrischer, lebhafter Persönlichkeit.

Die beinahe acht Meter hohe Fichte im Foyer war mit funkelnden, quadratischen Christbaum-Anhängern verziert. Elle schnappte nach Luft, als Eva sie aufgeregt zu dem Baum führte.

»Oh, Mom.« Elle lachte und umarmte ihre kichernde Mutter, bevor sie entgeistert die ungewöhnliche Weihnachtsdekoration in Augenschein nahm. Es waren Reproduktionen von berühmten Bildern, die die Künstler in Evas Galerie angefertigt hatten. Jedes Gemälde zeigte Elles Gesicht in den unglaublichsten Szenarien.

»Sieh dir das an, Liebling.« Eva deutete auf eines der Bilder. »Das gefällt mir am besten: *Elles Geburt.*«

»Mutter!« Elle wurde rot. Entsetzt betrachtete sie ihr Gesicht auf dem ausladenden, nackten Körper der Venus von Botticelli. »Oh, mein Gott! Das bin *ich,* und sie ist so fett!«

Die *Mona Elsa* war gar nicht so schlecht, da man von da Vincis berühmtem Modell nur die Schultern sah, und der Künstler war so nett gewesen, ihr Haar in der Reproduktion blond zu malen. An Stelle des Blicks der Frau, die über Jahrhunderte die Fantasie verschiedener Maler beschäftigt hatte, sah man nun Elles himmelblaue Augen. Von Matisse bis Modigliani, von Rubens bis Renoir, von Gainsborough über Gauguin zu Goya – überall erstrahlte jetzt Elles perfektes Lächeln. Elle umarmte Eva herzlich. »Mutter, du bist ohne Zweifel der verrückteste Weihnachtsmann der Stadt.«

»Und niemals langweilig!«, rief Eva aus.

»Niemals langweilig«, bestätigte Wyatt und zwinkerte seiner Frau zu. »Mein Lieblingsbild ist *American Gothic.* Ich finde, es passt zu dir.«

Grant Woods berühmtes Mistgabeln schwingendes Paar war so verändert worden, dass Elles Gesicht nun über dem matronenhaften Kleid der Frau aus dem Mittleren Westen erschien, während auf dem blanken Gesicht des Mannes neben ihr ein Fragezeichen aufgemalt war.

»An Stelle des Fragezeichens kannst du einsetzen, wen immer du möchtest.«

»Daddy, du weißt doch, welches Gesicht ich dort gern sehen würde!« Elle umarmte ihren Vater liebevoll.

Sie zog sich in ihr Zimmer zurück und sagte ihren Eltern, sie sei für niemanden zu sprechen, auch für Serena oder Margot nicht. »Sie werden mir nur sämtliche Partys aufzählen, und ich will mich nicht in Versuchung bringen lassen. Sagt ihnen, mir ginge es nicht gut oder so, okay?«

Eva seufzte und warf Wyatt einen besorgten Blick zu.

»Bitte, Mom. Ich will meine Prüfungen nicht vermasseln.«

»In Ordnung, Schätzchen«, sagte Eva. »Ich rufe dich, wenn das Abendessen fertig ist.«

In der Woche vor den Abschlussprüfungen wurde der Stress beinahe unerträglich. In der Bibliothek drängten sich Studenten und versuchten, die verschwommenen Informationen aufzuarbeiten, die sie in den letzten vier Monaten über Regeln und Verfahren in einer Sprache erhalten hatten, die weder Englisch noch Latein war – sondern die unverständliche Sprache des Rechts. Der geheime Engel hatte Elle – und über Elle auch Eugenia – mit genauen Aufzeichnungen versorgt, aber das Leben in diesem Dampfkessel sorgte dafür, dass Elle allmählich das Examen herbeisehnte.

Während sie sich durch einen Berg von Fällen im Zivilstrafrecht kämpfte, fand Elle tatsächlich eine nützliche Information. Wenn ein Gläubiger einen Schuldner verklagt, darf er ihm nichts nehmen, was ›für dessen Alltagsleben unverzichtbar ist‹. Elle war beruhigt. Sollte sie jemals an einen absoluten Tiefpunkt gelangen, so könnte ihr niemand ihre Kleidung, ihr Make-up, ihr Telefon und ihre regelmäßigen Maniküre-Termine nehmen.

28. Kapitel

Eugenia presste ihr Gesicht gegen die Fensterscheibe neben Elles Tür und klingelte zum dritten Mal. Dann hörte sie aus dem Badezimmer das gedämpfte Surren eines Haartrockners.

»Zumindest ist sie schon aufgestanden«, sagte sie und rückte das Päckchen unter ihrem Arm zurecht, der allmählich taub wurde. Der Fön wurde abgestellt, und Eugenia klingelte schnell noch einmal. »Elle!«

Elle kam in ihrem pink-weiß gestreiften Bademantel ans Fenster und spähte um die Ecke. »Genie?«

»Hi, Elle. Ich wollte sicher gehen, dass du rechtzeitig zu deiner ersten Prüfung kommst. Wenn du willst, fahre ich dich rüber.«

»Toll!« Elle öffnete die Tür. »In der Küche steht Kaffee. Französische Mischung.«

»Danke. Von dem Zeug kann ich nie genug bekommen«, erklärte Eugenia.

Elle hastete zurück ins Badezimmer. »Komm zu mir und unterhalte dich mit mir, während ich mich zurecht mache. Ich bin total nervös.«

Eugenia ließ sich im Schneidersitz auf dem Boden im Flur nieder und stellte ihre Kaffeetasse ab. »Der Portier hat mich gebeten, dir das mitzubringen.« Sie deutete auf das Päckchen. »Hier.«

Eugenia trug das Päckchen in die Küche, gefolgt von Elle. »Sicher willst du es gleich öffnen. Es ist von Warner.«

»Wie süß von ihm!«, rief Elle. »Wahrscheinlich ein Geschenk, das mir Glück bringen soll. Ich hätte ihm auch etwas schicken sollen – ich hatte schon mit dem Gedanken gespielt.« Aufgeregt zerschnitt sie das Klebeband mit einem Steakmesser.

An der Schachtel in dem Päckchen war eine Notiz befestigt. Elle las den Brief laut vor, während Eugenia an ihrem Kaffee nippte.

Liebe Elle,
Ich hätte dir das schon eher schicken sollen.
Sarah hat jetzt darauf bestanden, dass ich alles
zurückgebe. Sie will nicht an dich erinnert
werden, und ich denke, es wäre nicht richtig,

die Fotos zu behalten. Wie viele verheiratete
Männer kennst du, die die Bilder ihrer Exfreundinnen
aufheben? Außerdem behalte ich dich auch ohne Fotos
im Gedächtnis. Immer wenn ich an den Strand gehe,
fällt mir der Werbespot für perfekte Bräune ein.
(Manchmal denke ich sogar in der Uni daran!)
Viel Glück für deine Prüfungen.
Alles Liebe, Warner

Eugenia stellte langsam ihre Tasse ab. »Fotos?«

Wie betäubt öffnete Elle die Schachtel und kippte den Stapel Bilder auf den Küchentisch. Dann nahm sie eines nach dem anderen in die Hand. Als Eugenia sah, dass Elle zu zittern begann, ging sie wortlos zu ihr hinüber.

»Unsere USL Party, 1999. Homecoming, 1999. Die Bahamas Party, 2000.« Sie verstummte. »Meine Güte, wir haben die Fotografen gut beschäftigt. Hier bei der Wohltätigkeitsveranstaltung, und hier – ich kann es kaum fassen – waren wir in Aspen. Am Valentinstag.« Elle lächelte traurig; Tränen stiegen ihr in die Augen. »Ein tolles Geschenk, um mir Glück zu wünschen.«

»Was für ein Schwachkopf«, meinte Eugenia und murmelte noch ein paar schlimmere Ausdrücke vor sich hin. »Komm her, Elle.« Sie nahm ihre Freundin in die Arme, und Elle ließ ihren Kopf auf Eugenias Schulter sinken.

Mit zitternden Knien lehnte sie sich dann gegen den Küchenschrank. »Warum hat er sie mir zurückgeschickt? Ich habe von allen Abzüge.« Sie starrte auf die Bilder, die ihr und Warners Konterfei zeigten, und die nun wie Spielkarten verstreut auf der weißen Tischplatte lagen. »Warum gerade jetzt? Wie konnte Warner mir das antun? Oh, Gott, ich kann heute nicht zu dieser Prüfung gehen, Eugenia. Ich kann einfach nicht.«

Eugenia schüttelte wütend den Kopf. »Warner? Er hat

so viel Feingefühl wie ein Holzklotz. Das hat Sarah angezettelt.«

»Wie meinst du das?« Elle schluckte und starrte betroffen ins Leere. Der Gedanke, Sarah die Schuld für den unpassenden Zeitpunkt von Warners Päckchen zu geben, war ihr bisher nicht gekommen. Was nützte die ganze Paukerei? Nacht für Nacht hatte sie über den Unterlagen des geheimen Engels gebrütet, um zu lernen, wie man eine versteckte Rechtsfrage erkennen konnte, falls eine solche in der Prüfung auftauchen würde. War ihr dabei ihr Verstand abhanden gekommen? Hatte sie bei der Suche nach feinen Details die Fähigkeit verloren, den wahren Schuldigen zu erkennen? »Natürlich, es muss Sarah gewesen sein.« Elle seufzte niedergeschlagen. Sarah steckte hinter allem, was Warner falsch machte. »Aber Warner hat doch den Brief geschrieben, oder? Das waren seine Worte.«

»Begreifst du das denn nicht, Elle?« Eugenia ließ nicht locker. »Es ist kein Zufall, dass du diese Fotos ausgerechnet jetzt bekommst. Sarah hat ›darauf bestanden‹, wie es hier heißt. Ja, das kann ich mir gut vorstellen. Verdammt, sie hat ihn ordentlich durch die Mangel gedreht.«

»Eugenia«, begann Elle, aber ihre Freundin winkte ab.

»Sarah greift energisch durch, Elle. Sie will nicht, dass du es schaffst. Du hast so hart für diese Prüfungen gearbeitet, und du bist bereit dafür, das weiß ich. Sie versucht, dich aus dem Gleichgewicht zu bringen – sie will dass du von der Fakultät fliegst. Lass sie nicht gewinnen.«

Zitternd zog Elle ihren Morgenmantel enger zusammen.

»Elle, das ist mein Ernst.« Eugenia packte Elle an den Schultern und schüttelte sie heftig. »Du wirst dich jetzt anziehen und nicht mehr daran denken. Lass es nicht zu, dass Sarah oder Warner dir zerstören, wofür du das ganze Semester über geschuftet hast.«

Elle senkte den Kopf und starrte auf den Fußboden.

»Es ist mir egal, ob Sarah Warner dazu gebracht hat. Ich bin nur wegen ihm hierher gekommen, Eugenia. Nur für Warner habe ich das ganze Semester lang gearbeitet! Für niemanden sonst. Ich wollte ihm nur beweisen, dass ich den Abschluss schaffen kann ...«, sagte Elle mit zittriger Stimme und begann dann zu schluchzen.

Eugenia ließ Elle los, sammelte die Bilder ein und schob sie in die Schachtel zurück. Dann starrte sie Elle wortlos an. Elle verbarg ihr Gesicht – sie konnte es nicht ertragen, in Eugenias vernichtendem Blick eine düstere Reflexion ihrer eigenen Schwäche zu sehen. Eugenia seufzte, es klang etwas milder. Doch ihr Tonfall war immer noch sehr bestimmt.

»Warner und Sarah werden heute keinen Gedanken an dich verschwenden, Elle. Sie beschäftigen sich mit Vertragsrecht, und bevor du dich versiehst, hängen sie ihre gerahmten Diplome an die Wand. Tu, was du willst. Geh, wenn du das für richtig hältst, aber vergiss nicht: zumindest einer der beiden wird sich diebisch freuen, wenn du aufgibst.«

Elle richtete sich zornig auf. »Versuch doch, meinen Standpunkt zu begreifen, Eugenia. Es war ein schrecklicher Fehler, hierher zu kommen.« Sie griff nach dem Brief; auf ihrem blassen Gesicht und ihrem Hals bildeten sich rote Flecken vor Wut. »Das bekomme ich für die vielen Fallbeschreibungen, die ich studiert habe, für die Unterlagen aus den Vorlesungen, über denen ich vor Übermüdung eingeschlafen bin. Woran denkt Warner, wenn er mich in der Fakultät sieht? Daran, dass ich Verstand habe, dass auch ich alles schaffen kann, was seiner Verlobten gelingt? Dass ich ebenso ernst zu nehmen bin wie diese Spießer von Groton? Nein, er denkt an meine perfekte Bräune. An ein Foto, auf dem ich im Bikini zu sehen bin!« Elle senkte mit Mühe ihre Stimme und wischte sich wütend eine Träne von ihrer brennenden dunkelroten Wange. »Was würde anders werden, wenn ich die Prüfungen bestehen würde? Warner interessiert sich nicht mehr für mich, und daran wird sich nichts ändern. Ich käme deshalb trotzdem nicht aus Greenwich. Ich werde nie eine Knottingham sein, niemals sein, was er will. Und mir ist gerade klar geworden, dass ich auch nie eine Huntington sein werde. Warum sollte ich also weitermachen?«

»Schreib diese Prüfungen, weil du es kannst, Elle«, erwiderte Eugenia bestimmt. »Und gehe nur dann weg von hier, wenn du es möchtest, und nicht weil die beiden es wollen – oder *sie* es will.«

Elle schaute sie betreten an und schüttelte den Kopf. »Wem willst du hier etwas vormachen, Eugenia? Ich kann mich nicht einmal mehr daran erinnern, was ein Vertrag ist.«

»Angebot und Annahme«, kam es wie aus der Pistole geschossen.

»Vergiss die Gegenleistung nicht.« Elle lächelte schwach, und Eugenia brach in Gelächter aus.

»Siehst du? Du weißt mehr darüber als ich. Komm schon, Elle, mach jetzt keinen Rückzieher.«

Elle warf zögernd einen Blick auf die Uhr über dem Herd. »Ich habe noch genügend Zeit.«

Eugenia lächelte. »Ich werde dich hinfahren. Du kannst im Auto deine Unterlagen noch mal durchlesen, falls dir davon nicht schlecht wird. Es wird Sarah umbringen, wenn sie sieht, dass du dich durch diesen kleinen Trick nicht hast entmutigen lassen.«

»Und Warner auch, oder?«, fragte Elle grinsend.

»Na klar.« Eugenia öffnete den Schrank. »Willst du einen Cracker?«

Elle kicherte. »Das sind immer noch die, die du damals mitgebracht hast. Ich weiß nicht, wie du dieses Zeug essen kannst.«

»Also gut, du bekommst ein Stück Reiskuchen. Aber beeil dich jetzt. Heute ist dein großer Tag.«

Die erste Prüfung – Vertragsrecht – begann um 9.00 Uhr. Elle beendete den vierstündigen Test eine ganze Stunde früher, da sie sich in ihrer Panik mit der Zeit vertan hatte.

Sie hatte sich von ihrem selbst gesetzten Termin unter Druck setzen lassen und stellte nun fest, dass sie in der ihr verbleibenden Stunde nichts mehr zu den Ausführungen auf dem Prüfungsbogen hinzufügen konnte. Im Gegenteil – ein seltsamer Gedächtnisverlust löschte alle Ideen aus, die sie soeben zu Argumenten formuliert zu Papier gebracht hatte.

Erste Prüfung vorbei, dachte Elle erleichtert, schwebte glücklich den Mittelgang hinunter und klatschte ihr Heft auf das Pult. Beim Hinausgehen stellte sie fest, dass Dutzende verstohlen einen verzweifelten Blick auf die Wanduhr warfen, aus Angst, sie wären zu spät dran. Der Anblick ihrer Kommilitonen, die nervös die Köpfe senkten und mit zittrigen Händen versuchten, schneller zu schreiben, war so herrlich, dass Elle beschloss, möglichst alle Prüfungen als Erste abzugeben.

Zivilprozess war das einzige Fach, in dem Elle keine Stunde übrig blieb. Bei einer Frage über Gerichtsbarkeit fielen Elle die Unterlagen des geheimen Engels ein. Er hatte sechzig Seiten über Bundesgesetzgebung zur Gerichtsbarkeit in Versform gebracht und lehnte sich damit an *Conjunction Junction* an, eine bekannte Lern-Methode, bei der gereimte Liedtexte als Gedächtnisstütze dienen. Bei Elle schien das allerdings eher zu schaden, als zu nützen.

Während sie versuchte, sich an den Unterschied zwischen *in rem* und *in personam* zu erinnern, summte sie plötzlich einige Lieder aus *Conjunction Junction* vor sich hin, verärgert, dass ihr nicht mehr alle Zeilen einfielen. Es kostete sie einige Anstrengung, die Melodie aus dem Kopf zu bekommen. Trübsinnig starrte sie auf die leere Seite in ihrem Heft. Schließlich beschloss sie halbherzig, auszuführen, dass bei dem Kläger eine fingierte *in rem* Zuständigkeit vorlag. Damit legte sie sich nicht ganz genau fest – das sollte für einen halben Punkt reichen.

Als Elle ihren Aufsatz noch einmal überflog, bemerkte sie entsetzt, dass sie jedes Mal ›frisiert‹ statt ›fingiert‹ geschrieben hatte. »Freudsche Fehlleistung«, murmelte sie, und besserte jedes falsche Wort aus. Serena befand sich in Aspen, und Margot probierte sicher gerade in einer Valentino-Boutique Brautkleider an. Und Elle schlug sich inmitten schwitzender Prüfungskandidaten mit einem fürchterlichen Test über Gerichtsbarkeit und Zuständigkeit herum. Sie hielt kurz inne und ließ dann ein einziges Mal das Wort ›frisiert‹ unkorrigiert – nur aus Prinzip.

Die Wochen nach den Prüfungen hätte man eigentlich als Ferien betrachten können, da die Vorlesungen erst zehn Tage danach wieder begannen. In Stanford diente diese ›freie‹ Zeit jedoch dazu, Aufsätze zu schreiben und zu lernen. Die juristische Fakultät stellte einen Terminkalender für Vorstellungsgespräche zusammen, um Praktikumsstellen für die Frühlings- und Sommerferien zu vermitteln. Damit war sicher gestellt, dass die Stanford-Sklaven pausenlos unter dem Druck ihres Jurastudiums standen.

Eugenia hatte vor, die Hälfte der Ferien zu Hause zu verbringen und anschließend mit Kenneth, ihrem Freund aus Collegezeiten, und anderen Freunden aus Yale in Vermont Ski zu fahren.

»Diese Vorstellungsgespräche sind reine Zeitverschwendung«, erklärte Eugenia. »Viel zu früh – die Noten stehen ja noch nicht einmal fest. Die erste Runde dient lediglich dazu, die sozialen Außenseiter auszusortieren.«

Elle lachte. »Und wer bleibt dann noch übrig?«

Eugenia war zu beneiden – sie musste sich keine Sorgen

wegen eines Jobs machen. Ihr Studienbetreuer wollte sie im Sommer in New Haven mit Forschungsarbeiten betrauen – er versuchte immer noch, sie zu überreden, ihre Doktorarbeit in Philosophie zu schreiben. Mit diesem Sicherheitsnetz konnte sie es sich erlauben, dem Seiltanz auf dem Arbeitsmarkt ganz gelassen entgegen zu sehen.

Als Elle erfuhr, dass Christopher Miles, ein bekannter Verteidiger in San Francisco, Erstsemester für ein Praktikum im Frühjahr interviewen wollte, wurde sie neugierig. In der Januarausgabe des *Architectural Digest* war Miles & Slocum im Bereich Büro-Design unter die ersten zehn Firmen gewählt worden. Es war das einzige kalifornische Unternehmen, das sich einen Platz auf dieser Liste hatte erkämpfen können.

Natürlich hatte Elle zuerst daran gedacht, mit den Visitenkarten der Kunstgalerie ihrer Mutter dort aufzutauchen. Doch als Eugenia ihr erzählte, dass Christopher Miles Assistenten für die Nachforschungen im Fall Vandermark suchte, stieg ihr echtes Interesse an diesem Job. Nachdem sie auch noch Warners Namen unter den etwa vierzig Kandidaten auf der Interviewliste entdeckt hatte, beschloss sie, dass sie dieses Praktikum bekommen musste.

Elle wollte sich unbedingt noch mit Eugenia über das Vorstellungsgespräch unterhalten, denn die einzigen Ratschläge, die sie bisher zu Interviews erhalten hatte, stammten aus einem Test in der *Cosmopolitan* mit dem Titel ›Können Sie bei Vorstellungsgesprächen überzeugen?‹. Jemand, der schon mehrere Interviews hinter sich hatte, konnte ihr da sicher besser helfen. Eugenias Tipps sollten sich tatsächlich als hilfreich erweisen.

Als Sidney Elles Namen auf der Liste für den begehrten Job entdeckte, fügte er seinen eigenen in fetten Buchstaben hinzu und lauerte dann Elle auf. Wie immer hatte er sich gut vorbereitet und eine Beleidigung parat.

»Elle, warum heiratest du nicht einfach und spielst Tennis im Club, so wie es sich für dich gehört?«, rief er ihr zu, als sie mit Eugenia aus der Kantine kam. Sidneys höhnische Bemerkung rief bei den Trekkies, die sich um ihn versammelt hatten, schallendes Gelächter hervor.

Sidney bekam einen hysterischen Lachanfall, offensichtlich begeistert von seinem eigenen Witz. Selbst er wusste, dass Elle verzweifelt versuchte, Sarah und Warner auseinander zu bringen. Das Thema war anscheinend in der juristischen Fakultät inzwischen allgemein bekannt.

Elle berührte Sidneys Spott weniger, als sie erwartet hatte. Wortlos ging sie an ihm vorbei.

»Was für ein Glücksfall«, sagte sie an diesem Abend am Telefon zu ihrer Mutter. Der ›Mord in Malibu‹! Margot würde ausflippen, wenn sie hörte, dass Elle vielleicht bald an dem heißesten Fall in L. A. arbeiten würde. Möglicherweise verzieh sie Elle dann sogar das Jurastudium. Doch als Serena anrief, begriff Elle, dass sie zu optimistisch gewesen war. Selbst ein stilvolles Debüt in diesem Bereich würde ihr von den Bonvivants, die sie ihre Freundinnen nannte, keine Anerkennung einbringen. Ein Jurastudium war immer noch ein inakzeptabler alternativer Lebensstil.

Serena hatte Elle für die Woche, in der das Interview stattfand, nach Aspen eingeladen und konnte es nicht glauben, dass Elle absagte. »Komm schon, Elle, hat dich dieses Irrenhaus um den Verstand gebracht? Hast du gehört, was ich gesagt habe? Alle werden in dieser Woche hier sein. Es ist sozusagen ein Wiedersehenstreffen. David hat nach dir gefragt, und Vince ist hier. Und Charles ... Charles betet dich immer noch an. Er erkundigt sich ständig nach dir.«

»Serena, das ist nicht nur ein banales Vorstellungsgespräch«, protestierte Elle und spielte die Karte aus, mit der sie glaubte, Serena überzeugen zu können. »Du hast doch schon von dem Vandermark Mord gehört. Immerhin hat sogar die *Vogue* darüber berichtet. Als Margot mich besuchte, sprach sie über nichts anderes.«

»Ja, natürlich.« Serena erinnerte sich an dieses heiße Thema. »Alle reden über Brooke, ›die blonde Schlächterin‹ Vandermark. Ihr Foto war auf den Titelseiten sämtlicher Boulevardzeitungen. Weißt du, dass sie eine Theta war? Typisch.«

Serena hörte sich immer mehr an wie Margot.

»Stimmt«, erwiderte Elle. »Dieser gefragte Verteidiger hat Brookes Fall übernommen und er kommt hierher, verstehst du? Ich habe eine Chance auf ein Praktikum im Fall ›Mord in Malibu‹. Ist das nicht aufregend? Er wird sich hier einige Studenten aussuchen, die für ihn recherchieren sollen. Oder ihm auch nur Kaffee bringen. Mir ist das egal. Ich glaube, dass Brooke Vandermark zu Unrecht beschuldigt wird, und ich möchte ihr helfen.«

»Einer Theta?«, fragte Serena verächtlich. »Was kümmert dich eine Theta? Erinnerst du dich nicht mehr daran, dass die Thetas uns bei den *Derby Days* im Bikiniwettbewerb geschlagen haben? Meine Güte, Elle! Wäre sie eine von uns, dann könnte ich es vielleicht verstehen. Aber eine Theta?«

»Warum nicht, Serena? Das ist eine große Chance für mich.«

»Was ist los mit dir, Elle? Bist du völlig übergeschnappt?« Serena versuchte, ihrer Freundin Vernunft einzubläuen. »Ich liege gerade im Whirlpool, *chicita*.« Elle stellte sich bildlich die riesige ›Blockhütte‹ von Serenas Eltern vor und seufzte. »Du könntest jetzt auch hier sein, Baby. Was ist nur mit dir passiert?«

»Okay, okay, Serena, mach es nicht noch schwerer, als es ohnehin schon ist. Verstehst du mich besser, wenn ich dir sage, dass dieses Vorstellungsgespräch etwas mit Warner zu tun hat?« Elle hörte, wie Serena in Gelächter ausbrach.

»Meine Güte, Elle, ich hätte beinahe das Telefon fallen lassen.« Serena kicherte. »Ich hätte einen Stromschlag bekommen können.« Im Hintergrund erklärte eine Männerstimme, wie ein schnurloses Telefon funktionierte. »Was? Nein, Nathan, natürlich steht es unter Strom. Und jetzt sei ruhig.« Elle hörte Geplätscher. »Es funktioniert doch nicht nur mit Luft. Hey, lass das! Du bringst uns noch um!«

»Hör zu, Serena«, sagte Elle. »Warner stellt sich ebenfalls vor. Ich sehe ihn kaum noch, da wir keine gemeinsamen Vorlesungen haben. Wir würden wahrscheinlich zusammenarbeiten, wenn ich diesen Job bekomme, verstehst du? Dann könnte ich versuchen, ihn zur Vernunft zu bringen.«

Serena verstummte. »Ach, du armes Ding. Elle, es gibt noch so viele andere Fische ... auf den Pisten.«

»Fische auf den Pisten?« Serena klang beschwipst.

»Hihi. Auf den Pisten. Elle, was ist mit Charles? Er kann es kaum erwarten, dich wiederzusehen.« Für Serena war ein Mann so gut wie der andere.

»Serena, hör zu. Ich sitze jetzt nun einmal in diesem scheußlichen Loch. Wegen Warner bin ich hierher gekommen – warum sollte ich also nicht noch einmal die alte Collegetour versuchen?«

»Kommst du bitte nach Hause, wenn er nicht bald zur Besinnung kommt. Bitte, Elle! Die Sache wird allmählich lächerlich.«

Elle seufzte. »Ich werde zurückkommen, Serena. Jetzt habe ich gerade meine Prüfungen hinter mich gebracht, und ich habe dafür härter gearbeitet als jemals zuvor in meinem Leben. Deshalb möchte ich dieses Jahr abschließen, okay? Vertrau mir einfach. Dieses Vorstellungsgespräch ist meine letzte Chance, und ich werde alles dafür tun.« Elle klemmte das Telefon zwischen Kinn und Schulter und ging zu ihrem Schrank hinüber.

Serena dachte kurz nach. »Also gut, dann werde ich meine Kristalle für dich aufstellen und dir auf direktem Weg ein gutes Karma senden.«

»Du verrücktes Huhn.« Elle lachte liebevoll. »Danke.«

Serena quietschte und bespritzte ihren männlichen Begleiter im Whirlpool. »Das ist kein Voodoo, du Banause. Naaathan! Elle, ich rufe dich später noch mal an. Bis dann, Süße.«

»Bis bald, Serena.« Elle legte auf und öffnete ihren Kleiderschrank.

»Ich muss morgen perfekt aussehen.« Hektisch durchwühlte sie ihre Garderobe auf der Suche nach einem geeigneten Outfit für das Vorstellungsgespräch. Sie zog ein marineblaues Armani-Kostüm heraus und hielt es sich vor den Körper. In ihrem dreiteiligen Spiegel sah sie hinter sich Brutus. »Blau?« Der Hund rollte sich desinteressiert auf dem Boden zusammen. Elle hätte schwören können, dass er gähnte.

»Du hast Recht. Langweilig. Sarah würde Marineblau tragen.« Elle zog ein bonbonfarbenes Chanel-Kostüm mit glänzenden Goldknöpfen hervor. »Das ist besser.« Sie lächelte. »*Think Pink*, Brutus«, sagte sie. Der Hund seufzte zufrieden.

29. Kapitel

Josette hatte Elle wieder einmal in letzter Minute einen Termin gegeben, und so konnte sie Christopher Miles selbstbewusst, mit rosigen Wangen und bis zu den Fingerspitzen aufpoliert entgegentreten. »*Ingenue*«, sagte der Verteidiger im italienischen Anzug lächelnd. Miles saß im

Konferenzraum der Fakultät hinter einem Plastik-Tisch und beobachtete, wie Elle die Beine unter ihrem engen pinkfarbenen Rock übereinander schlug.

Elle konterte auf Französisch. »*Comme il faut!* Wie es sich gehört.«

Er hatte sie aus einem banalen Grund herein gebeten. »*Mon petit bijou*«, sagte er mit einem glatten Lächeln. »Ich habe Sie mir weniger ... intellektuell vorgestellt.«

»Ach ja?« Elle runzelte die Stirn.

»Ich habe schon viele Lebensläufe gesehen«, erklärte er, immer noch lächelnd. »Aber ein pinkfarbener ist mir bisher noch nicht untergekommen.«

»Er hebt sich ab, nicht wahr?«

Er nickte.

»Das ist mein ganzes Leben – hier auf dieser Seite.« Sie deutete auf den Lebenslauf auf dem Tisch. »Was kann man auf einer Seite schon sagen?«

»Graviert?«

»Warum nicht? Viele Leute bestellen jedes Mal, wenn sich ihre Adresse ändert, einen neuen Stapel graviertes Briefpapier, ohne sich je darüber Gedanken zu machen. Und andere kopieren sogar ihren Lebenslauf, unglaublich ...!« Elle verzog das Gesicht. »Der Lebenslauf sollte etwas Besonderes sein!« Sie verstummte und überlegte, ob es richtig war, über Briefpapier zu sprechen.

»Graviert, rosa ... eine beinahe mittelalterliche Schrift. Sie könnten ein Exemplar zu den Windsors schicken. Sollte die königliche Familie eine Stelle für eine gesellschaftspolitische Schmuckdesignerin zu vergeben haben, die Auszeichnungen in ...«

Christopher schwieg einen Augenblick lang.

»Unter der Rubrik ›Auszeichnungen und Preise‹ haben Sie hier erwähnt ...« Der Anwalt drehte das rosafarbene Blatt zur Seite, so dass sie es beide lesen konnten. Elle warf einen zaghaften Blick auf das Stück Papier, auf dem ihr ganzes Leben zusammengefasst war. »*Homecoming Queen* 2000, Griechische Göttin 1999 ...«

Elle lächelte und fuhr mit dem Fingernagel über die entsprechenden Zeilen, während er weiterlas. »Präsidentin der Delta Gamma Schwesternschaft der USC, Vorsitzende des Rats der Schwesternschaften, Model für *Super Sun* Bräunungscremes, Los Angeles.« Der Anwalt zögerte. »Model? Für Werbung?«

Elle zuckte die Schultern. »Bei den Preisen habe ich einige nicht erwähnt. Prinzessin dies und jenes von früher. Das sind nur die, die ich in letzter Zeit bekommen habe.«

»Einen solchen Lebenslauf habe ich noch nie gesehen, Elle. Deshalb wollte ich Sie unbedingt kennen lernen.«

»Prima, jetzt bin ich hier. Lassen Sie uns über den Job sprechen, den Sie mir anbieten wollen, okay?«

»Natürlich«, erwiderte er mit verhaltenem Spott. »Was wissen Sie über das Projekt?«

Was Elle darüber wusste, wollte sie nicht preisgeben. Von Eugenia hatte sie erfahren, dass Christopher Miles sein Examen in Stanford gemacht hatte, ein berühmter Verteidiger war und mit den Eliteuniversitäten ein Quid pro Quo-Abkommen hatte. Wenn er an einem bedeutenden Fall arbeitete, erwähnte er in diesem Zusammenhang anerkennend den Namen der Universität und sorgte für entsprechende Presse.

Im Gegenzug halfen ihm die Studenten unentgeltlich bei den Recherchen und erhofften sich dadurch Ansehen in der akademischen Welt und Berufserfahrung, die ihnen bei späteren Vorstellungsgesprächen zugute kommen würde.

Christopher Miles würde den Fall Brooke Vandermark in San Francisco vor Gericht bringen, und als er sich auf der Suche nach Studenten an Stanford gewandt hatte, war das von Dekan Haus herzlich begrüßt worden. Über vierzig Studenten rivalisierten nun im Kampf um vier Stellen im Team des Verteidigers. Hätte Dekan Haus nicht ohnehin einen roten Teppich ausgerollt, wären die Böden in Stanford trotzdem bald blutrot gewesen.

Es ging das Gerücht, dass die Studenten nicht einmal davor zurückschreckten, über den Kommilitonen, der vor ihnen interviewt worden war, schamlose Lügen zu erfinden. »Ich sollte das wahrscheinlich nicht sagen, aber die Studentin, mit der Sie gerade sprachen, ist manisch-depressiv. Einen Tag ohne Lithium, und sie ist unberechenbar. Ich glaube, mit diesem Fall wäre sie eindeutig überfordert.« Die Ehrgeizigen griffen schon früh zum Mittel des Verrats.

Elles Interesse an dem Job hatte mehrere Gründe.

»Ich interessiere mich für Strafverteidigung«, log sie. »Sie verteidigen eine Frau, die angeblich ihren Ehemann umgebracht hat. Das ist alles, was ich weiß. Was können Sie mir noch darüber sagen?« Elle lehnte sich auf ihrem Stuhl zurück.

»Brooke Vandermark«, begann der Anwalt nach einer längeren Pause. »Dreiundzwanzig, sechste Ehefrau von Heyworth Vandermark, der im Alter von vierundsiebzig gesundheitliche Probleme bekam. Das Herz. Das spielte allerdings keine Rolle. Er wurde aus nächster Nähe erschossen. Brooke hatte ihn gerade erst geheiratet. Er war Multimillionär und hinterlässt alles seiner Frau.«

Elle zog die Augenbrauen hoch und lehnte sich nach vorne. »Blond?«

»Wie bitte?«

»Nichts. Bitte fahren Sie fort.« Elle machte eine auffordernde Geste mit ihrer frisch manikürten Hand.

»Brooke wurde des Mordes angeklagt. Es gibt kaum Beweise – keine Anzeichen eines Kampfs und keine Mordwaffe.«

»Was ist mit der Pistole geschehen?«

Der Anwalt zuckte die Schultern. »Das weiß ich ebenso wenig wie Sie. Die Polizei hat sie nicht gefunden. Aber eine Augenzeugin hat Brooke am Tatort gesehen.«

»Eine Augenzeugin?«

Christopher nickte ernst. »Heyworths Tochter, sein einziges Kind, kam nach der Gräueltat hinzu. Sie befand sich im Haus, und als sie nach unten kam, fand sie Brooke über ihren blutenden Vater gebeugt und überraschte sie dabei, wie sie gerade versuchte, die Leiche umzudrehen.«

Elle erschauderte und holte tief Luft. »Was geschah dann?«

»Die Tochter sagte aus, dass sie sofort ihn die Küche gerannt sei, um die Polizei anzurufen. Brooke sei ihr hinterhergelaufen und hätte sie inständig angefleht, es nicht zu tun. Als die Polizei eintraf, lag Brooke ohnmächtig in der Küche. Die Waffe war verschwunden. Die Polizei suchte vergeblich das Haus und das Grundstück ab. Also gibt es keinen Beweis, um die Aussage der Augenzeugin zu widerlegen. Brookes Fingerabdrücke fanden sich überall an Heyworths Leiche. Sie selbst war mit seinem Blut beschmiert und sie hat kein Alibi.« Nach einer kurzen Pause schüttelte der Anwalt den Kopf. »Zumindest kein verwertbares Alibi.«

»Was ist denn ihr Alibi?«

»Diese Brooke ist eine schwierige Frau. Als ich sie befragte, erklärte sie mir, sie sei bei einem Gruppentreffen gewesen. Bei einer Gruppe, die Menschen hilft, die von ihrer Internet-Kaufsucht nicht mehr loskommen. Die Anonymen Einkaufsüchtigen.«

»Wie traurig!«, meinte Elle.

»Laut Brooke haben etwa fünfzehn Leute mit ihr diesen Nachmittag verbracht. Sie weigert sich jedoch, ihre Namen zu nennen, da sie damit ihre Sucht verraten würde. Ihr ›anonymes‹ Alibi ist also nichts wert.«

»Bräuchte ich die Unterstützung einer solchen Gruppe – Gott bewahre mich davor –, würde ich auch nicht wollen, dass die ganze Welt davon erfährt.«

Christopher klopfte wieder mit dem Stift auf den Tisch. »Tja, die Mitglieder dieser Gruppe haben nichts zu befürchten«, erklärte er ungehalten. »So formuliert es Brooke. Anscheinend befinden sich etliche leitende Führungskräfte unter den Mitgliedern, Leute mit gutem Ruf, die dieses ... Problem haben. Sie wird auf keinen Fall preisgeben, wer bei dem Treffen anwesend war.«

»Natürlich nicht«, bestätigte Elle überzeugt.

»Jeder ist der Meinung, dass es sich bei diesem Mord um einen eindeutigen Fall handelt. Die Staatsanwaltschaft steht dadurch unter noch größerem Druck, schnell zu handeln. Deshalb muss ich mich sofort an die Arbeit machen, und ich brauche ein Team, das mir dabei hilft.« Er trommelte mit seinem dicken Montblanc-Stift auf den Notizblock. »Und es kommt noch schlimmer.«

»Noch schlimmer?« Elle erschien Brookes Schicksal durch die Mordanklage bereits grauenhaft.

»Heyworths Tochter hat das Testament bereits anfechten lassen. Unter kalifornischem Gesetz – man nennt den entsprechenden Artikel ›Mörderstatut‹ – ist ein Testament ungültig, wenn der Begünstigte den Tod des Erblassers verursacht hat.«

»Sollte Brooke ihn umgebracht haben, bekommt sie nichts.«

»Richtig.« Er lächelte.

»Warum ist das noch schlimmer? Das Geld zu verlieren, ist furchtbar, aber ich würde mir mehr Sorgen darüber machen, ins Gefängnis zu kommen.« Elle schauderte bei dem Gedanken.

»Schlimmer vom gesetzlichen Standpunkt aus. Die Beweislast in einem Strafverfahren ist, wie Sie wissen, sehr groß. In einem Zivilverfahren, wie zum Beispiel bei der

Feststellung der Gültigkeit eines Testaments, ist die Beweislast lange nicht so erdrückend.«

»Überwiegen auf Grund eines überzeugenden Beweises«, fügte Elle hinzu, dankbar für die Unterlagen ihres geheimen Engels über Zivilrecht.

»Überwiegen«, wiederholte er. »Wenn etwas eher wahrscheinlich ist als nicht. Die Klägerin Chutney muss lediglich nachweisen, dass es eher wahrscheinlich als unwahrscheinlich ist, dass Brooke die Mörderin ist. Damit kann Chutney Brooke aus dem Testament streichen lassen.«

»Wer ist Chutney?«, fragte Elle mit einem unschuldigen Blick und ließ sich nicht anmerken, dass sie bereits wusste, wer Chutney Vandermark war. Eine Delta Gamma, die laut Margot eine verpfuschte Nasenoperation hinter sich hatte und wahrscheinlich nach einem Gewürz benannt worden war.

»Oh, Verzeihung. Chutney Vandermark. Das ist seine Tochter, die übrigens ein Jahr älter ist als Brooke.«

»Blond?«, fragte Elle den Anwalt.

»Wie bitte?« Christopher Miles sah sie verblüfft an.

»Ist Chutney blond?«, Elle konnte sich nicht mehr daran erinnern, und außerdem konnte sich das mittlerweile ja geändert haben.

»Äh ... nein. Warum?« Neugierig musterte er die pinkfarbene *Homecoming Queen* vor sich.

Elle bemerkte sofort, ob sie jemandem sympathisch war. »Dann bin ich die Richtige für diesen Job«, erklärte sie lächelnd.

»Das verstehe ich nicht.«

Elle strahlte. »Das ist mein Ziel – deshalb bin ich auf der juristischen Fakultät«, verkündete sie bedeutsam. »Eines Tages in einer Vorlesung über ethische Grundsätze bei Anwälten ... Sie müssen wissen, John ist sehr ... er macht sich für Gerechtigkeit stark. Er brachte dieses Projekt auf ... Elle schweifte einen Moment lang ab, doch dann überwog die Begeisterung für ihre Vision.

»Fahren Sie fort«, forderte Christopher sie neugierig auf.

»Wir sollten uns eine gesetzliche Organisation ausdenken, die dem öffentlichen Interesse dient. Rebel dachte sich eine Initiative für amerikanische Alkoholiker aus, und Cari ... na ja, sie wollte alle Männer ins Gefängnis schicken.« Elle hielt inne.

»Als ich an der Reihe war, schlug ich vor, einen Fonds für die Verteidigung von blonden Menschen vor Gericht zu gründen, den FfVB. Mein Professor las der Klasse meinen Aufsatz vor.«

Christopher Miles brach in Gelächter aus.

»Bitte ... Ich meine es ernst.« Elle runzelte die Stirn. »In der Geschäftswelt gibt es etliche Vorurteile Blonden gegenüber. Glauben Sie mir, ich weiß, wovon ich spreche. Ich meine nicht die Witze – das ist nur Neid, verstehen Sie? Dagegen kann man nichts tun. Aber ich habe mir viele Gedanken darüber gemacht. Denken Sie nur an blonde Vorbilder. Können Sie mir einen blonden Präsidenten nennen?«

Miles schwieg eine Weile. »Nein, ich glaube nicht.«

»Dan Quayle ist der Ranghöchste. Und denken Sie daran, was aus ihm geworden ist.«

»Also der FfVB ...«

»... wird in allen Bereichen für blonde Menschen eintreten«, beendete Elle den Satz. »Im Dienst der Öffentlichkeit! Und mit Brooke Vandermark könnte man anfangen.«

Christopher Miles lächelte. Während seiner Studienzeit in Stanford hatte auch er Pläne gehabt, gegen das System zu kämpfen, lange bevor er akzeptiert hatte, dass alle seiner Klienten schuldig waren.

Elle, die gerade noch überschwänglich und in jugendlichem Eifer von ihrem Ziel geschwärmt hatte, verstummte. Als sie fortfuhr, klang ihre Stimme so gewichtig, als wollte sie ein Geheimnis verraten. »Brooke hat es nicht getan. Sie hat Heyworth Vandermark nicht umgebracht.«

Christopher sah Elle skeptisch an. »Oh? Wie praktisch. Wissen Sie auch, wer es getan hat?«

»Es war Chutney«, erklärte Elle, ganz die blonde Unschuld.

»Seine Tochter? Was macht Sie so sicher, Elle?« Er musterte sie mit zusammengekniffenen Augen. Es war seltsam, die Tochter des Opfers zu beschuldigen. Elle schien sich absolut sicher zu sein, aber sie hatte keine Fakten zu bieten.

»Es war Chutney«, wiederholte Elle impulsiv.

»Ich habe Ihnen nicht viel über Brooke erzählt«, meinte er ruhig. »Und ich könnte Ihnen auch nicht viel über Chutney sagen. Beide haben noch keine eidesstattlichen Aussagen zu Protokoll gegeben. Aber vielleicht bremst es Ihren Enthusiasmus, wenn ich Ihnen sage, dass sich von allen Seiten Zeugen melden, die bereit sind, bei einem Prozess gegen Brooke auszusagen.«

Elle schwieg betroffen.

»Chutney hat bei der Polizei bereits einige sehr belastende Erklärungen abgegeben. Sie wird ohne Zweifel gegen Brooke aussagen. Auch Brookes Fitness-Trainer, der Gärtner, das Zimmermädchen, der Innenarchitekt und viele andere – alle sind von Brookes Schuld überzeugt.«

Elle sagte nichts. Sie wirkte beleidigt, verschränkte die Arme vor der Brust und starrte ihn an, als wäre sie selbst beschuldigt worden.

»Vergessen Sie folgendes nicht, Elle«, betonte der Anwalt, mehr um sich die Fakten noch einmal vor Augen zu führen, als um den Fall mit ihr zu diskutieren. »Chutney ist die Tochter des Opfers, sie ist sein Fleisch und Blut. Brooke hat Heyworth Vandermark erst vor etwa einem

Jahr geheiratet, und offensichtlich hat sie es des Geldes wegen getan.«

»Sie ziehen einen falschen Rückschluss«, protestierte Elle. »Eine Frau in meinem Alter, die einen so alten Mann heiratet und nur hoffen kann, dass er sie nicht aus dem Testament streicht und alles seiner Tochter hinterlässt, ist bereit, für ihr Geld zu arbeiten. Dieser Mann war beinahe ebenso oft verheiratet wie Larry King! Er kannte sich mit Scheidungen aus. Aber er wollte Brooke an seiner Seite haben. Einen reichen Mann glücklich zu machen, ist verdammt harte Arbeit. Jeder, der des Geldes wegen heiratet, muss es sich im Endeffekt verdienen.«

Christopher musterte Elle, klopfte wieder mit seinem Stift auf den Tisch und machte sich dann eine Notiz. Er begriff, dass dieses Mädchen, so seltsam es auch scheinen mochte, eine gewisse Ahnung von Verteidigungsstrategien hatte. Sie hatte mehr dazu beigetragen als die anderen zwanzig Jurastudenten, die er bisher interviewt hatte. Diese Kandidaten hatten versucht, ihre juristischen Ambitionen zu verkaufen wie ein Börsenmakler, der steuerbegünstigte Rentenbriefe an den Mann bringen will.

»Und was ist mit Chutney?«

»Ich kenne nur wenige Fakten«, erwiderte Elle. »Aber aus dem, was Sie mir erzählt haben, schließe ich, dass es nur Brooke oder Chutney gewesen sein kann. Und Brooke, da bin ich mir sicher, hat sich ihr Geld ehrlich verdient, indem sie sich mit einem gereizten Dinosaurier herumplagen musste, der je nach Lust und Laune heiratete und sich wieder scheiden ließ. Chutney, die Tochter, die erst spät geboren wurde, gehört zu den Kindern, die glauben, auf alles ein Recht zu haben. Sie haben ihre Eltern niemals kämpfen oder sich weiterentwickeln sehen. Alles, was sie sehen, ist ein alter Mann, der zwischen ihnen und ihrem Erbe steht, bis er seine letzten unerträglichen Atemzüge tut.«

»Meine Güte, Elle, das ist ziemlich zynisch.«

»Ich komme aus L. A.«, erklärte sie lächelnd. »Waren Sie schon einmal im *California Cafe?* Wenn Sie mehr über meine Theorie hören wollen, lassen Sie uns beim Abendessen weiterreden.«

»Sollen wir die anderen Bewerber auch einladen?«, neckte er sie.

Elle warf ihm einen wütenden Blick zu. »Ich habe eine Phobie und kann nur in Gesellschaft von einer Person essen.«

»Dagegen sollten Sie etwas unternehmen. Warum treffen wir uns nicht dort? Sagen wir um halb sechs?«

»Warum holen Sie mich nicht ab? Sagen wir um sechs?« Elle kritzelte ihre Adresse und Telefonnummer auf einen pinkfarbenen Zettel. »Rufen Sie mich an, falls Sie sich verirren.« Elle verkreuzte die Finger und wandte sich zur Tür.

»Zwanglose Kleidung«, rief sie über die Schulter. Sie konnte es kaum erwarten, aus dem Kostüm herauszukommen.

Nach dem heißen Tag war die Luft in der Dämmerung immer noch schwül, und auf der Terrasse des *California Cafe,* wo man erst seit kurzem wieder im Freien sitzen konnte, herrschte reger Betrieb. Das Stimmengewirr der Einkaufswütigen zeigte, wie sehr sie die ersten Anzeichen des Frühlings nach dem regnerischen Winter in Palo Alto genossen. Über etlichen Stuhllehnen hingen Einkaufstüten mit den Logos der angesagten Stores. Elle entdeckte eine Tasche von Neiman Marcus auf einem Stuhl. Sie gehörte offensichtlich der Frau, die allein an einem Tisch saß und hastig ihren Taco-Salat hinunterschlang.

Elle hätte sich doch mit Christopher im Café getroffen, anstatt sich von ihm abholen zu lassen, wenn sie daran gedacht hätte, dass Lancôme im Moment bei Neiman eine hydrodermatologische Gesichtsbehandlung anbot. Bis zum Wochenende war dort eine belgische Kosmetikerin zu Gast, die eine neue anti-aging-Methode entwickelt hatte. An den Augenpartien und am Hals wurden dabei leichte Stromstöße angesetzt. Der Flyer mit der Ankündigung dieser Veranstaltung war diesen Monat die einzige Werbepost gewesen, die nicht sofort im Mülleimer gelandet war. Elle war der festen Überzeugung, dass man nicht früh genug mit Faltenbekämpfung beginnen konnte.

Vielleicht ein anderes Mal, dachte sie, klappte ihre Sonnenbrille zusammen und steckte sie in das Etui. Dann schenkte sie Christopher Miles ein scheues Lächeln und stellte fest, dass sein schwarzes Haar an den Schläfen von dünnen grauen Strähnen durchzogen war. Sie fragte sich, ob er geschieden war. Obwohl sie es für sehr wahrscheinlich hielt, hatte sie instinktiv Zweifel daran. Er war außerordentlich elegant, ließ seinen Blick unbefangen schweifen, und seine Ausstrahlung zeigte, dass er sich überall wohl fühlte. Er war erfolgreich, bei allen gern gesehen und stets gelassen. Seine Reife schien er durch Erfahrung gewonnen zu haben, für die er keine Opfer hatte bringen müssen. Alle älteren Männer, mit denen Elle sich bisher verabredet hatte, waren davon überzeugt, eigentlich viel jünger zu sein. Erst als der Ober an den Tisch kam, bemerkte sie, dass sie die ganze Zeit in Christophers haselnussbraune Augen gestarrt hatte.

Sie senkte rasch den Blick und zupfte an dem seidenen Rock, der ihre nackten Beine bedeckte. Nervös schob sie ihre rechte Ferse in ihrem offenen Schuh hin und her – sie hatte das Gefühl, völlig fehl am Platz zu sein.

Christopher hatte die Hemdsärmel aufgerollt, seinen Kragen aufgeknöpft und die Hermès-Krawatte gelockert, auf der man Kaninchen sah, die aus einem Hut gezogen wurden. Offensichtlich hatte er keine Zeit gehabt, sich umzuziehen. Elle hatte bewusst das *California Cafe* wegen der lockeren Atmosphäre ausgewählt, aber Christopher, aus beruflichen Gründen immer förmlich gekleidet, hatte den Hinweis wohl überhört. Das Restaurant lag im Einkaufszentrum von Stanford, und niemand trug hier einen Anzug, oder? Sie schluckte heftig, als sie den Tisch entdeckte, an dem einige Männer die Happy Hour genossen. Das mussten Steuerberater, Bankangestellte oder Anwälte sein … alle trugen Nadelstreifenanzüge. Nun, ihrer Meinung nach sollte hier niemand im Anzug erscheinen. Wenn sie etwas genau wusste, dann, was man in einem Einkaufszentrum trug.

»Ein herrlicher Abend, um im Freien zu sitzen«, begann sie und streckte eine zittrige Hand nach dem Wasserglas aus.

Christopher lächelte strahlend. »Ich wünschte, ich hätte Zeit gehabt, mich umzuziehen«, sagte er. »Ich beneide Sie um Ihre bequeme Kleidung.«

Elle lachte. »Ganz wohl fühle ich mich nicht damit«, gab sie zu. Sie hatte nicht einmal eine Kleinigkeit gegessen, bevor Christopher sie abgeholt hatte, und jetzt war sie am Verhungern. Elle hatte sich auf das Gespräch über Brookes Fall vorbereiten wollen, also hatte sie mit der veralteten Methode einer Computer-Unkundigen recherchiert: Sie hatte sich mit Leuten unterhalten, die Brooke Vandermark kannten, oder etwas über sie wussten. Stundenlang hatte sie mit Mitgliedern ihrer Schwesternschaft telefoniert, Klatschgeschichten über Brookes Zeit in der USC gesammelt und sich wie ein Reporter einer Boulevardzeitung Notizen über die Details gemacht – Elles Quellen mochten aus zweiter Hand sein, aber sie waren verlässlich. Elle hätte sich denken können, dass die besten Gerüchte von Margot, dem menschlichen Internet, kamen. Es war ihr sogar gelungen, Kontakt mit Dookie Dean aufzunehmen, die zu Brookes Universitätszeiten Theta-Präsidentin gewesen war. Keine leichte Aufgabe, denn Dookie hatte sich erst vor kurzem scheiden lassen und trug noch den Nachnamen ihres Mannes. Gleich zu Beginn des Telefonats fand Elle heraus, dass Dookie Dean ihren Spitznamen ›Doo-Dee‹ nicht mehr leiden konnte – ein Fauxpas, der Elles freundliche Versuche, Informationen zu erhalten, vereitelte.

Elle bestellte eine Cola light, und Christopher entschied sich für einen Scotch. Elle kannte die Speisekarte, also ignorierte sie den gestikulierenden Ober, der versuchte, die magere Auswahl auf der Tageskarte damit zu verschleiern, dass er die Zubereitung jedes Gerichts genau beschrieb. Elle nahm an, dass er sich für einen Chefkoch hielt, der sich hier mit einem minderwertigen Job über Wasser halten musste. Sie bestellte gegrillten Mahimahi mit zwei Scheiben Zitrone und erklärte dem Ober, dass sie keinen Tropfen Butter auf dem Filet wünsche. »Wenn ich auch nur einen Hauch von Butter sehe, lasse ich den Fisch zurückgehen«, warnte sie. »Und das Salatdressing bitte extra.«

»Der Trappistenmönch wird allein fasten müssen«, meinte Christopher lächelnd. »Ich hätte gern das große T-Bone Steak«, verkündete er. »Und die gebackene Kartoffel soll in Butter schwimmen.«

Elle lachte. »Ich verstehe nicht, wie Sie so etwas essen können.«

»Ich komme aus dem Mittleren Westen«, antwortete er schulterzuckend. »Über das Stadium des Nüsse- und Beerensammelns sind wir längst hinaus. Kein Eis in den Scotch«, rief er dem Ober hinterher.

»Glenn Fiddich.« Elle entspannte sich ein wenig. »Das ist der Spitzname unseres Professors in Schadensersatzrecht.«

»Sagen Sie bloß, der alte Glenn unterrichtet immer noch!« Christopher schüttelte ungläubig den Kopf. »Er muss schon hundert Jahre alt sein. Und ich dachte, seine

Leber würde ihn noch vor Ende meines ersten Jahres im Stich lassen. Genehmigt er sich immer noch nachmittags seine Drinks?«

Elle runzelte die Stirn. Es fiel ihr schwer, sich den eleganten Christopher Miles in Stanford vorzustellen. Vielleicht war die Fakultät damals noch anders gewesen.

»Ich kann mir Sie nicht in Stanford vorstellen.«

Christopher lächelte. »Das beruht auf Gegenseitigkeit, Miss Woods.«

»Was? Sie können sich auch nicht mehr vorstellen, dass Sie mal dort waren? Ist es doch schon so lange her?«

»Vorsicht, junge Dame«, warnte der Anwalt. »So lange auch wieder nicht. Ich wollte sagen, ich kann mir *Sie* in Stanford nicht vorstellen. Die Fakultät ist sicher sehr stolz, Sie in ihren Reihen zu haben.«

»Ich bezweifle, dass sich dort viel geändert hat.« Elle merkte, dass sie kurz davor stand, ihm ihre Probleme in Stanford aufzutischen, wobei die meisten davon ästhetischer Natur waren. »Die Leute büffeln hauptsächlich und machen sich ständig Sorgen.« Sie zuckte die Schultern. »Stanford ist kein stolzer Ort.«

»Dann haben Sie Recht – die Fakultät hat sich nicht verändert.« Christopher zwinkerte ihr zu. »Als Anwalt zu praktizieren, ist auch keine Sache, auf die man stolz sein kann.«

Elle schüttelte heftig den Kopf. »Das glaube ich nicht. Sonst wäre ich nicht hier. Ich finde, Sie sollten sehr stolz auf das sein, was Sie für Brooke tun. Sie braucht jemanden, der an sie glaubt, und Sie stehen hinter ihr. Ich möchte ihr ebenfalls helfen – deshalb will ich an ihrem Fall arbeiten.«

»Sehr nobel, Miss Woods. Ein Anwalt, der helfen möchte.« Er neigte spöttisch den Kopf zur Seite, doch seine skeptische Bemerkung stand im Gegensatz zu dem weichen Ausdruck in seinen Augen. Er dachte daran, dass auch er zu Beginn seines Studiums hatte helfen wollen. Es ermutigte ihn zu sehen, dass es noch Studenten gab, die den Glauben daran nicht verloren hatten.

»Würden Sie diesen Job wohl auch annehmen, wenn ich Ihnen keine Referenzen geben würde?«, fragte er spitzbübisch. »Wenn ich nicht herumtelefonieren würde, um Ihnen bei der Jobsuche behilflich zu sein? Wenn ich nicht einmal bestätigen würde, dass Sie für mich gearbeitet haben? Wenn ich Sie einfach nur ... helfen ließe?«

»Selbstverständlich«, erwiderte Elle. »Wenn wir Brooke aus diesem Schlamassel holen, würde *sie* den Leuten Referenzen geben.«

»Und wenn nicht, müssten sich die Leute an die Gefängniswärter wenden.« Christopher seufzte.

Elle warf ihm einen finsteren Blick zu. »Das ist eine schlechte Einstellung.«

»Aber realistisch«, meinte Christopher schulterzuckend und dankte dem Ober für den Scotch. »So wie es im Moment aussieht, wird das der schwierigste Fall in meiner Laufbahn. Wie ja schon gesagt, wird die strafrechtliche Verteidigung einfacher werden als die Anfechtung des Testaments. Brooke hat kein Alibi, und wenn wir an ihre Glaubwürdigkeit denken ...« Christopher verstummte – er wollte nicht seine eigene Niederlage vorhersagen.

»Brooke hat es nicht getan«, erklärte Elle bestimmt. »Sie brauchte das Geld nicht; sie glaubte an Perfektion und arbeitete sehr hart. Sie ist tierlieb – jeden Tag bürstete sie ihrem Hund das Fell. Und sie war ...« Elle unterbrach sich und dachte an das, was sie gehört hatte. Irgendwie erschien es ihr unhöflich, darüber zu sprechen. Sie errötete und nahm ihr Cocktailstäbchen vom Tisch. Christopher war ein relativ durchtrainierter Mann – vielleicht würde er das nicht verstehen.

»Sie war was, Elle?« Er stellte seinen Drink ab und beugte sich vor. Während er sie erwartungsvoll ansah, faltete er die Hände wie zum Gebet. »Was wissen Sie über Brooke?«

»Ich sage es nicht gern.« Elle verzog das Gesicht. »Sie war fett.«

»Fett?« Christopher seufzte enttäuscht und lehnte sich zurück. »Ich verstehe nicht, was das für einen Unterschied macht, Elle. Außerdem hat sie jetzt eine sehr gute Figur. Sie hat sich bitterlich beklagt, dass es im Gefängnis in L. A. keine Fitness-Geräte gibt. Ihrer Meinung nach verletzt das ihre Rechte.«

Elle runzelte ungeduldig die Stirn. Männer schienen sich nie Gedanken darüber zu machen, dass Frauen Tag für Tag um ihre schlanke Linie kämpfen mussten. Sie sahen nur die Resultate, vor allem wenn sie ihren eigenen Erfolg mit einer weiblichen Trophäe krönen wollten. So als könnte man Frauen wie Plätzchen aus einem Teig ausstechen. Elle hätte ihr Leben verwettet, dass Christopher Miles niemals mit einem dicken Mädchen ausgehen würde. Warner hat das zumindest nie getan, dachte sie mit einem Anflug von Vorwurf. Es musste sehr schwer für Brooke gewesen sein.

»Verstehen Sie denn nicht? Sie hat etwas aus sich gemacht«, protestierte Elle. »Jedes Pfund hat sie harte Arbeit gekostet. Brooke ist keine Frau, die es sich leicht macht.«

»Sie sprechen über sie, als würden Sie sie kennen«, meinte Christopher verblüfft, aber immer noch nicht überzeugt.

Elle nickte. »Sie war meine Aerobiclehrerin an der USC. Das war der anstrengendste Kurs, den ich jemals besucht habe!«

»Sie hat auch im Gefängnis einen Aerobic-Kurs geleitet«, sagte Christopher. »›Verbrechergymnastik‹ nannte sie ihn. Ich bin sicher, dass viele enttäuscht waren, als sie gegen Kaution entlassen wurde. Brooke befahl den Frauen, sich zusammenzureißen und diese Zeit zu nützen, um ein paar überflüssige Pfunde loszuwerden. Sie sollten so tun, als befänden sie sich auf Kur, um dann beim Gerichtstermin ihre Freunde mit ihrem neuen Aussehen zu überraschen. In Untersuchungshaft hatte sie es natürlich nicht mit irgendwelchen hoffnungslosen Langzeitgefangenen zu tun. Sie war sehr beliebt.«

Elle lächelte erfreut. Dieser unerschütterliche Optimismus überzeugte sie mehr denn je davon, dass Brooke echte blonde Energie besaß und die Wahrheit sagte.

»Beim Vorstellungsgespräch heute Nachmittag war ich mir nicht ganz sicher, ob das die Brooke ist, die ich von der USC kenne«, gab Elle zu. »Deshalb habe ich herumtelefoniert. Damals hieß sie Brooke Rayburn. Sie war eine Klasse über mir, aber ich erinnere mich an den aufsehenerregenden Streit, den sie im Theta-Haus ausgelöst hat.«

Christopher zog besorgt die Augenbrauen nach oben. »Ein Streit? Das fehlt uns gerade noch.«

»Sie wäre beinahe ausgezogen. Ihre Mutter und ihre Großmutter waren beide Kappa Alpha Thetas – ihre Mutter ist immer noch im Vorstand aktiv. Brooke hatte also ein doppeltes Vermächtnis, sie wurde beinahe automatisch aufgenommen. Doch die Thetas waren damit nicht glücklich, weil sie so dick war. Aber wegen ihrer Familie und weil ihre Mutter großzügig spendete, konnte man sie nicht boykottieren.«

»Das ist schrecklich.« Christopher schauderte. Es überraschte ihn immer wieder, wie bösartig hübsche Frauen sein konnten. »Also kommt Brooke aus reichem Haus?« Das Interesse des Anwalts war geweckt. »Brooke erzählte mir, sie hätte sich ihre Schulzeit selbst finanziert. Eigentlich klangen alle ihre Aussagen wie Selbstverteidigung. Es scheint, als wolle sie mit aller Macht gegen die Hindernisse kämpfen.«

»Sie kommt tatsächlich aus reichem Haus. Ihr Vater war

147

Bauunternehmer und verdiente ein Vermögen mit der Errichtung von Einkaufszentren. Als Brooke im zweiten Studienjahr war, ließen ihre Eltern sich scheiden. Sie erfuhr auf eine sehr unerfreuliche Weise, dass ihre Vater eine Affäre hatte. Auf einer Party im Theta-Haus, erzählte ihr einer der Jungs aus dem Schwimmteam, dass er an jenem Morgen mit Mr. Rayburn gefrühstückt habe. Brooke dachte, er habe sich mit ihrem Vater wegen eines Jobs in der Immobilienfirma unterhalten, also fragte sie ihn, wie das Vorstellungsgespräch gelaufen sei. Der Junge erwiderte lachend, es hätte nichts mit einem Interview zu tun, sondern Mr. Rayburn sei ganz verrückt nach den Blaubeerpfannkuchen seiner Mutter. Es stellte sich heraus, dass die Mutter des Jungen in Pasadena in der gleichen Straße wie die Rayburns wohnte. Sie war geschieden, hatte eine großzügige Abfindung bekommen und verbrachte den Großteil ihrer Zeit mit ihren Pferden, beim Tennisspielen im Valley Hunt Club und damit, eine freundliche Nachbarin zu sein.«

Elle trank einen Schluck von ihrer Diät-Cola und sah sich im Restaurant um.

»Eines Tages bekam sie versehentlich Post, die für Mr. Rayburn bestimmt war, also brachte sie sie ihm. So lernten sie sich kennen. Brookes Mom war Modefotografin und gerade wegen der Frühjahrskollektion in Paris. Ich schätze, Mr. Rayburn fühlte sich einsam.«

»Ich kann mir schon denken, wie es weitergeht.« Christopher schnippte mit den Fingern in die Luft.

»Gut geraten.« Elle seufzte. »Der Mistkerl fing mit seiner Nachbarin ein Verhältnis an. Brookes Mutter sagte, sie sei Kunstliebhaberin und deshalb Fotografin geworden, aber sie muss sich auch ein wenig mit der früher so lukrativen Immobilienfirma ihres Mannes ausgekannt haben. Nach der Scheidung ging die Firma sofort pleite.«

»Ich nehme an, Brooke hat ihrer Mutter von der Affäre erzählt.«

»Ja, es war schrecklich. Brooke hat es wirklich nicht leicht gehabt.«

Der Ober erschien mit einem riesigen Tablett, auf dem er die Salate und die Hauptspeisen gleichzeitig brachte. Offensichtlich wollte er das Dinner vorantreiben. Wie geldgierig, dachte Elle stirnrunzelnd und beschloss, ihren Reis Korn für Korn zu essen und den Tisch den ganzen Abend zu besetzen. Vorausgesetzt, es gelang ihr, zu essen, ohne etwas umzuwerfen. Sie ließ ihren Blick über den schwer beladenen Tisch schweifen und versuchte, den besten Winkel zu finden, um an ihren Salat zu kommen. Der Ober stellte mit einer übertriebenen Verbeugung Elles Teller auf den Tisch. »Madam wird kein Gramm Butter finden, worüber sie sich ärgern könnte«, erklärte er.

Elle verdrehte die Augen. »Großartig«, antwortete sie und zwang sich zu einem Lächeln.

Christopher klopfte ungeduldig mit dem Fuß auf den Boden. »Wir hätten gerne noch eine Flasche Evian, bitte.«

Der Anwalt grinste und sah Elle ein wenig zu intensiv in die Augen, bevor er sich selbst zur Ordnung rief. »Ich werde dem Ober keine Chance geben, uns so schnell wie möglich loszuwerden«, meinte er.

»Gut. Ich habe es nicht eilig.« Elle mischte vorsichtig ihren Salat in der winzigen Schüssel. Vor Hunger vergaß sie, wo sie vorher stehen geblieben war.

»Hat Brooke es nun ihrer Mutter erzählt?«

»Tut mir Leid.« Elle lächelte. »Es ist unglaublich, was dann geschah. Brooke erzählte es ihrer Mutter, sobald diese aus Paris zurückgekehrt war. Mrs. Rayburn bezeichnete Brooke als Lügnerin und als erbärmliche, dicke Versagerin. Sie warf ihrer Tochter schreckliche Dinge an den Kopf und behauptete sogar, dass sie nur eifersüchtig auf das gute Aussehen ihrer Mutter sei. Dann warf sie Brooke hinaus.«

»Das arme Ding.« Christopher seufzte ungläubig.

»Warten Sie.« Elle hob ihren Zeigefinger. »Es kommt noch schlimmer. Ihre Mutter brauchte ja einen Grund, um Brookes Rausschmiss zu erklären, also erzählte sie ihrem Mann von den schrecklichen Gerüchten, die Brooke angeblich über seine Missetaten verbreitete. Er stritt natürlich alles ab, und sie trennten sich von Brooke. Ihr Vater sagte, dass diese kleine Göre versuche, ihn zu ruinieren, und wollte sie sogar wegen übler Nachrede verklagen. Da Brooke jedoch keinen Pfennig besaß, der nicht ihm gehörte, beschränkte er sich darauf, sie als erbärmliche Lügnerin zu beschimpfen.

»Aber sie ließen sich dann trotzdem scheiden, oder?«

»Ja, aber erst nach einer Weile. Im Grunde trennten sie sich zuerst nicht voneinander, sondern von Brooke. Noch ein weiteres Jahr hielten sie die Fassade ihrer Ehe aufrecht. Die Scheidung kam erst, als in einem Magazin ein Artikel über die Riviera erschien und taktloserweise ein Foto abgedruckt wurde, auf dem Brookes Mutter schlafend am Strand zu sehen war. Ihr Kopf ruhte auf der Brust eines Finanziers von Karl Lagerfeld. Sie hat ihn später geheiratet und lebt seitdem in Frankreich. Ich weiß nicht, wo ihr Vater ist. Das alles geschah im Herbst von Brookes zweitem Studienjahr.«

Christopher schüttelte den Kopf. Er arbeitete in Kalifornien, weil sich das nach seinem Studium in Stanford angeboten hatte, aber er fühlte sich hier nicht zu Hause. Aufgewachsen war er in einer Kleinstadt in Iowa, wo es weniger Scheidungen gab – zumindest liefen sie nicht so hässlich und vor allem nicht in der Öffentlichkeit ab. Seine Eltern hatten gerade goldene Hochzeit gefeiert.

»Danach begann Brooke abzunehmen«, schloss Elle und widmete sich wieder ihrem Teller.

Christopher schwieg einen Moment lang. »Der Streit in der Schwesternschaft, den Sie erwähnten ... Drehte er sich um diese furchtbare Scheidung?«, fragte er dann.

Elle schüttelte den Kopf. »Nein, es ging um dieses Foto. Brooke hatte mit der Grasdiät begonnen und ging regelmäßig ins Fitness-Studio. Ihre eigene Mutter hatte sie dicke Versagerin genannt! Können Sie sich das vorstellen?«

»Grasdiät? Elle, Sie überraschen mich. Das klingt, als sei Brooke eine Kuh.«

»Nein, die Diät wird so genannt. In L. A. ist sie sehr bekannt, seit Brooke sie publik gemacht hat. Es geht darum, dass man immer nur kleine Bissen zu sich nimmt und lange kaut. Ich glaube, man isst sechsmal am Tag winzige Happen, wie im Flugzeug.«

Elle warf einen Blick auf ihren Teller und fragte sich, ob der Koch des *California Cafes* im Theta-Haus an der USC gelernt hatte.

»Brooke lebte damals im Haus der Schwesternschaft und bestand darauf, dass der Koch Babynahrung für alle Backwaren und fettarmen Joghurt anstelle von Sahne verwendete. Sie hatte sich eine richtige Kur ausgedacht. Morgens trank sie nur entrahmte Milch, nachmittags und abends aß sie Kartoffelbrei mit Tofu, bevor sie ihre Aerobicübungen machte. Zur Belohnung gab es Kekse aus Johannisbrot und Backpflaumen.«

Christophers Steak sah auf einmal sehr verlockend aus, als Elle über die Dritte-Welt-Nahrung sprach, die Brooke gegessen hatte.

»Der Streit drehte sich also um den Koch des Hauses?«

»Nein, das lief alles sehr gut. Alle der Thetas nahmen eine Menge ab. Bei dem Streit ging es um die Modelwand.«

»Allmählich verliere ich den Überblick über all die Probleme, die Brooke hatte. Was ist eine Modelwand?«

»Viele der Thetas haben gemodelt, verstehen Sie? Allerdings nicht ganz so viele wie bei den Delta Gammas.«

»Sie waren eine Delta Gamma?«

Elle senkte den Blick. »Ja.« Jetzt, wo sie so viel über die

Thetas erzählt hatte, war sie mit einem Mal nicht mehr so stolz darauf. »Es ist eine Art Tradition, die besten Werbefotos an dieser Modelwand aufzuhängen«, fuhr sie fort. »Damit will jedes Haus zeigen, dass es die hübschesten Mädchen auf dem Campus hat.«

»Ihr Foto hing sicher auch an der Modelwand, oder?«

»Natürlich«, sagte Elle. Sie war nicht gerade sonderlich erpicht darauf, die Ähnlichkeiten zwischen ihrem Haus und Brookes Schwesternschaft hervorzuheben. Eigentlich bedauerte sie es, das Delta-Gamma-Haus überhaupt erwähnt zu haben.

»Die Thetas haben eine sehr schöne Wand, das muss ich zugeben. Brooke bestand darauf, ein Foto von sich aufzuhängen, auf dem sie noch dick war, und Doo-Dee, die Theta-Präsidentin, war damit überhaupt nicht einverstanden. Brooke hing immer wieder Fotos von dieser Zeit auf, aber alle verschwanden. Das führte zu einem Riesenkrach unter den Schwestern.«

»Doo-Dee?« Christopher schüttelte langsam den Kopf. »Sie machen wohl Witze.«

»Dookie Dean. Mittlerweile kann sie diesen Spitznamen nicht mehr ausstehen«, erklärte Elle. Christopher grinste.

»Aber das ist unwichtig«, fuhr Elle fort. »Brooke zog schließlich aus, und ich glaube, sie trat sogar aus der Schwesternschaft aus. Sie hatte so viel Gewicht verloren, dass sie einen Job als Aerobiclehrerin bei *Mega-Muscle* bekam. Dort habe ich sie kennen gelernt. Sie unterrichtete Aerobic nach dieser Headbanging-Methode mit Trash-Metal-Musik. Die Sit-ups waren zweimal so schnell wie in anderen Kursen. Es waren die längsten Stunden meines Lebens!

Sie war mit Leib und Seele Aerobictrainerin und veranstaltete Wettbewerbe, um alle anzuspornen. Wer die meisten Sit-ups schaffte, bekam ein T-Shirt oder ein kostenloses Tattoo auf den Bauch. Dann veröffentlichte sie ihre Grasdiät – das Buch ging sofort in die zweite Auflage. Schließlich eröffnete sie ein Restaurant in einem Wellness-Center.«

Elle versuchte, dem Ober zu signalisieren, dass sie Zitronenscheiben haben wollte, aber er weigerte sich, Augenkontakt mit ihr aufzunehmen.

»Brooke stellte die Speisekarte für das Restaurant selbst zusammen, und schon bald wurde das Wellness-Center total trendy. Sie baute das Center zu einem riesigen Fitness-Club aus und hielt dort ihre berühmten Aerobicstunden ab. Alle möglichen Leute trainierten und aßen dort, von den L. A. VIPs bis zu älteren Menschen, die gesundheitliche Probleme hatten. So lernte sie Heyworth kennen. Er hatte von seinem Arzt wegen seiner Herzbeschwerden einen Gymnastikkurs und eine Diät verordnet bekommen.«

Christopher lachte und rückte näher an den Tisch.

»Schließlich verkaufte sie neunundvierzig Prozent des Wellness-Centers an einige texanische Investoren. Wie ich erfahren habe, ist daraus eine Kette geworden, die sehr gut läuft. Brooke besitzt immer noch die Aktienmehrheit. Sie hat Ihnen also die Wahrheit gesagt – sie hat sich tatsächlich ihre Schulzeit selbst finanziert. Zuerst mit Hilfe eines Studentendarlehens und dann mit dem Geld, das sie mit dem Wellness-Center verdiente.«

»Ich frage mich, warum sie mir das nicht erzählt hat«, meinte Christopher und schwenkte ein Stück Kartoffel in der goldgelben Buttersauce.

»Ich bitte Sie – sie sieht jetzt großartig aus. Warum sollte sie Ihnen erzählen, dass sie einmal aussah, als hätte sie eine ganze Schokoladenfabrik leergegessen?«

»Sprechen Sie mit ihr«, forderte Christopher sie hastig auf. »Sie wird ihnen Dinge erzählen, die sie mir verschweigt. Sie haben es bereits geschafft, sie zu einer sympathischeren Zeugin zu machen. Da sie eigenes Vermögen besitzt, scheint es viel unwahrscheinlicher, dass sie wegen des Geldes geheiratet oder gemordet hat.«

Elle hob ihr Wasserglas. »Ich nehme an, ich habe jetzt einen Job?«

Christopher lächelte. »Ich kann mich nicht erinnern, Ihnen ein Angebot gemacht zu haben.«

»Und?« Elle hielt ihm ihr Glas unsicher entgegen.

»Sie haben den Job.« Er hob ebenfalls sein Glas und stieß mit ihr an. »Besiegelt durch Anstoßen.«

Elles Herz machte einen Sprung. »*Magnifique.*« Sie lächelte. »Sie werden es nicht bereuen.« Einen Augenblick lang überlegte sie, ob sie ein gutes Wort für Warner einlegen sollte, aber dann beschloss sie, nicht zu hoch zu pokern. Sie war ohnehin auf jeden Fall die Gewinnerin. Sollte er den Job bekommen, würde sie endlich ein wenig Zeit mit ihm verbringen können. Und wenn nicht, wer wäre dann der ›ernst zu nehmende‹ Jurist?

Christopher lehnte sich zurück, faltete die Hände und musterte Elle nachdenklich. »Ich möchte, dass Sie Brooke so bald wie möglich treffen. Sie kommt nach San Francisco, um näher an meinem Büro zu sein. Und auch, um von L. A. und den Erinnerungen weg zu kommen.«

»Und von den Gerüchten«, fügte Elle hinzu.

Der Anwalt nickte. »Halten Sie weiter die Ohren auf, wenn Gerüchte laut werden, Elle. Von heute an bis zum Gerichtstermin werde ich mich regelmäßig vergewissern, dass Sie Ihren Verstand gebrauchen.«

Elle warf Christopher Miles einen dankbaren Blick zu. Bisher hatte niemand ihren Namen und das Wort Verstand in einem Satz genannt, ohne eine Pointe folgen zu lassen.

30. Kapitel

Eugenia kam eher als geplant von dem Besuch bei ihren Eltern zurück und rief Elle an. Sie sagte, sie habe wichtige Neuigkeiten, die sie Elle aber nur persönlich mitteilen könne. Elle hätte Eugenia am liebsten gleich am Telefon mehr über Christopher Miles erzählt, aber dann gab sie sich mit den Glückwünschen ihrer Freundin zufrieden und verabredete sich mit ihr auf dem großen Campus von Stanford.

Während sie sich ein altes Sweatshirt von Warner überstreifte und Brutus sein Halsband umlegte, überlegte sie angestrengt, was wohl die Neuigkeit sein könnte.

Brutus lief sofort los, um Eugenia zu begrüßen, aber Elle erkannte ihre Freundin zuerst gar nicht. Eugenia trug einen weißen Rollkragenpullover aus wunderschönem Kaschmir, gegen den sich ihr blauschwarzer Bubikopf schimmernd abhob. Die Haut auf ihrer Nasenspitze schälte sich ein wenig und zeigte verblassende Skifahrerbräune.

»Wie bei Warhol!«, sagte Eugenia augenzwinkernd.

Elle umarmte ihre Freundin aufgeregt. »Du siehst großartig aus«, erklärte sie. »Erinnert mich an Liv Tyler.« Eugenia errötete vor Freude. Obwohl Elle Eugenia eher zu blonden Strähnen geraten hätte, musste sie zugeben, dass ihre neue schwarze Frisur einen wunderbaren Kontrast zu ihrem makellosen elfenbeinfarbenen Teint und den blauen Augen bildete. Elle hatte schon oft daran gedacht, Eugenia zu Che-Che, dem Meister der Farben im *Savoir-Vivre,* zu schicken, aber da sie wusste, dass Eugenia mit der Rückzahlung ihres Studentendarlehens kämpfte, hatte sie ihre Freundin nicht in eine unangenehme Situation bringen wollen. Wo immer sie jetzt auch gewesen sein mochte – sie hatte auf jeden Fall einen guten Friseur gefunden. »Du siehst toll aus!«, wiederholte sie. »Hast du es bei dir zu Hause machen lassen?«

»Ja!«

»Woher hast du denn den Mut dafür genommen?«

»Als ich nach Vermont fuhr, wusste ich, dass ich mit Kenneth Schluss machen würde, und dafür wollte ich so gut wie möglich aussehen.«

Elle grinste ihre selbstbewusste Freundin bewundernd an.

»Ich schätze, es ist besser, selbst den ersten Schritt zu tun, als später verletzt zu werden.«

»Er wollte mich heiraten«, verkündete Eugenia angewidert.

»Eugenia!« Wie immer, wenn jemand eine Hochzeit erwähnte, überfiel Elle ein Gefühl der Melancholie. »Warum willst du ihn denn nicht heiraten? Er war doch auf dem College dein Freund!«

»Elle!« Eugenia amüsierte sich über die gefühlvolle Naivität ihrer Freundin. »Wir waren in Yale, wie du weißt. Niemand hat dort eine feste Beziehung. Man hat nicht einmal dates. Die Leute gehen in Grüppchen aus, genehmigen sich ein paar Drinks und schlafen dann nachts miteinander, weil es eiskalt ist.«

»Unglaublich.« Elle rümpfte die Nase. Das war ein weiterer Grund, die Eliteuniversitäten zu verachten.

»Er sagte, ich hätte ihm das Herz gebrochen«, erzählte Eugenia stolz. »Und ich erklärte ihm, dass mir das umgekehrt nie passieren würde.«

»Ganz schön frech«, meinte Elle. »Und ich dachte, du vermisst ihn.«

»Nein, aber der Telefongesellschaft MCI wird er fehlen.« Eugenia zuckte die Schultern. »Er gehört nicht zur Familie und ist auch kein Freund. Keine Fernbeziehung mehr für mich. Ich kann kaum glauben, wie viel Zeit ich mit ihm am Telefon verbracht habe. Er sprach ständig nur über das College und unsere Freunde vom College. Er ist ein Langweiler, Elle.«

»Wir müssen dich wieder unter die Leute bringen«, begann Elle, doch dann fiel ihr ein, dass sie in Palo Alto kein gesellschaftliches Leben hatte. »Wenn es dir nichts ausmacht, mit mir nach L. A. zu fahren«, fügte sie hinzu.

»Da ist noch etwas, was ich dir sagen muss.« Eugenia lächelte. »Komm her.« Sie deutete auf die Bank hinter dem Picknicktisch, setzte sich Elle gegenüber und nahm Brutus auf den Schoß. »Mein Lieblings-Laptop«, sagte sie und kraulte den Hund hinter den Ohren.

»Brutus hat dich vermisst!«

»Erinnerst du dich an den Schriftsteller? Der Typ, der mich ständig anruft, seit ich ihn auf dieser Party kennen gelernt habe?«

»Coerte.« Elle betonte den Namen übertrieben affektiert. »Natürlich erinnere ich mich an ihn – du sprichst ja pausenlos von ihm.«

»Obwohl er einen Künstlernamen trägt, scheint er ein cooler Typ zu sein. Ich habe mich schon öfter mit ihm unterhalten, und da ich Kenneth nun los bin, werde ich heute Abend mit ihm ausgehen.«

»Das ist super! Wohin geht ihr? Zu einer Dichterlesung oder so?«

»Nein, er hat ein Restaurant ausgesucht – der Name wird dir gefallen: *Elite Café*. Vielleicht ist er eher etwas für dich!«

»Ich kann es kaum erwarten, ihn kennen zu lernen, aber dieses Praktikum wird mich ganz schön in Atem halten. Ich wollte dich fragen, ob du mir hilfst, mit Nexis, diesem Online-Programm, zurechtzukommen«, sagte Elle. Es war ihr sichtlich peinlich.

Eugenia zog überrascht die Augenbrauen hoch.

»Ich meine es ernst«, fuhr Elle fort. »Ich möchte alle Artikel über diesen Fall lesen – jedes Wort –, damit ich Brooke Vandermark helfen kann.«

»Wir können gleich in die Bücherei gehen, dann zeige

ich dir alles«, bot Eugenia ihr an, aber ihre Stimme klang zögernd und nicht ganz aufrichtig.

»Kommt nicht in Frage«, erklärte Elle und klopfte auf die Bank. »Streck deine Hand aus.«

Eugenia fragte sich, was ihre Hand mit Nexis zu tun hatte, ließ Brutus los und streckte Elle ihre Handfläche entgegen.

»Umdrehen«, befahl Elle, während sie in ihrer vollgestopften Handtasche wühlte. »Hier. Ich habe schon viel zu viel Nagellack für den Sommer gekauft. Dieser Ton passt hervorragend zu deinem Teint, und Pastellfarben sind in dieser Saison absolut in.«

»Auf keinen Fall!« Eugenia zog ihre Hand zurück und legte sie wieder dem dankbaren Hund auf den Kopf. »Der einzige Pastellton, den ich jemals tragen werde, wird das schreckliche Brautjungfernkleid sein, das du für mich aussuchst, wenn du Warner heiratest.«

»Dann trägst du eben eine Weile schwarz. Ich habe noch ein Fläschchen in meiner Wohnung. In der Mode gibt es viele Alternativen.«

»Wenn du Brooke ebenso hilfst wie mir, dürfte sie keine Schwierigkeiten mehr haben«, meinte Eugenia. »Kaum zu glauben, ich bin frischgebackener Single, bekomme eine Maniküre und bin mit einem tollen Typen zum Abendessen verabredet. Nicht schlecht für eine Jurastudentin, die sich mühsam durchkämpfen muss.«

»Mühsam durchkämpfen? Wenn du nicht gewesen wärst, hätte ich die Prüfungen nie geschafft, schon vergessen? Lass uns in den Salon Woods gehen!«

»Salon Woods – das klingt vornehm«, meinte Eugenia.

»*Sarah* ist von uns die Vornehme!«, erwiderte Elle rasch und leinte Brutus an.

Eugenia verschränkte schweigend die Arme vor der Brust und ließ den Blick über das Universitätsgebäude schweifen, in dem so viele unterschiedliche Wünsche entstanden. Warners Borniertheit war armselig. »Wenn ich du wäre, würde ich um nichts in der Welt mit Sarah tauschen«, sagte sie, ohne Elle anzusehen.

Elle folgte Eugenias Blick zu den Häusern am Rand des verlassenen Parks. »Noch vor einem Monat hätte ich alles dafür gegeben, um so zu sein wie Sarah.«

»Und jetzt?«

Elle setzte sich wieder auf die Bank und stützte wortlos das Kinn in die Hände. Schließlich hob sie den Kopf, trommelte mit den Fingernägeln auf den Holztisch und holte tief Luft. »Ich habe gebüffelt wie eine Irre und meine Prüfungen geschrieben. Als ich danach aus diesem Verlies kam und frische Luft einatmete, hatte ich das Gefühl, es geschafft zu haben. Ich habe eine Praktikumsstelle, die mir mehr wert ist, als eine Woche mit Serena in Aspen. Und ich habe die Gelegenheit, jemandem zu helfen, dessen Schicksal und Freiheit auf dem Spiel stehen. Ich arbeite für einen angesehenen Anwalt, der sich für meine Meinung interessiert und einen ganzen Abend mit mir verbringt, ohne mich anzufassen.« Elle hielt inne, überrascht über ihre Worte. »Ich habe noch einiges vor mir«, schloss sie.

Eugenia nickte stumm und grinste dann breit.

»Hey, ich habe ein Date und bin total aufgeregt.«

»Du musst mir morgen alles erzählen – bis ins kleinste Detail«, befahl Elle. »Ich habe schon ganz vergessen, wie eine Verabredung läuft. Du kannst mich zu Hause erreichen. Ich muss mir überlegen, was ich zum Treffen mit Christopher Miles anziehen soll.«

Elle war so nervös und aufgeregt, Christopher Miles wiederzusehen, dass sie am nächsten Morgen als Erste in das kleine Zimmer kam.

Als Warner sich neben sie setzte, errötete Elle, und ihr Herzschlag beschleunigte sich.

»Warner!«, rief sie. »Wie schön, dich zu sehen.« Sie schenkte ihm das strahlende Lächeln, das er früher immer als ›Megawatt-Lächeln‹ bezeichnet hatte, und war froh, dass sie sich für ihr rotes Twinset aus Kaschmir entschieden hatte. *Marie Claire* hatte Recht – Rot war die Farbe des Selbstbewusstseins.

Sarah trug einen knielangen, marineblauen Rock mit passendem Blazer, eine hochgeschlossene cremefarbene Seidenbluse und blaue Schuhe mit flachem Absatz – alles natürlich von Brook Brother. Wie ein Hündchen tappte sie hinter Warner her, zog einen Stuhl neben seinen und hakte sich mit einem Kopfnicken in Elles Richtung bei Warner ein.

»Sarah«, sagte Elle kurz angebunden.

Als nächste kam Cari Zellwether herein. Sie trug einen zweireihigen Blazer aus schwarzem Wollstoff mit dicken Schulterpolstern und ein knielanges, schlichtes Kleid. Das kurze schwarze Haar hatte sie an der Seite gescheitelt und mit einem einfachen Gummiband streng zurückgebunden. Nach einem knappen Hallo an alle setzte sie sich, öffnete ihre große schwarze Aktenmappe und zog ein Buch mit Fallbeispielen heraus. Sie legte es sich auf den Schoß und begann geschäftig, die markierten Seiten zu überfliegen.

Elle rutschte unbehaglich hin und her. In der Februarausgabe von *Harper's Bazaar* hatte sie einen Rückblick über Ballkleider von Bergdorf Goodman der vergangenen Jahre entdeckt, aber um ihr Gesicht zu wahren, ließ sie das Magazin in ihrer Tasche stecken und zog stattdessen einen pinkfarbenen Notizblock heraus. Sie klopfte mit ihrem Absatz gegen das dünne Stuhlbein und tat so, als ob sie das vertrauliche Gespräch zwischen Sarah und Warner nicht hören würde.

Bis Christopher Miles eintraf, verglichen die beiden unüberhörbar ihre Stundenpläne, Cari kritzelte Notizen in ihr Buch und Elle starrte ins Leere und zählte dann die Linien auf ihrem Notizblock.

Schließlich kam der Anwalt in den kleinen Raum gestürmt, entschuldigte sich für die Verspätung und gab allen vier Studenten nacheinander die Hand.

»Sie wurden alle davon in Kenntnis gesetzt, dass die Vorstellungsgespräche abgeschlossen sind«, sagte Christopher. »Also entspannen Sie sich – Sie haben es geschafft.« Elle malte ein Muster auf ihren Block, um Warner nicht anzustarren, der gerade von der aufgeregten Sarah an der Hand gepackt wurde.

Der Anwalt fuhr in munterem Ton fort: »Von den etwa vierzig Studenten, die ich interviewt habe, habe ich Sie vier ausgewählt, um mit mir an diesem Fall zu arbeiten. Sie haben alle ihre Noten für das erste Semester noch nicht bekommen, also wundern Sie sich vielleicht, warum ich gerade Sie ausgesucht habe. Wir sind jetzt unter uns, also lassen Sie mich Ihnen meine Gründe erklären.«

Christopher ließ den Blick durch den Raum schweifen. »Cari, Sie interessieren sich vor allem für Strafrecht, und Sie haben in einigen Kliniken gearbeitet. Diese Erfahrung wird Ihnen helfen, falls Brooke des Mordes angeklagt wird – und ich glaube, das wird sehr bald geschehen.«

»Sarah, ich habe mit Ihrem Vater die juristische Fakultät besucht. Wenn Sie nur die Hälfte seiner Arbeitsmoral mitbringen, könnten Sie diesen Fall selbst verhandeln.

Warner, dein Vater und ich kennen uns bereits seit der Grundschule. Und außerdem wollte ich mir nicht vorwerfen lassen, nur mit schönen Frauen zusammenarbeiten zu wollen!«

Warner und Christopher grinsten sich an, Cari runzelte die Stirn und Sarah lächelte, erfreut dass er sie als schöne Frau bezeichnet hatte.

»Und Elle ...«

Alle sahen Christopher Miles gespannt an. Elle fragte

sich, ob er ihr Dinner erwähnen würde. Ihr war bewusst, dass Sarah und Cari das mit großem Misstrauen aufnehmen würden. Zu ihrer Erleichterung drückte sich der Anwalt jedoch ganz allgemein aus.

»Sie sagten in dem Vorstellungsgespräch etwas zu mir, was mich an ein Axiom von Oliver Wendell Holmes erinnerte ... ein Lehrsatz, den ich immer als Grundlage für meine Arbeit im Strafrecht angesehen habe. Richter Holmes sagte den weisen Satz ›Um das Gesetz zu verstehen, muss man es vom Standpunkt des bösen Mannes aus betrachten‹.«

Cari räusperte sich, um Christopher darauf hinzuweisen, dass er ›oder der bösen Frau‹ hinzufügen sollte, aber der Anwalt ignorierte ihren Protest. »Erinnern Sie sich, was Sie über meine Klientin gesagt haben, Elle?«

»Ich sagte, dass sie es nicht getan hat«, antwortete Elle nervös.

Christopher nickte. »Sie sagten, Brooke täte Ihnen Leid, und Sie fragten mich, ob sie blond sei.«

Sarah verdrehte die Augen, und Cari warf Christopher Miles einen bösen Blick zu, weil es so aussah, als flirte er mit Elle.

»Sie ist blond.« Elle lächelte. »Das war mir klar. Jede Dreiundzwanzigjährige, die einen Vierundsiebzigjährigen mit Herzproblemen heiratet, ist blond, das kann ich Ihnen garantieren.«

Christopher Miles grinste breit.

»Elle, ich habe das Gefühl, dass Sie sich mit meiner Klientin identifizieren können. Vielleicht verstehen Sie ihre ... missliche Lage. Ich möchte, dass Sie nächste Woche bei der außergerichtlichen Befragung dabei sind, damit Sie Brooke persönlich kennen lernen.«

Der Anwalt zog eine Akte aus seiner weichen hellbraunen Ledermappe.

»Hier sind einige Fragen zur Recherche, mit denen die

anderen bitte beginnen.« Christopher legte einige Blätter auf den Tisch. »Wir stehen unter großem Druck, also verschwenden Sie keine Zeit. Elle, Sie rufen Mia, meine Sekretärin, am Montag wegen des Termins der Befragung an.«

31. Kapitel

Wenn es nicht um die Befragung ginge, müsste ich jetzt nicht so früh am Morgen hier sitzen, dachte Elle und sah müde auf die Wanduhr im Klassenzimmer. Was für eine Verschwendung ihres einzigen Wahlfachs!

Vielleicht waren es seine Augen oder eher der Klang seiner Stimme, der sowohl sanft als auch bestimmt sein konnte, ohne jedoch einschüchternd zu wirken. Wahrscheinlich doch die Augen. Elle lachte leise vor sich hin. Diese Augen hatten es in sich. Sie vertraute Christopher Miles und war fest davon überzeugt, dass sie ihm bei Brookes Fall helfen konnte.

Elle glaubte, Brooke und Chutney verstehen zu können. Zumindest kannte sie das Umfeld, aus dem sie kamen. Chutney war bei weitem nicht das einzige Mädchen in Los Angeles, dessen Stiefmutter jünger war als sie selbst. Elle war mit der Lebensweise dieser Menschen vertraut, und Christopher schien ihre Ansichten ernst zu nehmen. Die Ironie dabei ließ sie schmunzeln. Zum ersten Mal schien Sarahs begrenzte, vornehme Welt ein Nachteil zu sein. Elle konnte mit einem einzigen Anruf die neuesten Gerüchte in Los Angeles erfahren. Sie konnte den Namen von Brookes Gärtner herausfinden, jede Zutat ihrer Grasdiät, jeden Schritt ihres Aerobicprogramms. Konnte Sarah das auch?

Verdrießlich beobachtete Elle, wie Professor Gilbreath von der Tafel die Stufen hinauf zum hinteren Bereich des

Vorlesungssaals ging. Einen Augenblick hoffte sie, dass er vielleicht hinausgehen würde.

Der hagere Professor zog mit einer Kraft die Tür zu, die man ihm gar nicht zugetraut hätte. Dann wandte er sich an die Studenten und begann mit der am ersten Tag üblichen Einschüchterung.

»Diese Tür wird pünktlich um neun Uhr geschlossen. Sollte sie vor neun Uhr fünfzig wieder aufgehen, dann nur, weil ich sie öffne. Nicht Sie. Keine Nachzügler. Keine Entschuldigungen. Sollten Freunde von Ihnen in Erwägung ziehen, sich diesem Kurs noch anzuschließen, geben Sie Ihnen bitte diesbezüglich Bescheid.«

Elle bezweifelte, dass sich außer den bereits Anwesenden jemand spontan dafür entscheiden würde, einen Kurs über Tote um neun Uhr morgens zu besuchen. Vor allem nicht bei Professor Gilbreath, dem Sensenmann des schwarzen Humors. Elle musste die Nachmittage für ihr Praktikum freihalten, also blieb ihr nichts anderes übrig, als für den Kurs ›Tod mit Gilbreath‹ so früh aufzustehen.

Nachdem er sich versichert hatte, dass die Tür fest verschlossen war, ging der Professor zum Podest zurück. »Willkommen.« Die Vogelscheuche deutete auf die Tür. »Ich schätze es nicht, wenn mein Monolog unterbrochen wird.«

Für wen hält er sich?, fragte sich Elle. Für Jay Leno?

»Dieser Kurs handelt von zwei Dingen«, begann Gilbreath. »Erstens Tod.« Er ließ den Blick über seine schweigenden Zuhörer schweifen. »Und zweitens Geld. In diesem Kurs geht es um Tod und Geld.«

Professor Gilbreath lächelte, und irgendwo hinter Elle ertönte ein mutiges Lachen. Wahrscheinlich kam es von Michael, der sicher seinem diabolischen Schätzchen Cari ans Herz legen würde, sich für ›Tod bei Gilbreath‹ einzuschreiben. Elle argwöhnte, dass diese Klasse sich bald in eine schlechte Reproduktion von Die *Munsters* verwandeln würde.

»Lassen Sie uns zuerst über Geld sprechen.«

Elle stimmte nicht in das aufgeregte Gelächter der potentiellen Anwälte ein, die später einmal ihren Klienten bereits am Unfallort auflauern würden. Witze über Geldgier waren langweilig, vor allem, weil dieses Thema in jeder Vorlesung, von Schadensersatz bis zum Strafrecht, immer wieder durchgekaut wurde.

»Es gibt drei Wege, um Geld zu machen«, fuhr Professor Sargträger fort. »Sie können es verdienen, erben oder sich durch Heirat aneignen. Ich habe alle drei Methoden schon ausprobiert. Wenn Sie sich auf Testamente spezialisieren, verdienen Sie Geld, wann immer andere Leute es erben.«

Eine Heirat würde mir eher zusagen, dachte Elle wehmütig.

»Wenn Sie sich als Jurist mit Testamenten beschäftigen, sehen Sie Menschen von ihrer hässlichsten Seite. Die Fälle, die wir in diesem Kurs lesen werden, beschäftigen sich genau mit den Dingen, die es schaffen, tief in der Seele verborgene, abscheuliche Eigenschaften hervorzubringen. Diese beiden Dinge sind ...«

»Tod und Geld«, antworteten einige Studenten prompt.

»Sehr gut. Und jetzt können wir über den Tod sprechen. Der Professor lächelte. »Dieser Kurs wird Ihr einfachster sein, denn er basiert auf einer einzigen Regel.«

Das hektische Klappern auf den Tastaturen legte sich, während die Studenten auf die besagte Regel warteten.

»Tote können kein Geld besitzen.«

Elle dachte an Warners Großmutter und wünschte, dass sie ihr gesamtes höllisches Vermögen mit ins Grab nehmen würde.

Professor Gilbreath trat vom Podest zurück. »Diese Regel ist das Kernstück des Testamentrechts. Tote können

165

kein Geld besitzen.« Es war ganz still im Saal, während er lässig seine Unterlagen zusammensuchte und damit zur Tür ging. »Das ist alles für heute.«

An der Tür drehte er sich noch einmal um. »Irgendwelche Fragen?«

Niemand wagte, etwas zu sagen.

»Sehr gut. Bis morgen um neun Uhr.«

Elle warf einen Blick auf die Wanduhr. Neun Uhr elf. Sie hatte Gilbreath vorschnell verurteilt. Das könnte sogar ihr Lieblingskurs werden.

Elle beschloss, ausnahmsweise die morgendlichen Vorlesungen in Testamentrecht und Eigentumsrecht zu besuchen, für den Fall dass Christopher Miles sie auf dem Weg nach Los Angeles nach ihrem Tagesablauf in der Fakultät fragen sollte.

Ein unbehagliches Gefühl beschlich sie bei dem Gedanken, dass sie die ganze Woche die Vorlesungen in Eigentumsrecht geschwänzt hatte. Möglicherweise gab es eine strittige Frage im Eigentumsrecht, wenn die Geier sich auf Vandermarks Besitz stürzten. Im Vorlesungssaal verzog sie sich rasch nach hinten in eine sichere Ecke.

Whitman Hightower, Barrister, war knapp eins fünfzig groß und verschwand fast ganz hinter dem Podest. »Er hätte in Oxford bleiben sollen«, murmelte Elle. Bei seiner ersten Vorlesung hatte Hightower die Schüler angewiesen, ihn mit Barrister anzusprechen, seinem offiziellen Titel als Anwalt, der vor den höchsten Gerichten plädieren durfte.

»Ich glaube, dort drüben tragen sie immer noch gepuderte Perücken«, flüsterte Eugenia. »Wenn er jetzt eine auf dem Kopf hätte, könnten wir ihn vielleicht sehen.«

Zumindest war sich Hightower der Sprachbarriere bewusst, die die verwirrten Studenten vom Vokabular des Jahrhunderte alten englischen Eigentumsrechts trennte.

Immer wieder schoss er mitten im Satz an die Tafel und kritzelte eines der seltsamen Wörter darauf, die, wie er betonte, die ›lebende Lexikographie der Rechtssprache‹ bildeten. Am Ende der Vorlesung glich die Tafel einem Christbaum, der von Kindern nur an den unteren Zweigen geschmückt worden war. Die exotischen Wörter füllten nur den Platz, den Hightower erreichen konnte.

Elle schwirrte der Kopf, als sie den Satz *Quicquid plantatur solo, solo cedit* abschrieb.

Der verhutzelte Barrister Hightower kam plötzlich hinter seinem Podest hervorgeschossen und tippte mit der Kreide auf die Tafel. »Was immer auf dem Erdboden verankert ist, gehört dem Erdboden. Ein schätzenswerter Grundsatz. Warum, meine Schüler, schließt das unsere Debatte nicht ab?«

Elle verdrehte die Augen – das hatten sie bereits in der vergangenen Woche besprochen.

Larry Hesterton und Gramm Hallman eiferten sofort um das Privileg, als Erster von Hightower drangenommen zu werden – er war immerhin der einzige Professor in Stanford, der in ihrer mittelalterlichen Raum-Zeit-Falle gefangen war. Heute zog Gramm an Larry vorbei.

»Beide, der Fuchs und das Land, sind wild, Barrister Hightower.«

»Das Land, Herr Anwalt? Wild?«

»Genauer gesagt ist das Land öffentlicher Besitz, Barrister. Wie wir letzte Woche besprochen haben, sind die erworbenen Rechte der Landbesitzer in diesem Fall nicht anwendbar. In jedem Fall ist der Fuchs als wildes Tier nicht mit dem Boden verankert.«

»Frei geboren«, murmelte Elle und fragte sich, was sie aus einer Fuchsjagd über die Eigentumsrechte in der Ehe lernen sollte. Sie hatte gut daran getan, in der letzten Woche diese Vorlesung zu schwänzen und sich stattdessen Strähnchen ins Haar färben zu lassen. Wegen eines mageren Fuchses würde wohl kaum jemand vor Gericht gehen. Als die Vorlesung beendet war, sammelte Elle ihre Sachen ein und machte sich in nervöser Vorfreude auf den Weg zu Christophers Büro.

32. Kapitel

Dankbar für den speziellen rock-straffenden Hebel in ihrem Range Rover, betrachtete Elle ihr Spiegelbild in der Aufzugtür. Ihr Wagen besaß einen Knopf, der den Sitz automatisch so einstellte, dass Faltenbildung der Röcke verhindert wurde. Vor allem in der warmen Jahreszeit, wenn sie Kleidung aus Leinen trug, wusste sie das zu schätzen.

Der Fall Vandermark wurde von Tag zu Tag komplexer. Von allen Seiten tauchten Zeugen auf, und immer mehr Details wurden bekannt. Elle fröstelte leicht vor Aufregung, daran teilzuhaben. Ihre Eltern hatten sie nie zu einer bestimmten Karriere gedrängt, aber in der Familie Woods wurde es als Kardinalsünde angesehen, ›langweilig‹ zu sein. Und dieser Fall war nach Elles Meinung alles andere als langweilig – er war höchst aufregend.

Die Tür des Aufzugs öffnete sich und gab den Blick frei auf das glänzende Imperium von Miles & Slocum. Der Boden des riesigen Empfangsbereichs bestand aus silbergrauem Marmor und die modernen, kunstvoll gefertigten Möbel waren ideal platziert. Der Raum war in Licht getaucht, das durch gewölbte Fenster hereindrang, die eine ganze Wand einnahmen und einen herrlichen Blick auf die Bucht boten.

»Ich bin Elle Woods. Ich habe eine Verabredung mit Christopher Miles«, erklärte sie der spröde wirkenden Empfangsdame.

»Elle Woods.« Die Rezeptionistin, die an eine Bibliothekarin erinnerte, wiederholte Elles Namen gering-
schätzig und musterte Elle von oben bis unten durch ihre
Brille, die am Ende der langen Nase saß. »Ich habe Ihren
Namen auf Mr. Miles Terminkalender gesehen. Ist das
eine *private* Verabredung?«

»Nein, nein«, protestierte Elle ein wenig zu schnell.
»Ich arbeite an dem Fall Vandermark – ich bin eine der
Praktikantinnen aus Stanford.«

Die Sekretärin sah Elle zweifelnd an und bat sie, im
Wartezimmer Platz zu nehmen, während sie Mia, Christophers Sekretärin, anrief.

Elle schaute durch eines der gewölbten Fenster auf das
Meer hinaus und dachte an den Artikel über Miles & Slocum im *Architectural Digest*. »Die schönste Firma im ganzen Land«, hatte Christopher Miles sich dazu geäußert,
und daran hatte Elle keinen Zweifel, als sie sich umsah.

Wenig später kam Christophers Sekretärin und begrüßte Elle mit dem Enthusiasmus einer Cheerleaderin.

»Tut mir Leid, dass Sie warten mussten«, entschuldigte
sich Mia. »Martha« – sie warf einen Blick auf die Empfangsdame – »entwickelt mütterliche Instinkte, wenn es
um Christopher geht.«

Auf dem Weg zu Christophers Büro machte Mia mit
Elle einen kurzen Rundgang durch einige Flure, die mit
atemberaubenden zeitgenössischen Kunstwerken geschmückt waren.

Das Büro der Praktikanten stand in starkem Kontrast
zu den anderen Teilen der Kanzlei. Bis auf einen Druck
von Keith Haring waren die Wände kahl. Es gab vier
schwarze Bürostühle und zwei klobige Schreibtische aus
Holz. Einer davon war mit Dokumenten beladen. Elle sah
sich unbehaglich um.

»Keine Sorge, der Stapel hier ist für Sarah Knottingham.« Mia schien ihre Gedanken gelesen zu haben. »Sie

kommt später zurück, um die Unterlagen durchzusehen. Ihre Sekretärin ist in Urlaub, also musste ich den Terminplan mit ihr durchgehen.«

Elle versuchte, ein Pokerface aufzusetzen, als sie eine Packung Kopfschmerztabletten auf Sarahs Schreibtisch entdeckte, und an die pochenden Kopfschmerzen dachte, die Sarah ihr verursacht hatte.

»Bitte warten Sie in Mr. Miles Büro. Er hat gerade aus dem Auto angerufen. Er erwartet sie und wird gleich hier sein.«

Mia führte Elle in einen Vorraum zu Christophers Büro. Elle fragte sich, ob sie, ebenso wie Sarah, auch eine eigene Sekretärin bekommen würde. Sie ließ sich auf einem niedrigen Stuhl mit geschwungener schwarzer Rückenlehne nieder und blätterte in einem Buch über Kunstwerke von Rothko, das einzige Buch, das auf einem exquisiten Couchtisch lag. Als sie Christopher kommen hörte, holte sie rasch ihr Buch über Testamentgesetze hervor und schlug es in der Mitte auf.

»Wichtige Anrufe stellen Sie bitte in meinen Wagen durch. Ich bin schon zu spät dran für die Anhörung«, rief Christopher Miles Mia zu, während er in das Büro stürmte. Elle stand auf, um den Anwalt zu begrüßen, der bereits damit beschäftigt war, dicke Akten in eine mit vielen Fächern ausgestattete Mappe zu packen.

»Elle.« Er sah überrascht auf. »Sie haben sich so still verhalten, dass ich Ihre Anwesenheit gar nicht bemerkt habe. Wir müssen gehen. Nehmen Sie alles, was Sie brauchen, und dann nichts wie los!«

Elle schob rasch ihr Buch in die Wildledermappe von Cartier – ein Geschenk von ihren Eltern, die der Meinung waren, dass sie, wenn sie schon Anwältin werden wollte, auch wie eine aussehen sollte.

»Ich bin froh, dass Sie bei dieser Aussage dabei sein werden«, meinte er und schloss seine Aktenmappe. »Allerdings wünschte ich, sie würde nicht in Henry Kohns Büro in Los Angeles stattfinden. Das ist bereits die dritte Anhörung, die er in L. A. anberaumt hat, obwohl eines seiner Büros nur fünf Blocks von hier entfernt liegt. Ich freue mich schon darauf, wenn ich die Zeugen hier anhören kann.« Er ließ seinen Blick durch das Büro schweifen, als wolle er in Gedanken eine Checkliste abhaken.

»Gut. Kommen Sie, Elle, wir sind spät dran.«

Elle sah Cari hinter einem Papierstapel misstrauisch hervorlugen, als sie und Christopher durch den Flur hasteten. Sie wartete, bis sie im Aufzug waren, bevor sie die anderen Praktikanten erwähnte.

»Cari scheint sich durch einen Stapel Unterlagen durcharbeiten zu müssen«, meinte sie.

Christopher lächelte. »Ich habe Cari damit beauftragt, die Zuständigkeit zu prüfen. Wahrscheinlich liest sie gerade etliche Fälle. Und Sie, Elle, sollen sich mit allen Zeugen treffen. Bei Ihrem Hintergrund haben Sie meiner Meinung nach den besten Zugriff zu den Fakten.«

»Ich dachte, ich würde die juristische Fakultät besuchen, um etwas über Gesetze zu lernen.«

»Da haben Sie wahrscheinlich Recht, aber Fälle werden anhand von Fakten gewonnen oder verloren.«

Die Tür des Fahrstuhls öffnete sich in der Tiefgarage. Christopher hielt ihr die Beifahrertür seines grünen Jaguar Cabrio auf, und Elle ließ sich auf den niedrigen Ledersitz gleiten. Sie bemerkte, dass er aus Rücksicht auf sie das Verdeck schloss, bevor er den Wagen startete und ruckartig aus der Garage schoss.

Christopher schlängelte sich Richtung Autobahn von Spur zu Spur durch den Verkehr. »Ich befürchte, dass wir den Flug verpassen«, meinte er und stieß beinahe bei einem Überholmanöver mit einem Wagen zusammen.

»Nicht, wenn *Sie* hinter dem Steuer sitzen«, meinte Elle. Christopher fuhr weiter Schlangenlinien quer über alle

Spuren. »Wenn Chutneys Anwalt alle Anhörungen in Los Angeles anberaumen will, warum findet dann der Prozess nicht dort statt?«

»Weil der Makler des alten Herrn in Nord-Kalifornien sitzt, und sein Besitz, einschließlich der Vandermark Weinberge ebenfalls dort liegt. Sie hätten die Anfechtung des Testaments überall in Kalifornien beantragen können. Chutney hat sich für San Francisco entschieden – sicher auf Anraten ihres Anwalts.«

»Warum? Ist der Richter hier besser für sie?«

»Nein, aber besser für ihren Anwalt. Henry Kohn hat eine Niederlassung in Century City, aber sein Hauptbüro befindet sich in San Francisco. Ich bin mir sicher, dass er seiner Klientin geraten hat, das Verfahren in seinem Büro bei Kohn & Siglery abzuwickeln. Günstig für ihn. Er wird ihr alle Flüge und die Zeit von und nach L. A. abrechnen.«

»Wie schäbig!«

»Willkommen in der Praxis, Elle!«, sagte Christopher. »Und jetzt möchte ich Ihnen noch etwas über den Zeugen erzählen, solange wir noch unter vier Augen sind«, fügte er leise hinzu.

Bei dem Gedanken an den Mann seufzte er unwillkürlich. »Zuerst die guten Nachrichten. Die Anhörung wird nicht lange dauern. Der Zeuge verachtet Brooke und – was noch schlimmer ist – er hat eine übertrieben bildhafte Ausdrucksweise, verwendet pausenlos das Wort ›Mord‹. Er war Brookes Innenarchitekt, hat jedoch nach einer Weile gekündigt, weil sie, wie er sagt, einen ›mörderischen‹ Geschmack hat. Angeblich hat sie die Atmosphäre im Wohnzimmer ›getötet‹, die Bibliothek ›verwüstet‹, und die Absicht gehabt, das Foyer ›kalt zu machen‹. Von jedem Zimmer behauptet er, sie hätte es ›umgebracht‹. So wie es aussieht, ist dieser Mann ein perfekter Zeuge für den Kläger. Der Name Trenton Davis verursacht mir Alpträume.«

»*Trent?* Doch wohl nicht Trent Davis? Er ist ein Schatz! Ich kenne Trent seit meiner Kindheit«, erklärte Elle. »Meine Mutter besitzt eine Kunstgalerie, daher arbeitet sie mit vielen Designern zusammen. Trent ist ihr Lieblingsarchitekt – und meiner auch! Wir bedauern es sehr, dass wir ihn nicht öfter sehen. Er ist nicht nur der beste Innenarchitekt, sondern auch ein sehr charmanter Mann. Seine Kunden lassen ihn nach Paris und Hongkong einfliegen. In jeder Weltstadt ist er als Designer begehrt und als Partygast willkommen.«

Christopher beugte sich vor und stellte die Stereoanlage lauter, als wollte er nichts mehr darüber hören. Elle hob ihre Stimme.

»Sie können von Glück sagen, dass Sie es bei dieser Anhörung nicht mit einem dieser neuen Designertypen zu tun haben, die darauf bestehen ›Dramaturgen für Innenausstattung‹ genannt zu werden. Sie tragen üblicherweise ein kleines Hündchen mit sich herum, das sie wie ein Taschentuch verwenden – wenn sie das Gefühl haben, dass noch etwas fehlt, weinen sie in sein Fell.«

»Ich kann nicht glauben, dass Sie Trenton Davis kennen!« Christopher schüttelte den Kopf, als hätte er Mitleid mit Elle.

»Ihn kennen? Er ist ein Juwel! Nach dem Erdbeben hat er unser Haus in Bel Air neu gestaltet, und da ich damals mit dem Gedanken spielte, auch Innenarchitektin zu werden, nahm er mich überallhin mit, um mir einen Einblick in das Metier zu gewähren. Ich erinnere mich noch an diese verrückte Frau ... wie hieß sie noch?« Elle runzelte nachdenklich die Stirn. »Egal. Sie wollte so schnell wie möglich alle Möbel aus dem Haus haben, weil sie eine Party unter einem bestimmten Motto gab. Trent und die Caterer, Floristen, Künstler und Kunstberater ... Alle arbeiteten Tag und Nacht. Ihre Party stand unter dem Motto ›Tequila Sunrise‹, also verlangte sie, die Tapeten zu entfernen, damit man einen Sonnenaufgang an die Wände malen konnte. Leider war diese Lady sehr stur und bestand darauf, dass die Sonne im Westen aufgeht. Bei ihrer Party war das dann auch der Fall.«

Christopher unterbrach seine geschwätzige Beifahrerin. »Kunstberater?«

Elle rümpfte verblüfft die Nase. »Natürlich hatte sie einen Kunstberater engagiert! Was für eine seltsame Frage. Die Dame bestand auch darauf, dass alle, die im Haus arbeiteten, Badekleidung mitbrachten. Sie schwamm liebend gern, hasste es aber, allein in den Pool zu steigen. Also mussten alle, von Trent bis zu den Malern, um Punkt zwölf Uhr mit ihr eine Stunde lang plantschen.«

»Und ich dachte, Anwälte würden hart für ihr Geld arbeiten.«

»Nun, in diesem Fall werden Sie das wohl müssen«, meinte Elle.

»Trenton Davis wird mir das Leben noch schwerer machen, Elle. Er mag sich mit den Eigenheiten seiner anderen Kunden abgefunden haben, aber bei Brooke verhält es sich anders. Im Augenblick ist er der ideale Zeuge für den Kläger.«

»Das ist Chutney, oder?«, fragte Elle, um sich zu vergewissern.

»Sie ficht das Testament an, und wir vertreten den Standpunkt, dass Brooke immer noch ein Anrecht auf das Erbe hat. Ein Verfahren in Testamentsfragen unterscheidet sich von anderen ein wenig, da die beteiligten Parteien nicht unbedingt Prozessgegner sind. Ich gehe davon aus, dass sie gewohnheitsmäßig klagt.« Christopher warf Elle einen Blick zu. »Sie halten mich ganz schön auf Trab, Miss Woods.«

Er sah wieder auf die Straße, und sein Lächeln verschwand. »Allerdings weiß ich nicht, ob das für diesen Fall ausreichen wird«, gestand er. »Schon zu Beginn war alles sehr riskant, aber nun tauchen von allen Seiten Zeugen der Klägerin auf. Brookes Hausangestellte, ihr persönlicher Einkäufer, ihr Fitness-Trainer, sogar ihr Seelenklempner.«

»Ihr Psychiater?«, fragte Elle entsetzt. »Wie schrecklich! Aber es gibt doch die ärztliche Schweigepflicht!«

»Das Gericht kann sie aufheben«, erwiderte Christopher grimmig. Er bog in den Parkplatz ein und sah nervös auf seine Uhr. »Nehmen Sie bitte eine der Akten mit, Elle.«

Elle sprang mit den Unterlagen unter dem Arm aus dem Wagen und lief Christopher hinterher. Sie beschloss, niemals einem Psychiater, geschweige denn einem persönlichen Einkäufer zu vertrauen.

33. Kapitel

Der Fahrer, der bereits auf sie gewartet hatte, raste über die Autobahn, um Elle und Christopher rechtzeitig zur Kanzlei zu bringen, doch Trent, der aus Laguna Niguel anreiste, teilte ihnen über das Autotelefon mit, dass er im Stau stecke. Als er endlich eintraf, war Henry Kohn noch in einer Besprechung, und sie mussten weitere zwanzig Minuten warten. Der Fahrer hatte also völlig umsonst riskiert, den Zorn der Highway Patrol zu erregen.

Kohn & Siglery war mit Miles & Slocum nicht zu vergleichen. Obwohl die moderne Architektur des riesigen Gebäudes beeindruckend war, fand Elle die Innenausstattung grässlich.

Sie saß im Wartezimmer auf einem Stuhl aus der Zeit Ludwigs XIV., der mit einem kratzenden Zebrafell bespannt war, und lauschte dem Gespräch zwischen Trent und der Empfangsdame. »Ich werde Ihrem Anwalt mitteilen, dass Sie auf ihn warten«, erklärte sie und zeigte dem pausbäckigen Designer den Weg.

Der kleine, dickliche Trent hatte offensichtlich noch ein paar Pfund zugelegt. Elle stand auf, um ihn zu begrüßen.

»Elle Woods!« Trent war überrascht, sie zu sehen. Er grinste so breit, dass sich seine Augenpartie in Falten legte. »Bist du in Schwierigkeiten, Schätzchen? Oder willst du einen Ehevertrag aufsetzen?«, fragte er und küsste Elle, wobei ihm eine weißblonde Haarsträhne ins Gesicht fiel.

Elle freute sich, ihn zu sehen und dem kratzenden Fell zu entkommen. »Nein, Trent, ich bin nicht hier, um einen Anwalt zu sprechen – ich bin die Begleiterin eines Anwalts«, erklärte sie lachend.

»Coco Chanel würde sich im Grab umdrehen! Deine Mutter hat mir von der juristischen Fakultät erzählt, aber ich kann es einfach nicht glauben.« Er legte die Hand vor seine strahlend blauen Augen und spähte zwischen den Fingern hindurch, als würde er sich einen Horrorfilm anschauen und hätte Angst, die Szene ganz zu sehen. »Und das bei deiner Kreativität, Schätzchen ... eine Anwältin?«

»Noch nicht. Ich habe nur das Glück, einem Anwalt helfen zu dürfen«, erwiderte Elle bescheiden und deutete auf Christopher, der sich als Brooke Vandermarks Anwalt vorstellte. »Ich hörte an Weihnachten von dem Mord.« Als Christopher sich laut räusperte, verbesserte Elle sich hastig. »Von dem angeblichen Mord. Mr. Miles ist so freundlich, uns Jurastudenten ein wenig praktische Erfahrung zu vermitteln.«

»Und du bevorzugst immer noch Pink.« Er musterte Elles rosafarbenes Kostüm von Escada, den weißen Kragen und die großen Goldknöpfe. »Wenigstens machst du dir noch etwas aus Mode.« Trent seufzte zufrieden. Wie immer interessierte ihn Elles Outfit ebenso wie das, was sie zu sagen hatte.

Elle lächelte und warf einen Blick auf ihre engen Manolo-Schuhe, die ihr schon jetzt Fußschmerzen bereiteten. Sie deutete auf die schwarze Roche Bobois-Couch, die sicherlich nicht kratzen würde. »Setzen wir uns. Wie ist der neueste Stand der Dinge? Arbeitest du jetzt in Laguna?« Elle liebte Trents Geschichten.

Trent begutachtete missbilligend das Sofa und ließ sich dann an einer Ecke nieder, als befürchte er, dieses Objekt könnte sein ästhetisches Empfindungsvermögen beeinträchtigen. »Elle!« Er warf die Arme in die Luft wie ein Fernsehprediger und vergrub dann sein Gesicht in den plumpen Händen. »Meine Güte! Dieses Haus ist abscheulich! Und was sie von mir verlangte ... war noch schlimmer.« Trent verdrehte die Augen. »Das kommt einem Verbrechen gleich!«

»Was wollte sie denn, Trent?«

»Diese Frau – und ich scherze nicht – wollte Fliesen in Kaugummi-Rosa auf schwarzem Untergrund. Nicht nur im Bad, was schon schlimm genug gewesen wäre. Als sie mich durchs Haus führte, trug sie einen lilafarbenen Turban, als wäre sie eine Figur aus Tausendundeiner Nacht, und erklärte mir, sie wolle diese Kaugummifarbe überall im Haus und auch in der Garage haben. Sie wollte, dass ich dieses Haus töte, Elle! Ich hätte danach nie wieder einen Auftrag in dieser Stadt bekommen.«

Christopher zuckte bei dem Wort ›töten‹ merklich zusammen.

»Also hast du den Auftrag abgelehnt?«, wollte Elle wissen.

»Natürlich. Ich sagte ihr, dass sie so talentiert sei und eine kreative Vision hätte, die ich nur behindern würde.«

»Wie verdienst du deinen Lebensunterhalt, wenn du nur Aufträge annimmst, die dir zusagen?«

»Elle, ich habe meine Prinzipien. Die monströse Idee

von Brooke Vandermark war das Schrecklichste, was ich jemals gehört habe.«

»Nicht so unfreundlich«, schalt Elle. »War Brookes Haus wirklich so fürchterlich? Ich dachte, man hätte es sogar in der Presse erwähnt.«

»Allerdings – im Magazin *L. A. Whispers* in der Kolumne ›Jetzt reicht's‹. Als sie anbauen ließ, wurde das Haus zu einem grotesken Witz. Es wurde fast so groß wie Candy Spellings Haus, und das einzige, was noch größer war, war Brooke Vandermarks Ego. Ich hätte diesen Job niemals annehmen sollen, nicht einmal das Haus besichtigen dürfen. Immerhin war ich schon der sechste Designer. Alle anderen hatten gekündigt oder waren gefeuert worden. Diese Frau ist einfach unmöglich.«

»Na ja, zumindest musstest du nicht schwimmen«, meinte Elle.

»Stimmt.« Trent schauderte bei dem Gedanken daran. »Aber Brookes Haus schwamm in schwarzem Lack. Ich wäre beinahe darin ertrunken! Diese Wände ... Ich musste diese mörderischen schwarzen Wände beseitigen. Sie brachten mich beinahe um. Sie sagte, sie stammten aus ihrer ›reflektierenden Phase‹. Ein Buch über Shinto, das sie in einer ihrer Gruppensitzungen bekommen hatte, verleitete sie dazu, eine Art Shogun aus dem Haus machen zu wollen. Die Eingangshalle wäre wunderschön gewesen, hätte sie sie nicht mit Wasserspeiern, Vasen und schrecklichen Bonsaibäumen verunstaltet. Oh, Elle, es ist unbeschreiblich.«

Henry Kohn und Chutney betraten das Wartezimmer. Elle betrachtete Chutneys enges schwarzes Kleid, das an der Taille eine goldfarbene Aufschrift trug: ›Geldverschwendung‹. Sie wirkte selbstbewusster als ihr Anwalt, der in seinem verknitterten, fleckigen Anzug den Eindruck machte, als habe er sich die ganze Nacht um die Ohren geschlagen.

»Sie sollten nicht mit Anwälten über den Fall sprechen, solange ich nicht dabei bin«, tadelte Henry Kohn Trent und tauschte dann einen schlaffen Händedruck mit Christopher aus.

Chutney verkreuzte die Arme vor der Brust und ließ ihren Blick über die versammelte Gruppe schweifen.

Trent zuckte die Schultern. »Mein Schätzchen Elle Woods hat mir nur diese unangenehme Situation ein wenig versüßt«, meinte er. Elle stellte sich Henry Kohn vor und erklärte dem Anwalt betreten, dass sie Trent schon seit ihrer Kindheit kenne.

»Wir haben nur Neuigkeiten ausgetauscht«, sagte sie und errötete leicht.

»Natürlich.« Henry warf Christopher einen Blick zu, der besagte, dass er davon nicht überzeugt war. Elle folgte den Anwälten in den Konferenzraum, während Trent in Richtung Waschraum verschwand, um sich frisch zu machen.

Brooke Vandermark saß einer Stenografin gegenüber an einem endlos langen Tisch. Christopher wandte sich mit unverhohlenem Missfallen an Henry Kohn.

»Ihre Empfangsdame hat mich nicht davon in Kenntnis gesetzt, dass meine Klientin bereits eingetroffen ist«, beschwerte er sich mit einem Blick auf Brooke.

Henry Kohn ignorierte diese Bemerkung. »Vielleicht möchte Mrs. Vandermark noch einen Kaffee«, meinte er mit einer Geste auf die weiße, am Rand mit Lippenstift verschmierte Tasse, die vor Brooke auf dem Tisch stand. »Bitte bedienen Sie sich.«

Auf einem zweiten langen Tisch befanden sich ein silbernes Kaffeeservice, etliche Tassen und Gläser, einige Flaschen Soda und ein Eiskübel.

Christopher ging mit väterlich anmutender Besorgnis auf Brooke zu, und als sie aufstand, um ihn zu begrüßen, schüttelte er ihr die Hand und drückte dann fürsorglich ihren Ellbogen.

Elle stellte überrascht fest, dass Brooke Christopher gerade bis zur Schulter reichte. Sie hatte sich Brooke größer vorgestellt. In den Aerobicstunden hatte sie so dominant gewirkt, und nun stellte sich heraus, dass sie gerade die Größe einer Parkuhr erreichte.

Brookes schlichtes ärmelloses Leinenkleid trug den gleichen Farbton wie ihr strohfarbenes Haar. Elle erkannte das Kleid – sie hatte es sich bei J. Crew in einer anderen Farbe bestellen wollen, denn diese kornfarbenen Töne konnte man nur mit sonnengebräunter Haut tragen. Neben ihrem Stuhl lag ein türkisfarbener Rucksack aus Lackleder, farblich zu ihren Schuhen passend, anscheinend die einzig kräftigen Farben in Brookes Outfit. Doch dann bemerkte Elle Brookes neugierigen Blick und stellte fest, dass die strahlend blauen Augen der jungen Frau ihren eigenen glichen.

»Ich hätte Ihnen gern meinen Fahrer geschickt, um Sie abholen zu lassen, Brooke, aber ich war zu spät dran. Beinahe hätte ich den Flieger verpasst«, erklärte Christopher.

»Es freut mich zu hören, dass Sie jetzt einen Fahrer haben, Christopher. Immerhin bin ich schon bei Ihnen mitgefahren, und ich muss sagen, im Gefängnis ist es wesentlich sicherer.« Brooke lächelte Christopher an, doch als sie sich wieder setzte, wirkte sie keineswegs entspannt. Sie saß kerzengerade, ohne mit ihrem Rücken die Stuhllehne zu berühren, und spielte nervös mit ihren Fingern.

Christopher lächelte. »Mea culpa. Brooke, das ist meine Assistentin Elle Woods. Sie studiert an der juristischen Fakultät in Stanford.«

Brooke nickte Elle zu, ohne sich zu erheben.

Elle errötete leicht und räusperte sich. »Hallo, Brooke. Freut mich, Sie kennen zu lernen. Ich war auch auf der USC.« Elle warf Chutneys mürrischem Anwalt einen Blick zu. Er legte sich gerade seinen Notizblock und einen Aktenordner zurecht und stellte seinen Plastikbecher mit

Kaffee daneben. Das war nicht der richtige Zeitpunkt für belangloses Geplauder. Christopher hatte sie als seine Assistentin vorgestellt, und sie fing prompt an, über das College zu reden, als würden sie bei einem Klassentreffen ein Glas Punsch miteinander trinken.

Das ist eine ernste Angelegenheit, ermahnte sich Elle. Also benimm dich dementsprechend. Sag nichts, nicke und mach dir Notizen. Brooke, die offensichtlich den gleichen Rat bekommen hatte, regte sich kaum, als Trent den Raum betrat und sich schmollend umsah. Sie nickte ihm kurz zu und richtete dann während seiner Aussagen den Blick mit hoch erhobenem Kopf an ihm vorbei.

Elle schenkte Trent ein Lächeln und nahm schweigend neben Christopher Platz. Sie rückte ihren Stuhl ein Stück zurück und legte sich ihren Notizblock auf den Schoß. Während sie darauf wartete, dass Henry Kohns Sekretärin die Wassergläser aus einem silbernen Krug füllte, begann Elle, Brookes Ohrringe zu zeichnen. Brooke trug kleine, baumelnde Ringe mit ineinander verschlungenen, nackten Zwillingen.

Ein Zwilling, dachte Elle. Steht unter dem Einfluss von Merkur. Sehnt sich nach Zuneigung und Verständnis. Nur gut, dass sie in der Schule das Wahlfach ›Astrologie und Sternkreiszeichen‹ gewählt hatte. Als sie Brookes Ohrringe fertig gestellt hatte, zeichnete sie Anhänger für das Sternzeichen Fische und fragte sich, wie sie es vom Zeichen des Wassermanns abheben konnte. Da fiel ihr ein, dass der Wassermann dem Element Luft angehörte … Ohne sich weiter den Kopf darüber zu zerbrechen, begann sie einen Stier zu zeichnen. Dieses Sternzeichen hatte sie nie als weiblich betrachtet, aber sie könnte die Ohrringe ja an Männer und Frauen in Miami Beach oder San Francisco verkaufen.

Das Zeichen der Waage erinnerte sie an ihr Jurastudium, und Elle begann, Ohrringe mit einem juristischen

Symbol zu zeichnen – das erschien ihr unter den gegebenen Umständen passender. Als die Anhörung zu Ende ging, hatte Elle ein Model auf ihren Notizblock gezeichnet, das Brooke glich, Ohrringe mit einer Waage trug, einen Anhänger in der Form eines Hammers und ein Armband mit mehreren juristischen Büchern als Talisman.

Christopher hatte Recht gehabt: die Anhörung dauerte nicht lange, und sie schadete seiner Klientin nicht so sehr, wie er befürchtet hatte. Trent benützte zwar den Ausdruck ›Mord‹, um Brookes Inneneinrichtung zu beschreiben, aber als man ihn nach ihrer Persönlichkeit befragte, sagte er nur, er fände sie ›unreif und bedauernswert *nouveau*‹. Dabei warf er einen beinahe entschuldigenden Blick auf ihren Lacklederrucksack von Isaac Mizrahi, um seinen Standpunkt deutlich zu machen.

Elle zwinkerte Trent auf dem Weg hinaus zu und versprach ihm, sich zu melden, wenn sie wieder in L. A. wäre. Sie folgte Christopher und Brooke in die Lobby und schwieg wie alle anderen auch. Als sie hinaus ins Sonnenlicht traten, atmete Brooke erleichtert auf.

»Das haben Sie großartig gemacht«, beantwortete Christopher Brookes unausgesprochene Frage.

»Danke.« Brooke schluckte heftig. »Ich kann nicht fassen, was er über mein Haus gesagt hat. Sie hätten ihn hören sollen, wie er von meinen ›genialen Ideen‹ geschwärmt hat. Dieser Halsabschneider! Er lobte sogar meine Kunstwerke aus Samt und behauptete, sie seien keineswegs kitschig – Marco Polo hätte solche Gemälde in Kaschmir gefunden, wo Mönche bereits im Mittelalter Leinwände aus Samt gewebt hätten.«

Elle zuckte zusammen. Einerseits fühlte sie sich Brooke verbunden, aber andererseits empfand sie auch große Zuneigung für den extravaganten, lebhaften Trent. »Trent hat unser Haus in Bel Air eingerichtet«, erklärte sie.

Brooke warf Elle einen überraschten Blick zu, als hätte sie sie bisher noch gar nicht wahrgenommen.

»Sie sind aus Bel Air?«

Elle nickte. »Ich wollte das vorher schon sagen, aber vor den Anwälten und Chutney wollte ich nicht darüber sprechen. Ich war an der USC und habe bei *Mega-Muscle* an Ihren Aerobicstunden teilgenommen, Brooke.«

»Und es überlebt?« Brooke lachte herzhaft.

»Nur knapp. Das war das härteste Training meines Lebens.«

Christopher trat zur Seite, als die beiden einige Namen aus der Vergangenheit austauschten. Zufrieden beobachtete er, wie Elle und Brooke sich schon bald duzten und Erinnerungen an gemeinsame Bekannte, Freunde und Kurse austauschten. Noch bevor er es vorschlagen konnte, hatte Elle Brooke bereits angeboten, ihr San Francisco zu zeigen, wo Brooke während der Dauer der Gerichtsverhandlung wohnen würde.

Vor dem Aufzug trennten sie sich. Brooke ging zu ihrem Wagen in die Garage, und Elle und Christopher machten sich auf den Weg zu dem wartenden Fahrer. Brooke faltete den Zettel mit Elles Telefonnummer zusammen und steckte ihn in ihren türkisfarbenen Rucksack. »Und es macht dir wirklich nichts aus, wenn ich ein oder zwei Tage bei dir übernachte – nur bis ich hier eine Unterkunft gefunden habe? Wenn du keinen Platz für mich hast ...«

»Natürlich kommst du zu mir«, erklärte Elle bestimmt. »Brutus, mein Chihuahua, wird begeistert sein, Gesellschaft zu haben.«

Erstaunt stellte Elle fest, dass der Fahrer nicht direkt zum Flughafen, sondern in die entgegengesetzte Richtung fuhr.

»Ich hoffe, Sie mögen Sushi, Elle. Sie haben so hart gearbeitet, dass ich Sie gerne überraschen wollte und zu einem Dinner außerhalb von Palo Alto ausführen möchte.«

Elle freute sich, dass Christopher ihre Bemühungen als Praktikantin zu schätzen wusste.

Der Fahrer hielt vor *Ginza Sushi-Ko,* einem Restaurant mit zweiundzwanzig Plätzen, das an der vornehmen Via Rodeo direkt neben *Tiffany's* lag. Elle wurde klar, dass Christopher sich bei der Wahl der Örtlichkeit vorher einige Gedanken gemacht hatte.

Nervös begann sie mit einer Geschichte über Everett, einen unsympathischen Anwalt in der Unterhaltungsbranche, mit dem sie sich kurz vor Studienbeginn verabredet hatte. Er hatte im Fox Building gearbeitet, wo die Anhörung statt gefunden hatte, also fand Elle die Episode angemessen. Sie erzählte Christopher, wie der Anwalt mindestens ein Dutzend Mal damit geprahlt hatte, dass in dem Gebäude *Die Hard – Stirb langsam* gedreht wurde.

»Ich traf ihn in seinem Büro, weil ich mit meinem eigenen Wagen kommen wollte. Freundinnen von mir, mit denen er schon verabredet gewesen war, hatten mir die unterschiedlichsten Dinge über ihn erzählt. Allerdings hatte ich nicht erwartet, eine eineinhalb Stunden lange Tour durch sein Büro zu bekommen. Er zeigte mir den Tisch, auf dem Michael Jackson getanzt hatte, den Montblanc Stift, mit dem Harrison Ford geschrieben hatte, den Stuhl, auf dem Fabio gesessen hatte und etliche andere unwesentliche Dinge, die er mit berühmten Persönlichkeiten in Verbindung brachte. Nur über das winzige Kämmerchen, in dem er arbeitete, erzählte er keine Geschichten. »Was halten Sie von meinem Büro?«, fragte er mich beim Dinner. Ich sagte ihm, ich fände es bezaubernd, aber ich sei der Meinung, er solle sich für einen Job als Fremdenführer in den Universal Studios bewerben.«

Christopher lachte. »Sie haben wirklich einiges zu erzählen, Elle Woods!«

34. Kapitel

Als der Wecker um halb sieben klingelte, hatte Elle das Gefühl, gerade erst eingeschlafen zu sein. Bücher über Besitzrecht waren, das musste sie zugeben, eine ideale Bettlektüre. Obwohl sie am Abend zuvor nervös und aufgeregt gewesen war, hatte ein Blick auf den Begriff ›Übertragung von freigegebenem Eigentum‹ genügt, um sie sofort in Tiefschlaf zu versetzen.

Nachdem Eugenia ihr gezeigt hatte, wie man mit Hilfe des Computerprogramms Lexis Zeitungsartikel suchen konnte, hatte Elle sich in die Arbeit gestürzt. Ihr Schreibtisch war übersät mit Blättern, die die fett gedruckte Überschrift VANDERMARK trugen. In einer Ecke ihres Schlafzimmers türmten sich Lehrbücher und Abhandlungen mit Eselsohren über Gerichtsverfahren im Bereich des Testamentsrechts. Elle war fest entschlossen, egal ob Brooke gewann oder verlor, Sarah in dem Prozess auf fachlicher Ebene zu übertrumpfen. Abend für Abend studierte sie die Akten, in der Hoffnung, sich einen Heimvorteil verschaffen zu können.

Sie kletterte aus dem Bett und warf einen lustlosen Blick auf den Aktenberg. Nette Aussichten für einen Valentinstag!

Zum ersten Mal in ihrem Leben sah Elle diesem Tag nicht mit Vorfreude entgegen. An der juristischen Fakultät in Stanford erhielten die Erstsemester ihre Noten am 14. Februar, eine Vorgehensweise, die als das ›Valentinstagmassaker‹ bekannt war. Und – was noch schlimmer war – Sarah würde den Abend mit Warner verbringen, während Elle noch kein Date hatte.

»Ach, Brutus.« Elle gähnte und musterte ihr geliebtes Haustier, das der Hundefriseur mit einer rot-weißen, herzförmigen Schleife herausgeputzt hatte. »Heute ist ein schrecklicher Tag.« Sie zog ihre Turnschuhe an, um Brutus Gassi zu führen.

Kurz darauf schleppte Elle sich zum Unterricht und wünschte, sie wäre weit weg von hier ... irgendwo. Auf dem Parkplatz genoss sie noch einige Minuten die Geborgenheit ihres Range Rovers, bevor sie sich auf den Weg in die Hallen der juristischen Fakultät begab. Sie überprüfte im Rückspiegel ihren rubinroten Lippenstift und zupfte die Schleife mit den weißen Herzen zurecht, die sie sich, passend zu Brutus Outfit, ins Haar gebunden hatte. Zumindest wirkte sie nicht so, als würde ihr der Valentinstag Sorgen bereiten. Das riesige rote Herz auf ihrem schicken weißen T-Shirt brachte sie sogar zum Lächeln.

»Immer den Schein wahren«, befahl sie sich selbst und strich ihren roten Samt-Minirock glatt, bevor sie das Gebäude betrat. In der Aula drängten sich Studenten, die lautstark ihre Noten miteinander verglichen. Elle steuerte auf die Cafeteria zu, wo sich die Jurastudenten trafen, um Neuigkeiten auszutauschen und Kaffee zu trinken. Dabei wäre sie beinahe von Aaron umgerannt worden.

»Ich kann es nicht glauben!« Aaron hüpfte wie wild auf und ab und wedelte mit einem Blatt Papier vor ihrer Nase herum. Er verstellte Elle den Eingang zur Cafeteria.

»Drei Komma eins vier! Weißt du, was das heißt?«

Elle hatte keine Ahnung, und es war ihr auch gleichgültig. »Entschuldige, Aaron, ich möchte mir eine Tasse Kaffee holen.« Elle sah sich nach Eugenia um, die koffeinsüchtig war und beinahe zum festen Inventar der Cafeteria gehörte.

»Mein Notendurchschnitt ist gleich Pi! Das ist ein mathematisches Phänomen!«

»Glückwunsch, Aaron.« Elle konnte keinen Kuchen oder irgendein Dessert zum Valentinstag entdecken.

»Ich kann es kaum erwarten, Sidney zu erzählen, dass

ich ein Pi geschafft habe! Er wird total neidisch sein. Das gibt dem Valentinstagmassaker eine neue Bedeutung!«

Elle gab es auf, Eugenia zu finden und machte sich auf den Weg zu ihrem Briefkasten.

Auf einer Notiz inmitten des Papierwusts hieß es: ›Kommen Sie ins Sekretariat. Sie haben Blumen bekommen.‹

Zwei Blumensträuße waren im Sekretariat für sie abgeliefert worden.

Elle lief strahlend zum Büro. Die Blumen waren ein Hoffnungsschimmer – und ein Trost, den sie möglicherweise brauchen würde, denn der Brief mit ihren Noten lag ebenfalls im Sekretariat.

Ein bunter Strauß kam von Trent, der ihr mitteilte, dass er sich sehr gefreut habe, sie wiederzusehen. Der andere war seltsamerweise von Austin, dem ›süßen‹ Schönheitschirurgen, mit dem Elle sich nur ein einziges Mal getroffen hatte. Gelbe Rosen. ›Blass sind nur diese Rosen – ich bin es nicht. Liebe Grüße aus Texas. Austin.‹ Wahrscheinlich schrieb er diesen geschmacklosen Spruch jedes Jahr auf eine Valentinskarte.

»Was habe ich denn erwartet?«, murmelte Elle vor sich hin. »Dass Warner mir Blumen schicken würde?«

Sie steckte die Prüfungsergebnisse unbesehen in ihre herzförmige Tasche und sah ihre Post durch. Dr. Dan hatte ein riesiges rotes Herz mit der Aufschrift ›Dein Herz ist mir wichtig‹ geschickt. Wahrscheinlich stammte die Karte noch aus der Zeit, bevor man ihm die Lizenz für seine Praxis entzogen hatte.

Misstrauisch betrachtete Elle eine Karte, auf der die Crew der *Enterprise* abgebildet war. Es war die gleiche, die Sidney ihr jedes Jahr schickte. »Unser Raumschiff wartet auf uns«, schrieb der Trekkie. »Ich habe dir ein *echtes* Geschenk an deine Adresse geschickt. In Liebe, Sidney.«

»Unser Raumschiff? Grässlich!« Elle schauderte bei der

Vorstellung, was Sidney ihr wohl geschickt haben mochte. Wahrscheinlich ein *Star Trek* Video, das sie sich mit ihm gemeinsam anschauen sollte.

Eine Karte von einem ›geheimen Verehrer‹, in Eugenias Handschrift verfasst, versprach, allen Professoren der Stanford Fakultät aufzulauern und sie zu meucheln, nur um Elles Liebe zu gewinnen. Elle kicherte.

Dann öffnete sie das pinkfarbene Kuvert mit der letzten Karte. ›Einen schönen Valentinstag! Allein! Sarah.‹

»Wie nett von ihr, an mich zu denken!«, zischte Elle.

Sie ging davon aus, dass Claire und Sarah sich im Flur vor dem Sekretariat über ihre Noten unterhielten, also schlug sie sofort die entgegengesetzte Richtung ein und machte sich auf den Weg zur Telefonzelle, um ihren Anrufbeantworter abzuhören. Auch wenn sie ihre Wohnung erst vor einer Stunde verlassen hatte, konnte sie sich damit die Zeit bis zum Unterrichtsbeginn vertreiben und so lästigen Fragen von hochnäsigen Kommilitonen über ihre Noten ausweichen.

Bestürzt stellte sie fest, dass Sarah und Claire direkt vor ihr gingen, aber als sie bemerkte, dass Sarah sich schniefend die Augen wischte, blieb sie neugierig stehen.

Warum heult sie denn? *Ich* bin doch diejenige, die am Valentinstag keine Verabredung hat, dachte Elle. Sie lehnte sich an die Wand, versteckte sich hinter einer Pflanze und tat so, als würde sie etwas in ihrer Tasche suchen, während sie aufmerksam lauschte.

»*Niemand* fliegt von Stanford, Sarah. Das weißt du doch.« Claires Stimme klang entnervt, weil ihr Versuch, Sarah zu trösten, offenbar zwecklos war.

Sarah umklammerte mit einer Hand ihre Ergebnisse und zerdrückte mit der anderen einige Papiertaschentücher. Elle hielt den Atem an.

Ihre Noten!, schoss es ihr durch den Kopf. Sarah weinte wegen ihrer Noten! Sie spitzte die Ohren wie ein Raubtier auf der Lauer, um mehr zu erfahren. Wenn Sarah nicht bestanden hatte, und sie, Elle, es geschafft hatte, dann würde Warner wieder ihr gehören. Es war, als wäre ein Geist aus einer Wunderlampe erschienen und hätte ihr ihren sehnlichsten Wunsch erfüllt. Sarah könnte in null Komma nichts aus dem rauen Klima in Stanford verschwunden sein. Elle warf einen Blick auf das verzweifelt heulende Mädchen – das war zu schön, um wahr zu sein.

Claire führte Sarah über den blutroten Teppich in der Eingangshalle – eine teuflische Tradition, die eher das Blut des Notenmassakers symbolisierte als die glühenden Herzen des Valentinstags. Für Elle verhieß der Teppich Revolution und Sieg. Begeistert malte sie sich aus, wie sie mit Warner, Arm in Arm, im kommenden Semester durch die Gänge gehen würde, in denen sie allein so sehr gelitten hatte. Endlich würden sie zusammen sein.

Auf Zehenspitzen schlich sie hinter Sarah und Claire her und reckte den Hals, um kein Wort zu versäumen.

»Du solltest dich über deine Noten freuen, Sarah. Ich nehme an, du bist unter den Besten deiner Klasse«, stieß Claire hervor. »Ich kenne niemanden, der so gute Noten hat wie du! Sei glücklich darüber. Warner wird seinen Weg schon machen.«

Sie schwieg einen Augenblick und fuhr dann zögernd fort. »Warner kann nicht in allen Dingen gut sein. Vielleicht ist die juristische Fakultät einfach nichts für ihn.«

Sarah schüttelte betrübt den Kopf. »Und wenn es nur ein Gerücht ist, dass in Stanford niemand fliegt? Warner hat jetzt schon große Probleme, seine Noten zu verdauen, aber was, wenn er wieder nach Newport zurückkehren muss? Als schwarzes Schaf der Familie ...« Sarah schluckte heftig. »Ich weiß nicht, was dann aus ihm werden würde. Und, ehrlich gesagt, ich weiß auch nicht, wie es mit unserer Beziehung weitergehen würde.« Wieder strömten Tränen über Sarahs verheultes Gesicht.

Elle blieb beinahe das Herz stehen. Das war nicht der Wunsch vom Geist der Wunderlampe – das war das Schlimmste, was passieren konnte. *Warner* war derjenige, dem der Rausschmiss drohte, und wenn Elle in der Fakultät blieb, wäre er noch weiter von ihr entfernt als je zuvor. Er würde gehen, und sie würde mit Sarah zurückbleiben, die sich stolz an der Spitze behaupten würde. Mit einem Mal dachte sie an ihre Prüfungsergebnisse in der roten Lackledertasche – möglicherweise waren ihre Noten auch nicht besser.

Neugierig, aber zögernd holte sie das Kuvert heraus, änderte jedoch dann ihre Meinung und steckte es wieder in die Tasche zurück. Es gab keinen Grund, sich so früh am Tag mit schlechten Neuigkeiten zu belasten. Warner mochte gescheitert sein, aber es würde ihn nicht trösten, eine Leidensgenossin zu heiraten.

»Dein Vater wird ihn doch trotzdem einstellen, oder?«

Sarah zuckte die Schultern. »Ich weiß es nicht. Er traut ihm nicht ganz. Niemand tut das, nachdem er vier Jahre lang mit diesem Model zusammen war. Aber deswegen ist Warner nicht ruiniert«, sagte sie, doch ihre Stimme klang hohl, so als wollte sie sich selbst von etwas überzeugen, an das sie nicht glaubte.

»Er wird sich von dem Schock erholen«, fügte sie hinzu und verschränkte entschlossen die Arme vor der Brust. »Ich werde Daddy überreden müssen, ihn einzustellen, aber selbst, wenn er einen anderen Job annehmen muss, wird ihn das nicht davon abhalten, in die Politik zu gehen. Er könnte zum Beispiel behaupten, er sei ausgetreten, weil er in der juristischen Fakultät seine Ideale nicht ausleben konnte.« Sarah sah sich hektisch um, als hoffte sie, irgendwo einen neuen Plan zu entdecken. Dann blieb sie stehen und packte Claire am Arm.

»Ich kann ihm das aber jetzt nicht sagen, Claire. Und er möchte so gern hören, dass Daddy hinter ihm steht. Warner ist am Boden zerstört, also versuche ich im Moment, dieses Thema zu vermeiden. Niemand wird gern an seine Niederlage erinnert.« Der letzte Satz klang gehässig, und Elle vermutete, dass Sarah damit selbst ihre Erfahrungen gemacht hatte.

»Heute ist er nicht einmal zu den Vorlesungen erschienen«, fuhr Sarah fort. »Als ob es gut für ihn wäre, jetzt den Unterricht zu schwänzen! Er sollte hier sein – meiner Meinung nach verhält er sich verantwortungslos.«

»Absolut«, bekräftigte Claire. »Er sollte nicht nur an sich denken. Deine Aussichten auf eine Karriere sind großartig, aber er will dich heiraten. Also sollte er auch daran denken, wie er für dich sorgen kann, ohne auf seine Ersparnisse zurückzugreifen. Im Moment habt ihr beide verloren. Er sollte sich ein Beispiel an dir nehmen und das Studium jetzt ernster nehmen.«

Sarah runzelte die Stirn, aber dann schien es sie zu besänftigen, dass ihre Freundin ihren beeindruckenden Notendurchschnitt erwähnt hatte. Sie schob ihren Rucksack zurecht und blieb unentschlossen im Gang stehen. Anscheinend wollte sie noch nicht in den Vorlesungssaal, aber auch nicht zu Warner, um ihn zu trösten.

»Ich schätze, ich habe Warner gegenüber Verpflichtungen. Etwas in mir sagt mir, ich sollte jetzt bei ihm sein, aber ich will nicht, dass er meint, er kann sich finanziell auf mich verlassen, wenn wir verheiratet sind. Natürlich werde ich ihn unterstützen, aber ich werde ihm nicht alles abnehmen!«

Sarah schlug frustriert die Hände vors Gesicht. »Ich weiß nicht, wie ich mit dieser Situation umgehen soll, Claire. Ich habe nicht damit gerechnet, Warner stützen zu müssen, aber wahrscheinlich hält er mich für keine gute Partnerin, wenn ich jetzt zum Unterricht gehe, während er verzweifelt zu Hause sitzt. Er würde von seiner zukünftigen Frau erwarten, dass sie bei ihm ist. Und diese Barbiepuppe wartet nur auf ihre Chance.« Sie kniff die Augen zusammen. »Ich werde es nicht zulassen, dass Warner die Gelegenheit ergreift und sich wieder ihr zuwendet.«

Elle lächelte bei Sarahs Vermutung. Offensichtlich besaß sie immer noch die Fähigkeit, die Beziehung zwischen Warner und Sarah zu gefährden. Allerdings täuschte Sarah sich in einem Punkt. Elle wartete natürlich auf ihre Chance, aber sie kannte Warner gut genug, um ihn vorerst allein zu lassen, damit er in Ruhe seine Wunden lecken konnte.

Sie erinnerte sich noch gut daran, als die USC ein wichtiges Baseballspiel verloren hatte, und man Warner die Schuld daran gegeben hatte. Auch damals wollte er allein sein. Wenn seine Noten so schlecht waren, wie es sich anhörte, fühlte er sich jetzt als Verlierer und wollte niemanden sehen.

»Versäum deine Vorlesungen nicht«, riet Claire. »Das hilft ihm nicht, und dir schadet es nur. Ich schlage vor, wir treffen uns nach dem Unterricht bei mir und backen ihm Schokoladenkekse. Du weißt doch: bei Männern geht die Liebe durch den Magen.« Claire schenkte Sarah das unaufrichtigste Lächeln, das Elle jemals gesehen hatte.

Elle beschloss, endlich ihren Anrufbeantworter abzuhören, aber sie hatte keine Nachrichten erhalten. Aus der Telefonzelle beobachtete sie, dass Claire gegangen war. Sarah stand allein im Flur und starrte an die Wand.

Instinktiv rief Elle ihren Namen.

Sarah drehte sich um – ihre Augen waren immer noch geschwollen. Sie musterte missbilligend Elles Kurven, die sich unter dem großen roten Herz auf ihrem enganliegenden T-Shirt abzeichneten. Elles roter Minirock war mit den Worten LIEBE, FRIEDE und HARMONIE bedruckt – als sie ihn anzog, hatte sie an Warner gedacht.

Mit einem herausfordernden Lächeln ging sie auf Sarah zu. Zu den weißen Seidenstrümpfen trug Elle hohe Schuhe aus knallrotem Lackleder, die zu ihrer glänzenden Handtasche passten.

»Danke für die Valentinskarte«, sagte Elle und musterte Sarahs Outfit. Eine rote, gerippte Cordhose, ein weißer Rollkragenpullover mit kleinen roten Herzen am Kragen und die unvermeidliche Strickjacke, heute in Rot.

Sarah wich Elles durchdringendem Blick aus, senkte den Kopf, starrte auf den Linoleumboden und scharrte mit den Füßen, die in mit Quasten besetzten Slippern steckten. Sie ließ die Schultern sinken und wirkte niedergeschlagen. Elle grinste.

»Es tut mir Leid, Elle.« Sarah hob den Kopf und sprach mit erstickter Stimme weiter. »Ich habe mich wie ein kleines Kind benommen; ich fühle mich schrecklich.«

Elle blinzelte skeptisch bei dieser Entschuldigung von ihrer sonst so hasserfüllten Konkurrentin. Sarah schniefte und richtete ihren Blick wieder auf den Boden.

»Kein Problem«, erwiderte Elle. »Wie kommst du eigentlich darauf, dass ich den Valentinstag allein verbringen werde?« Ihre Augen glitzerten schelmisch, und die Grübchen in ihren Wangen ließen sie eher wie einen Kobold als wie eine berüchtigte Femme Fatale aussehen.

»Du weißt doch, wie ich das gemeint habe.« Sarah lächelte kaum merklich und sah auf ihre Seiko-Armbanduhr.

»Wir haben noch zehn Minuten Zeit bis zur Vorlesung. Kann ich mit dir reden?«

Elle akzeptierte mit einem argwöhnischen Schulterzucken und sah sich um, ob Claire irgendwo lauerte. Dann folgte sie Sarah in ein leeres Zimmer.

»Hier sind wir ungestört.« Sarah hielt Elle die Tür zum Vorlesungssaal für Eigentumsrecht auf. »Niemand verbringt hier auch nur eine Minute mehr als nötig.«

Elle beobachtete, wie Sarah nervös mit ihrem Haarband spielte, während sie ihre Gedanken ordnete. Sie machte sich auf eine bissige Rede gefasst, in der Sarah sie davor warnen würde, sich einzumischen, falls Warner und sie eher als vorgesehen nach Rhode Island zurückkehren würden.

Sarah rückte zum x-ten Mal ihr Stirnband zurecht und räusperte sich. Elle setzte sich, legte lässig die langen Beine auf einen zweiten Stuhl und musterte Sarah so teilnahmslos wie ein Seelenklempner, den nichts mehr erschüttern konnte.

»Ich weiß, dass ich kein Recht habe, dich darum zu bitten, aber ich brauche deine Hilfe, Elle.« Sarah unterdrückte ein Schluchzen. »Bitte versteh mich nicht falsch – ich meine das nicht herablassend.«

Elle zog wortlos die Augenbrauen hoch.

»Ich beobachte dich im Unterricht ... wenn du überhaupt erscheinst. Oft schwänzt du die Vorlesungen. Ich sehe, wie du diese Magazine liest, deine Nägel feilst und meistens gar nicht aufpasst. Aber deine Noten ... Sarah ließ die Schultern sinken. »Deine Noten sind wahrscheinlich besser als Warners.«

Elle dachte an das ungeöffnete Kuvert mit ihren Ergebnissen, gab aber keine Antwort darauf.

»Um mich geht es ja nicht mehr«, erklärte sie stattdessen kühl und warf einen Blick auf den großen Edelstein, der Sarahs verkrampfte Hand zierte.

»Du hast Recht, Elle. Es geht um mich. Ich habe Warner noch nichts davon gesagt, aber meine Noten sind ausgezeichnet – ich gehöre zu den Klassenbesten.«

»Darauf bist du sicher sehr stolz.«

»Warners Noten sind so mies, dass er zu den Schlechtesten gehören wird – vorausgesetzt, sie lassen ihn hier bleiben«, jammerte Sarah. »Ich befürchte, dass er nur schwer mit meinem Erfolg zurechtkommen wird. Aber vielleicht ist Warner ja doch anders, was meinst du? Er sagt mir oft, wie sehr er meine ernsthafte Einstellung und meine Hingabe in der Fakultät bewundert.«

Elle zuckte zusammen.

»Ich rede mir ein, dass er mich sogar noch mehr lieben wird, wenn er von meinen Noten erfährt.« Sarah legte den Kopf in die Hände. »Aber ich bin mir nicht sicher, Elle«, erklärte sie, den Blick auf den Fußboden geheftet.

Elle überlegte, ob Sarah sie als nächstes fragen würde, welche Tipps die *Cosmopolitan* in einem solchen Fall gab, aber Sarah hob nur den Kopf und sah sie flehentlich an.

»Du kennst Warner, Elle«, sagte sie. »Du warst mit ihm zusammen und weißt, wie er ist. Er hat mir schon so oft gesagt, dass du seine Vorlieben kennst.« Sarah hielt inne und errötete, weil sie zugegeben hatte, sich mit Warner über Elle zu unterhalten. »Wird er sich für meinen Erfolg freuen, selbst wenn er versagt hat?«

Elle seufzte tief und beschloss, Sarah die Wahrheit zu sagen. »Warner bewundert deinen Eifer, Sarah. Und du hast Recht – er schätzt deine Ernsthaftigkeit. Vor allem aber gefällt ihm dein familiärer background«, fügte sie mit einem kalten Blick auf Sarah hinzu. »Warner liebt aber auch den Konkurrenzkampf. Er ist nicht auf diese Weise anders, wie du es dir von ihm wünschen würdest. Er hasst es zu verlieren. Wenn er selbst gut abgeschnitten hätte, könnte er sich auch für dich freuen. Dann wärt ihr ein strahlendes Paar, und euer Freundeskreis würde euch beneiden. Aber so ist es nun mal nicht gelaufen.«

»Was bedeutet das?«

»Warner wünscht sich eine Frau an seiner Seite, die ihn begleitet«, erklärte Elle und reckte stolz das Kinn in die Luft. »Er will sich nicht mit deinem Erfolg schmücken müssen.«

Sarah starrte wortlos auf den Boden.

»Warner wird dich nicht dafür lieben, dass du besser

abgeschnitten hast als er«, fuhr Elle fort. »Er wird dich nicht lieben, weil du Erfolg hast.« Nach einer kurzen Pause fügte sie leise hinzu: »Wenn er dich wirklich liebt, wird er es trotzdem weiterhin tun, Sarah.«

Sarah lächelte, aber dieser Trost war nicht von Dauer. Sie musste sofort an die unangenehme Aufgabe denken, die nun vor ihr lag. »Was soll ich ihm sagen, Elle? Was würdest *du* tun?«

Elle setzte sich auf. »Du willst wissen, wie du ihn dazu bringen kannst, dich noch mehr zu lieben?«

Sarah nickte beschämt.

»Das kannst du nicht.«

Sarah rührte sich nicht, aber Elle spürte, dass ihre Rivalin misstrauisch geworden war. Elle wusste jedoch, dass sie Warner zutreffend charakterisiert hatte. Sie beugte sich vor, stützte die Ellbogen auf den Tisch und begann, es Sarah zu erklären.

»Verstehst du denn nicht, dass Warner sich selbst so sehr liebt, dass kein Raum für jemand anderen bleibt? Er wird dich wegen deines Erfolgs kein bisschen mehr lieben. Das würde ihm nichts bringen.«

Sarah zog ihre Strickjacke aus und hängte sie über die Stuhllehne.

»Du willst von Warner geliebt werden? Ich werde dir sagen, wie du das anstellen musst. Gib ihm das Gefühl, dass die Sonne jeden Morgen nur für ihn aufgeht«, meinte Elle nüchtern. »Uneingeschränkte Bewunderung – das ist es, was Warner braucht.«

Elle sah Sarah durchdringend an, doch sie wich ihrem Blick aus. Wieder rückte Sarah ihr Haarband zurecht, und beide Mädchen verstummten.

Das bedrückende Schweigen wurde gebrochen, als hinter ihnen die Tür aufging und die Fünferbande der Trekkies, bewaffnet mit ihren Laptops, hereinstürmte. Sarah starrte auf den Tisch und ordnete ihre Textmarker.

Elle überprüfte ihre Fingernägel auf abgesplitterte Stellen. Niemand bemerkte, dass sie sich miteinander unterhalten hatten.

Die Vorlesung in Eigentumsrecht rauschte an Elle vorbei, während sie über die seltsamen Ereignisse der letzten Minuten nachdachte. Sarah hatte sich tatsächlich an sie gewandt und um einen Rat wegen Warner gebeten. Elle dachte darüber nach, was sie Sarah gesagt hatte. Bis zu einem gewissen Grad bedauerte sie es, Sarah Tipps gegeben zu haben, wie sie eine mögliche Spannung in der Beziehung vermeiden konnte. Ohne ihren Ratschlag hätte es schief gehen können – Warner hätte womöglich Zweifel an seiner Verlobten bekommen. Andererseits lachte Elle in sich hinein, wenn sie daran dachte, wie Sarah, ihre Tipps befolgend, unterwürfig Warners allmächtiges Ego pflegen würde. Sarah würde ihren eigenen Erfolg wie einen Fehler verstecken müssen. Zum ersten Mal beneidete Elle sie nicht.

Hightowers Vorlesung hinterließ bei Elle so wenig Eindruck wie ein flüchtiger Traum, der sich beim Aufwachen im Nebel verlor. Sidney war damit beschäftigt, sein Notebook einzupacken, als Elle sich an ihm vorbeischlich.

»Elle, hast du mein Geschenk bekommen? Es ist großartig!«, verkündete er und grinste stolz.

»Nein, Sidney, aber Danke im Voraus«, antwortete Elle und ging schnell weiter.

Den ganzen Tag über trug sie das verschlossene Kuvert mit ihren Noten mit sich herum – sie befürchtete das Schlimmste. Als sie nach Hause kam, sah ihre Wohnung aus wie ein Blumenladen. Ihr Vermieter Mr. Hopson hatte offensichtlich die Lieferanten hereingelassen. Nett von ihm, dachte sie erfreut. Das ersparte ihr einige Fahrten.

Sie schaffte Platz auf dem Kaffeetisch, stellte ihre Tasche darauf und fischte nervös das Kuvert heraus. »Komm her, Brutus.« Sie klopfte auf das Sofa. »Lass uns nachsehen, ob wir schon wieder umziehen müssen.«

Elle überflog die Zahlenreihen und stieß erleichtert einen Seufzer aus. Dann sprang sie zum Telefon, um Eugenia anzurufen. Sie hatte gehört, dass ihre Freundin Klassenbeste geworden war.

»Genie.«

»Wie sieht's aus?«

»Ich habe alles bestanden!«

»Ich wusste es! Wie sind deine Noten?«

»Ich habe nur Bs bekommen.«

»Bs?«, fragte Eugenia erstaunt.

»Ja«, gestand Elle lachend. »Alle meine Arbeiten wurden mit ›bestanden‹ bewertet.«

»Alle? Ist das dein Ernst? Ich wusste nicht, dass man sie auch ohne Note bestehen kann!«

»Anscheinend schon.«

Elle gratulierte Eugenia zu ihren Noten, die sie allerdings nicht überraschten. »Du bist ein Genie, Eugenia.«

»Ich habe es geschafft, Brutus«, erklärte sie überglücklich ihrem Hund und nahm die Karte von Serena und Margot vom Tisch.

›Wir lieben dich immer noch, auch wenn du Anwältin werden willst‹, hieß es da.

Elle schaltete den Fernseher ein, und Robert Redford erschien auf dem Bildschirm in *So wie wir waren*. »Redford«, sagte sie. »Der großartige Blonde. Ich schätze, das ist genau das Richtige für jemanden, der am Valentinstag keine Verabredung hat.« Elle kuschelte sich in eine Wolldecke und machte es sich gemütlich, um sich den Film anzusehen. Doch schon zwei Minuten nach der Eröffnungsszene änderte sie ihre Meinung.

Mit jeder Aufnahme von Robert Redford vergrub Elle ihr Gesicht tiefer in das Kissen. Redford in einer weißen

Uniform. Mein Gott, er sah aus wie Billy. Redford beim Rudern. Wie Charles. Redford in einem bedruckten Sweatshirt. Oh, Warner ... Wie oft war sie auf diese sportlichen Typen reingefallen. Wie banal. Elle hatte das Gefühl, einen Abriss ihres eigenen Liebeslebens zu sehen – das war eben der Preis, den man für einen romantischen Film bezahlen musste. Sie stellte den Apparat ab und ging in die Küche.

Auf dem Tisch lag ein Dutzend pinkfarbener Rosen. Hastig riss sie das beiliegende Kuvert auf. Auf der Karte stand nur ein Satz: ›Zur Erinnerung an vergangene Liebesabenteuer.‹ Elle machte einen Luftsprung und klatschte begeistert in die Hände. Wäre das alles Vergangenheit, hätte er ihr wohl kaum die gleichen Rosen wie immer geschickt.

Elle erstarrte, als sie neben dem Blumenstrauß ein riesiges, hässliches Ding entdeckte. Der gigantische Korb war mit Styropor gefüllt, in dem zwanzig Holzstäbchen steckten. Auf jedem der Stäbchen steckte ein Keks; das Bouquet ragte mindestens einen Meter in die Luft. Jeder Keks war geformt wie ein Fisch, und in der Mitte befand sich ein pinkfarbener ›weiblicher‹ Fisch mit dem Banner von Stanford, blondem Haar und blauen Augen.

Die daran befestigte Notiz trug Sidneys Unterschrift. ›So angelt man sich das erste Semester‹, hatte er geschrieben.

Elle wusste nicht, ob sie weinen oder lachen sollte. Sie zerbröselte einen der Kekse und verfütterte ihn an Brutus.

Da sie wusste, dass sie Margot und Serena am Valentinstag nicht zu Hause erreichen würde, rief Elle erst am nächsten Morgen an, um sich für die Blumen zu bedanken. Margot würde sicher durchdrehen, wenn sie hörte, dass Elle tatsächlich für Brooke Vandermark arbeitete. Sie wühlte in dem riesigen Stapel der Artikel über den Mord in Malibu, die sie sich auf Kosten der Fakultät ausgedruckt hatte, bis sie das Kuvert mit Margots neuer Nummer fand. ›Gültig ab 5. Februar‹, hatte sie sich notiert.

Margot änderte ständig ihre Telefonnummer, um nicht mehr von Männern belästigt zu werden, derer sie überdrüssig geworden war. Da sie jetzt Snuff gefunden hatte, ging Elle davon aus, dass sie zumindest einige Monate die aktuelle Nummer beibehalten würde, und tippte die Zahlen in den Speicher ihres Telefons ein. So würde sie beim nächsten Anruf nicht wieder vorher ein Papierchaos durchsuchen müssen. Dann wählte sie.

»Haus des Zen-Buddhismus«, sang Margot in den Hörer.

Elle stöhnte. »Zen? Hey, hier ist der Dolly Parton Lama!«

»Elle, Baby!«

Elle zuckte zusammen, als sie hörte, dass Margot bereits den Jargon von Snuffs Kollegen aus der Musikbranche übernommen hatte. Sie würde ihm eine gute Frau sein, indem sie Snuff hauptsächlich als Spiegel dienen würde – auch wenn er selbst nicht in den Spiegel schaute, war er sicher auf der Suche nach einem Abbild. »Marg, Baby«, gab Elle zurück. »Danke für die Rosen. Es ist schön zu wissen, dass ihr mich immer noch gern habt, obwohl ich Jura studiere.«

Margot lachte. »Wir halten dich für total bescheuert, aber wir lieben dich trotzdem.«

35. Kapitel

Nach dem Telefonat mit Margot beschloss Elle, sich bei Serena schriftlich für die Blumen zu bedanken, anstatt sich weitere Skandalgeschichten aus dritter Hand aus der Musikbranche anzuhören. Dann schlug sie ihr Lehrbuch über Testamentrecht an der Stelle auf, wo sie ein Stück Schmirgelpapier als Lesezeichen benützt hatte. Am Abend zuvor hatte sie ihre Nagelpflege abgebrochen, um weiter in dem Buch zu lesen.

Mit dem Eifer einer Praktikantin, die wild entschlossen war, für eine echte Blondine einzutreten, studierte sie den Text. Sie bemerkte gar nicht, wie sehr sie sich mittlerweile zumindest für dieses Gebiet der Rechtswissenschaften interessierte. Aber ihr zweites Ziel war ja auch, sich vor Christopher Miles zu beweisen.

Elle gelang es mittlerweile sogar, pünktlich zu den Vorlesungen über Testamentrecht zu erscheinen – und sie stellte erfreut fest, dass sie trotzdem nicht allzu viel Zeit dafür verschwenden musste. Der blutrünstige Professor Gilbreath hatte die Angewohnheit, seine Studenten mit taktlosem schwarzen Humor zu erschrecken und ihnen dann eilig einige Fragen zu stellen, um die Vorlesung vorzeitig beenden zu können. Es hatte den Anschein, als sei er dann seiner eigenen Stimme überdrüssig.

Am nächsten Morgen beendete Professor Gilbreath mürrisch seinen Vortrag und stieß dann knurrend den üblichen rhetorischen Satz hervor, während er zur Tür stampfte: »Noch Fragen?«

Elle erwartete zwei Päckchen von Christopher Miles, also hastete sie zu ihrem Briefkasten. Christopher hatte Chutney Vandermarks eidliche Aussage zu Protokoll genommen und wollte ihr Kopien dieser Abschriften, sowie eine Fassung von Trents Aussage per Kurier zukommen lassen.

Verblüfft zog Elle lediglich eine Notiz zwischen den Flugblättern hervor, auf der es hieß, sie solle sich im Kopierraum melden.

Schnell wurde ihr klar, dass Chutneys Aussage viel zu dick für ihren Briefkasten in der Fakultät war. Sie war wesentlich umfangreicher als Brookes Unterlagen und umfasste über dreihundert Seiten. Das machte Elles Plan zunichte, die Akte während der Vorlesung in Eigentumsrecht zu überfliegen. Dank Professor Gilbreaths kurzer Vorlesung hatte sie noch eine halbe Stunde Zeit, also ging sie in die Cafeteria, um zu lesen, was Chutney den Anwälten berichtet hatte. Bereits nach den ersten Seiten des Aussageprotokolls war Elle klar, dass dieses Mädchen mit allen Mitteln um das Vermögen ihres Vaters kämpfen würde.

In der kurzen Pause zwischen den beiden Vorlesungen kam Eugenia in die Kantine und entdeckte Elle, den Kopf tief über ihre Lektüre gebeugt. »Hey, Elle«, rief sie ihr vom Ende der Schlange vor dem Kaffeeautomaten aus zu. Elle sah auf und lächelte.

»Kommst du heute zur Vorlesung über Eigentumsrecht, Prinzessin?«, scherzte Eugenia und winkte mit einer Tüte M&Ms. »Vielleicht findet sie in einem anderen Raum statt, seit du dich zum letzten Mal dort hast sehen lassen.«

Elle verspürte einen Anflug von Beklemmung. Sie hatte diese Vorlesungen tagelang geschwänzt, um sich mit ihren Büchern über Testamentrecht auf Brookes Verhandlung vorzubereiten. »Sie wird doch noch dort abgehalten, oder?«, fragte sie besorgt.

»Natürlich, du Schlafmütze.« Eugenia schüttelte lächelnd den Kopf, als spräche sie zu einem Kind. »Ich wollte dich nur ärgern.«

»Okay, zur Strafe musst du deine Süßigkeiten teilen«, lachte Elle und stellte sich neben Eugenia in die Schlange. »Ich hoffe, du hast genug dabei.«

»Für meine Freunde wird's schon reichen.«

»Danke.« Elle nahm eine Hand voll Nüsse und ging mit Eugenia in den Vorlesungssaal.

Als sie Sarah hereinkommen sah, stieß Elle ihre Freundin an. »Sieh dir dieses Outfit an!« Kichernd deutete sie auf Sarah, die eine marineblaue Uniform von Brooks Brothers und dazu ein eng gebundenes gemustertes Halstuch trug.

»Hey, steht der heutige Tag vielleicht unter dem Motto ›Ich trage die Klamotten meiner Mutter‹?«, flüsterte Eugenia.

»Sicherlich nicht die *meiner* Mom«, lachte Elle.

Sarah ging betont auffällig an Elles Platz vorbei. »Ich war heute Morgen in Christopher Miles Büro«, verkündete sie und sah Elle spöttisch an. »Er hat mich damit beauftragt, alle wichtigen Unterlagen durchzusehen«, fügte sie wichtigtuerisch hinzu.

»Warst du schon bei Miles & Slocum?«, fragte Claire neugierig und stellte sich neben Sarah. Sie wussten beide nicht, dass Elle bei der Anhörung in L. A. gewesen war und zweimal mit Christopher zu Abend gegessen hatte. Während der beiden Dinner hatten sie den Fall in allen Einzelheiten besprochen, und Elle hatte das Gefühl, dass sie einen Vorsprung vor den anderen Praktikanten gewonnen hatte.

Lächelnd erklärte sie ihnen, dass Trents Anhörung ihr einen guten Einstieg in den Fall ermöglicht hatte, dass sie von Brookes Unschuld überzeugt war, und dass ›ihre Klientin‹ vorübergehend bei ihr wohnen würde.

Mittlerweile besuchte Elle nur noch selten Vorlesungen und hielt sich stattdessen mit Eugenias Aufzeichnungen, ihren Lehrbüchern und den Unterlagen des geheimen Engels auf dem Laufenden. Den Großteil der Zeit verbrachte sie damit, hart an dem Fall zu arbeiten, der sie sehr interessierte und eine enorme Herausforderung darstellte.

»Bei diesem Fall geht es um mehr, als nur um die Durchsicht der Unterlagen«, fügte sie hinzu.

Elles Stimme klang so selbstbewusst, dass Claire sich

entmutigt wegdrehte, und Sarah in ihren klobigen Schuhen mit den breiten Absätzen hinter ihr her zu ihrem Platz stampfte.

Elle starrte auf den Satz an der Tafel – Barrister Hightowers heutige Lexikonstunde. *Fructus perceptos villae non esse constat.* Ein weiterer weiser Spruch für diese Sammlung, dachte Elle mutlos und erinnerte sich an die schrecklichen Vokabelbücher in der Grundschule, während sie den Satz abschrieb. Barrister Hightower kauerte unsichtbar hinter dem Podest und bereitete sich auf seinen Vortrag vor. Das dicke Protokoll von Chutneys Aussage konnte Elle nicht einmal vor dem winzigen Whitman Hightower verbergen, also schlug sie stattdessen unter dem Tisch eine Ausgabe des Magazins *Interview* auf und begann, einen Artikel über Stella McCartneys neueste Kollektion zu lesen.

Sie wurde jäh unterbrochen, als Hightower rücksichtslos ihren Namen rief. Überrascht sah sie auf, während er von der Tafel zurück zu seinen Unterlagen hüpfte.

»Nun, Miss Woods, wir warten auf eine Antwort.« Hightower wippte vor und zurück – wahrscheinlich auf den Zehenspitzen – und spähte aus seinen runden Äuglein über das Podest.

»Es tut mir Leid, ich fürchte, ich habe die Frage nicht gehört«, murmelte Elle.

Hightower blieb beharrlich. »Miss Woods, die Frage, die ich Ihnen gestellt habe, bezieht sich, wie schon gesagt, auf diese Maxime.« Er deutete ungeduldig auf die Tafel hinter ihm. »*Fructus naturales*, Miss Woods. Die Produkte der Natur«, erklärte er. Sarah sah sich missbilligend um.

»Gepflückte Früchte sind kein Bestandteil einer Farm«, warf Drew Drexler, der nicht klein zu kriegende Wissenschaftler, ein. Er übersetzte den bizarren Satz an der Tafel, und der Professor nickte zufrieden.

»Die Frage stellt sich nun«, fuhr Drew fort, »ob sie dem Farmer gehören, Barrister. Meiner Meinung nach ist das so.«

»Ausgezeichnet, Herr Anwalt«, lobte Hightower.

Dankbar dafür, dass ihr eine weitere Demütigung erspart blieb, vertiefte Elle sich wieder in ihr Magazin.

Brooke hatte nur einen eintägigen Besuch geplant, aber es wurde fast eine Woche daraus. Am letzten Tag schwänzten Elle und Eugenia ihre Vorlesungen und verbrachten den Vormittag mit Brooke im Museum für Moderne Kunst. Brooke hatte schreckliches Heimweh. Sie vermisste ihr Leben und ihre Freunde in Malibu, vor allem die aus ihrer Selbsthilfegruppe. Elle und Brooke trafen nachmittags fröhlich gelaunt bei Miles & Slocum ein. Die Praktikantin und die Klientin waren schnell Freundinnen geworden. Elle holte sich aus der Küche eine Cola light und Brooke schenkte sich eine Tasse schwarzen Kaffee ein, bevor sie sich auf den Weg in Elles winziges Büro machten.

»Ich bin immer noch davon überzeugt, dass Eugenia mit ihrer Einschätzung von *Abgebundene Röhren* richtig liegt«, meinte Brooke und setzte sich. Sie sprach von einer Skulptur, bei der die Läufe von zwei Handfeuerwaffen ineinander verschlungen waren. »Das ist ein sozialkritisches Kunstwerk über Empfängnisverhütung. Eugenia hat Recht – das ist ein Werkzeug, das unsere Lebenskraft einschränkt. Wenn ich das Werk vor einem Jahr gesehen hätte, dann wäre ich jetzt vielleicht Mutter. Heyworth hat sich ein Kind von mir gewünscht.« Sie begann, leise zu schluchzen.

»Du hattest seine Liebe«, sagte Elle sanft. »Besser ein solcher Verlust, als niemals geliebt worden zu sein.«, fügte sie hinzu. Anderen so etwas zu sagen, schien immer so einfach. Sie selbst hatte nie darin Trost gefunden, wenn sie an Warner dachte. Schnell wechselte sie das Thema, nicht nur um die trüben Gedanken abzuschütteln, sondern auch, um Brooke nicht noch mehr aus der Fassung zu bringen. »Was hältst du von *Madonna mit Zwillingen in Gelee?*«, fragte sie. »Wie kann man sich nach diesem Anblick noch Kinder wünschen?« Auf dem Bild war eine Mutter zu sehen, die eine Schürze mit der Aufschrift ›Esst Wackelpudding‹ trug. Die Frau starrte mit leerem Blick auf den Fernseher, während sie in einer Schüssel mit grünem Glibber rührte. An ihrem blutigen Nacken hatten sich die Zwillinge mit scharfen Reißzähnen verbissen und hingen schlaff herunter.

»Ich sage dir, das hat nichts mit Kindern zu tun«, erklärte Brooke. »Es ist ein Hinweis auf die Verwendung von Gelatine in diesen Produkten. Die Leute denken, das Zeug sei ethisch unbedenklich, aber es erhält seine Konsistenz durch tierische Fette. Wackelpudding zu essen, ist ebenso gefährlich wie der Verzehr von Rindfleisch!«

Brooke war Vegetarierin. Obwohl Elle diese kritische Analyse anzweifelte, wuchs ihre Überzeugung, dass Brooke nicht das Herz einer Mörderin besaß.

»Du hörst dich an, wie jemand, der mit einem Blick auf eine Mahlzeit die Anzahl der Kalorien bestimmen kann. Tu mir den Gefallen und behalte das Ergebnis meines heutigen Mittagessens für dich, okay?«

»Wissen ist Macht«, erklärte Brooke.

»Dann sag mir, wer mit dir auf dem Treffen der Anonymen Einkaufsüchtigen war, damit wir beweisen können, dass du Heyworth nicht umgebracht hast.« Elle kniff die Augen zusammen. »Bitte, Brooke. Du hast keinen einzigen Entlastungszeugen«, flüsterte sie.

Brooke setzte eine ernste Miene auf. »Bitte mach die Tür zu.«

Elle sprang auf und schloss die Tür. Wie stolz Christopher auf sie wäre, wenn sie es schaffen würde, Brooke den

Namen einer der Zeugen zu entlocken! Brooke vertraute ihr und wusste, dass Elle an ihre Unschuld glaubte. Nur mit Mühe konnte Elle verbergen, dass sie vor Erwartung zitterte. So lässig wie möglich kehrte sie an ihren Schreibtisch zurück.

»Bitte Brooke, wer kann für dich aussagen?«

»Elle, du verstehst das nicht«, erwiderte Brooke mit fester Stimme. »Ich werde die Menschen nicht verletzen, die mir geholfen haben. Ich werde sie nicht bloßstellen und ihre Erfolge zunichte machen. Nur die Leute aus meiner Selbsthilfegruppe in Los Angeles wissen, wo ich war, als mein Mann erschossen wurde, und ich werde ihre Namen nicht verraten. Selbst wenn sonst niemand für mich aussagen wird.«

Elles Mut sank. Sie verfluchte sich selbst dafür, zu energisch vorgegangen zu sein. Brooke war kurz davor gewesen, ihr etwas zu erzählen.

»Ich habe ein großes Suchtpotential in mir, Elle. Nur damit habe ich die Disziplin aufgebracht, so viel Gewicht zu verlieren. Ich habe meine gesamte Energie auf dieses eine Ziel konzentriert. In diesem Fall war das von Vorteil, doch als ich dann von Bestellungen bei *Home Shopping* abhängig wurde, habe ich all meine Kraft darauf gerichtet, Geld auszugeben. Ich habe dabei jedoch den Blick für die Zukunft verloren.« Ihre Augen, die geschliffenen Türkisen glichen, verblassten zu dem schwachen Blau einer Abenddämmerung.

Elle sank in ihrem Stuhl zusammen, und eine Zeit lang schwiegen beide. Dann leuchtete Brookes Gesicht mit einem Mal wieder auf.

»Das war, bevor ich zu dieser Selbsthilfegruppe kam«, sagte sie. »Die Gruppenleiter der Anonymen Einkaufsüchtigen ... gaben mir meine Zukunft zurück. Ich wurde wieder zu der Person, die Heyworth liebte – er war sehr glücklich darüber.«

»Wie meinst du das?«

»Als ich Heyworth im Wellness-Center kennen lernte, versuchte er, wieder in Form zu kommen, und ich machte ihn zu meinem persönlichen Projekt. Seine ganze Einstellung musste sich ändern. Er war des Lebens überdrüssig, beinahe bereit zu sterben, und das konnte ich ihm nicht verdenken. Alle behandelten ihn wie einen alten Patriarchen, dessen Errungenschaften wie Geister um ihn schwebten.«

Elle streckte die Hand nach ihrer Cola-Dose aus und lauschte gespannt.

»Ich kümmerte mich nicht um seine Vergangenheit. Seine Firmen, Aktien oder Weinberge interessierten mich nicht. Wir begannen, zusammen zu trainieren. Er war wieder wie ein Kind, und setzte nun all die Energie, die ihm Millionen eingebracht hatte, dafür ein, gesund und stark zu werden. Und ich unterstützte ihn dabei. Kurz darauf war ihm sein Leben wieder wichtig. Er fühlte sich kräftig und leistungsfähig. Zusammen richteten wir den Blick auf die Zukunft – auf eine gemeinsame Zukunft.«

»Was hat das mit deinem Alibi zu tun, Brooke?«, fragte Elle entnervt. »Was würde Heyworth sich von dir wünschen? Dass du einfach aufgibst?«

»Wir glaubten beide an Loyalität und Unterstützung, Elle. Er würde wollen, dass ich zu meinen Freunden stehe und das tue, was ich im Moment tue – vorwärts gehen. Ich werde mich diesem Prozess stellen und dem Richter und der Jury die Wahrheit sagen. Und ich werde niemanden hineinziehen und ihm dabei Schaden zufügen – was auch immer passiert.«

Elle dachte an Warner und daran, wie hart sie gearbeitet hatte, um die Liebe aus früheren Zeiten wieder aufleben zu lassen. Brooke war verrückt. Loyalität war vergänglich. Man musste sich nur vor Augen führen, was Warner ihr angetan hatte, obwohl sie versucht hatte, ihr ganzes Leben zu ändern, um zu seinem zu passen wie eine neue, modische Krawatte. Sarah war seine Zukunft, und was war ihre? Und was Brookes?

»Deine Zukunft sieht nicht gerade rosig aus, Brooke. Bei dem Prozess wird es nicht nur um deine angebliche Beteiligung an diesem Mord gehen, sondern um dein gesamtes Leben, das kann ich dir versprechen.«

Brooke vergrub das Gesicht in den Händen. »Elle, ich habe meine Eltern verloren, als ich mich in ihre Angelegenheiten einmischte. Jetzt sind sie wie Fremde für mich. Seit Heyworths Tod gibt es nur wenige Menschen, die um meine Zukunft besorgt sind.« Sie hielt inne und sah Elle offen an. »Außer dir und Christopher, die ich für den Job bezahle, sind das die Anonymen Einkaufsüchtigen. Ich werde ihnen also auf keinen Fall schaden, auch nicht, um meine Haut zu retten. Sie haben Familien – und sie sind meine Familie.«

Brooke gab nicht nach. Sie klammerte sich an die kleine Familie, die sie noch hatte, und würde auf keinen Fall ihre Freunde auf dem Altar der Selbsterhaltung opfern – auch wenn sie dabei Gefahr lief, alles zu verlieren.

Elle dachte an Serena und Margot. Sie machten sich über Elle lustig, weil sie diesen Job angenommen hatte und eine Theta verteidigte ... ein unverzeihliches Verbrechen, weil sie damit den Vorrang ihres eigenen griechischen Buchstabens missachtete. Ihre Wege trennten sich, aber Elle beschlich der unangenehme Gedanke, dass auch sie selbst ihre Collegezeit mit oberflächlichen Beurteilungen verbracht hatte. Gute Studentenverbindungen, schlechte Studentenverbindungen, Geflüster hinter dem Rücken anderer Schwestern, Träume von einer guten Partie. Ihre alten Freundinnen schienen jetzt so weit entfernt zu sein.

Margot bezeichnete sich nur noch als ›wir‹, anstatt in der ersten Person zu sprechen, seit sie ein Talisman an Snuffs Arm geworden war. Serena füllte ihr Leben immer noch mit Kristallen, Drogen, Verabredungen und Diäten aus. Sie waren Freunde aus Gewohnheit und wegen der gemeinsamen Erinnerungen, an denen Elle immer noch festhielt. Aber sie spürte, dass sie ihre Freundinnen verloren hatte, als sie ihr Jurastudium begonnen hatte. Unvermeidlich und vielleicht für immer. Auf alle Fälle war der Verlust schmerzlich.

Sie hatte ihr altes Leben verlassen und dort Erfüllung gefunden, wo sie es am wenigsten erwartet hatte. Trotzdem hatte sie ihren Plan, Warner zurückzugewinnen, noch nicht aufgegeben. Warner hatte nicht bemerkt, dass die Fakultät sie verändert hatte, also würde sie einen anderen Weg finden – Brookes Fall diente als vordergründiges Hilfsmittel, und die Elle, die er einmal geliebt hatte, als Köder.

Wenn sie Warner nach den Vorlesungen begegnete, in der einen Hand das Lehrbuch über Eigentumsrecht, in der anderen ein Aussageprotokoll, würde er doch nur wieder eine verknitterte *Cosmopolitan* in ihren Händen vermuten. Na gut, dann würde sie eben tatsächlich mit der *Cosmopolitan* herumlaufen. Elle nahm sich vor, regelmäßig im Fitness-Raum zu trainieren, den Miles & Slocum seinen Mitarbeitern zur Verfügung stellte. Sie war sich sicher, dort Warner über den Weg zu laufen, also hatte sie ihre Sportkleidung und die neueste *Cosmopolitan* mitgebracht, die sie auf dem Stepper lesen wollte.

In ihrer Klasse wurde Elle wie eine Außerirdische behandelt. Immer noch fand sie regelmäßig beleidigende Anspielungen auf Barbie in ihrem Briefkasten, eingeworfen von anonymen Feiglingen. Die Vorlesungen langweilten sie immer mehr, also besuchte sie sie nur noch selten. Sie seufzte, doch wenn sie an Brookes eigensinnigen Gesichtsausdruck dachte, musste sie lächeln. Brooke erinnerte sie an Eugenia – auch sie war stur wie ein Maulesel.

Eugenia schaffte es auf wundersame Weise, Elle in dem

Entschluss zu bestärken, an der Fakultät zu bleiben. Sie half ihr – so schwer es auch war – Warner als das zu sehen, was er wirklich war. Ein Zufall der Sitzordnung. Ein weiteres Geschenk war ihr liebeskranker Engel, der ihr Unterstützung und Trost in Form von schleifengeschmückten Unterlagen zukommen ließ. Es gab tatsächlich einige Leute, die wollten, dass Elle es schaffte.

Elle hob entschlossen das Kinn. Brooke glaubte an sich selbst, und Elle glaubte an Brooke, die Außenseiterin.

»Nimm mich zu einem Treffen mit«, bat Elle spontan. »Ich werde niemanden etwas davon erzählen – auch Christopher nicht. Ich möchte deine Freunde kennen lernen.«

»Nur, wenn du mich in die juristische Fakultät mitnimmst. Es interessiert mich, wie *dein* Gefängnis aussieht.«

36. Kapitel

An diesem Abend fragte Elle sich, was wohl seltsamer werden würde – Brooke in der Fakultät, oder sie, Elle, bei einem Treffen der Anonymen Einkaufsüchtigen. Ihre Gedanken schweiften von der Verhinderung zeitlich unbegrenzter Rechtszustände ab. Nichts konnte noch langweiliger sein. Elle schlug ihr Lehrbuch über Eigentumsrecht zu. Das Telefon klingelte, und da Elle sicher war, dass niemand etwas noch Schlimmeres zu sagen hatte, als ihr Buch, nahm sie den Hörer ab, ohne auf das Display zu schauen.

»Wie steht's mit deinem Job ... oder sollte ich eher fragen, wie geht es den amourösen Nebeneffekten deines Jobs?«, fragte Eugenia belustigt. Sie war immer neugierig auf Elles neueste Liebes-Tricks.

»Das Praktikum ist toll ... und es verschafft mir sogar einen Weg, Warner zu treffen!«, schwärmte Elle. »Das Bürogebäude liegt neben einem Fitness-Center, das wir benützen dürfen. Warner trainiert zweimal am Tag, also wird er dieses Angebot sicher nützen. Meine Sporttasche ist immer gepackt. Ich trainiere jetzt jeden Tag.«

»Dann hast du ihn dort schon getroffen?«

»Noch nicht. Ich gehe erst seit zwei Wochen hin, und es ist mir erst jetzt gelungen, seinen Terminplan herauszubekommen. Morgen werde ich ihn bestimmt sehen. Früher haben wir jeden Tag zusammen trainiert«, fügte sie träumerisch hinzu.

»Ich wollte nur wissen, was es Neues gibt«, meinte Eugenia. »Wir sehen uns ja kaum noch.« In dem Moment klopfte Coerte in der Warteschleife an, und sie konnten keine weiteren Neuigkeiten mehr austauschen.

Elle legte kichernd auf. Sie freute sich sehr für Eugenia. Erschöpft von dem verzweifelten Versuch, das Kapitel in ihrem Buch über Eigentumsrecht zu verstehen, ließ sie sich aufs Bett fallen und schlief sofort ein.

Am nächsten Tag ging Elle gegen halb fünf ins Fitness-Studio. Der Terminkalender, den Mia am schwarzen Brett befestigt hatte, zeigte an, dass Warner um fünf Uhr auftauchen müsste.

Die übliche Ansammlung von Sekretärinnen und Rechtsanwaltsgehilfen schwitzte auf den Stair Masters, während Banker, Anwälte und andere Geschäftsleute auf den Trimmrädern in die Pedale traten, die strategisch hinter den Steppern aufgestellt waren.

Um fünf Uhr befand Elle sich gerade in einer wenig schmeichelhaften Stellung auf einem der Geräte, als die Person den Raum betrat, die sie am wenigsten hier erwartet hatte. Sarah. »Großartig, jetzt trainiert er also mit Sarah«, murmelte Elle, aber Warner war nicht zu sehen.

Sarah sah sich nervös um. Unter ihrem blassen Arm trug sie das Lehrbuch über Eigentumsrecht! Elle konnte es nicht fassen. Da alle Trimmräder belegt waren, steuerte Sarah auf einen Stepper zu. Offensichtlich hatte sie Elle noch nicht entdeckt.

Als Elle aufstand, klappte Sarahs Unterkiefer nach unten. Elles Frisur saß immer noch perfekt, ihr Make-up war nicht verschmiert, und ihr pinkfarbenes, tief ausgeschnittenes Shirt betonte ihre Kurven an den richtigen Stellen.

Elle, die normalerweise auf Stöckelschuhen dahintrippelte, bewegte sich nun mit langen, athletischen Schritten und zog sofort alle Blicke auf sich, als sie vom Gerät abstieg. »Sarah!«, rief sie in gespielter Überraschung und ging auf den Stepper zu. »Ich wusste nicht, dass du hier trainierst.«

»Heute zum ersten Mal«, gestand Sarah. Sie schwankte leicht, während sie versuchte, den Rhythmus auf der hohen Stufe einzuhalten, die sie einprogrammiert hatte. Ihr Gesichtsausdruck zeigte deutlich ihre Verzweiflung. »Ich bin an diese Dinger nicht gewöhnt«, stieß sie atemlos hervor.

Elle streckte die Hand aus und stellte das Gerät auf die niedrige Stufe für Anfänger ein. »Vielleicht kann ich dir helfen«, meinte sie vorsichtig.

»Warner hat einen Plan für mich entworfen.« Sarah zog ein Blatt Papier mit Warners unverkennbarem Gekritzel aus ihrem Buch. »Er sagte, du hättest das zweimal am Tag gemacht, aber ich bin jetzt schon so erschöpft ... Ich weiß nicht, ob ich ... ob ich den Step-Aerobic-Kurs noch schaffe ...« Sie starrte zweifelnd auf das Blatt.

»Step-Aerobic? Ich kann kaum glauben, dass ich mich jemals dieser Tortur unterzogen habe. Hat Warner dir erzählt, dass Brooke Vandermark damals meine Lehrerin war?«, fragte Elle.

»Ich glaub's nicht!«, rief Sarah. »Ihrem Aussehen nach kann ich mir das allerdings schon vorstellen.« Sie drückte wahllos auf die Knöpfe des Geräts, bis es zum Stillstand kam.

213

»Ich bin wirklich froh, dass Warner hier nicht trainiert. Er würde wahnsinnig gern in dieses Fitness-Studio gehen, aber er will nicht, dass Christopher glaubt, er würde sich vor der Arbeit drücken. Ich wäre gestorben, wenn Warner mich so gesehen hätte. Aber, ehrlich gesagt, finde ich es sogar noch peinlicher, dass du mich so erlebt hast«, gab Sarah zu.

»Das muss dir nicht peinlich sein. Schließlich hast du auch meine Antworten in der Vorlesung über Eigentumsrecht gehört«, scherzte Elle mit einem Blick auf Sarahs Lehrbuch. »Wie wäre es mit einem Handel?«

»Was meinst du damit?«

»Ich zeige dir, wie du dich in diesem Fitness-Studio zurecht findest und trainiere mit dir – alles, außer Step-Aerobic –, wenn du mir dafür in Eigentumsrecht hilfst. Ich brauche deine Aufzeichnungen von den Vorlesungen, unter der Woche ein wenig Nachhilfe und am Ende des Semesters deine Unterlagen.«

»Einverstanden«, stimmte Sarah zu. »Aber nur, wenn wir erst morgen mit dem Training beginnen.«

Elle lachte. »Kein Problem.«

Die beiden Mädchen duschten und gingen dann zurück zu Miles & Slocum, wo Elle ihre erste Nachhilfestunde bekam. Obwohl Elle im ersten Semester alle Prüfungen bestanden hatte, was ihr Selbstvertrauen stärkte, betrachtete sie Eigentumsrecht, den Kurs für Zweitsemester, als Stolperstein. Sarah half Elle bei den Fällen, die in den Lehrbüchern nicht behandelt wurden, und Elle schaffte es sogar, eine kurze Zusammenfassung eines Falls für die nächste Vorlesung vorzubereiten. Sie war fest entschlossen, das Spiel an der juristischen Fakultät zu gewinnen – Eigentumsrecht eingeschlossen.

37. Kapitel

Elle erinnerte sich dunkel an eine beinahe prähistorisch anmutende Zeit, in der die Woche nach den Ferien im Frühjahr dazu diente, Sonnenbräune zu vergleichen, Pina Coladas zu trinken und Geschichten über mexikanische Gefängnisse auszutauschen.

Während der Ferien im März waren diejenigen Studenten ausgewählt worden, die in der *Stanford Law Review* erwähnt werden sollten. Kriterien dafür waren die Noten des ersten Semesters sowie ein Aufsatzwettbewerb, der im Februar stattgefunden hatte.

Am Morgen des ersten Tages traf Elle Eugenia vor dem Kaffeeautomaten, wo sie die aufgeregten Auserwählten beobachtete, die herumsprangen, als hätten sie Aufputschmittel genommen. Diejenigen, die nicht erwähnt worden waren, murmelten wenig überzeugend ihre Glückwünsche. Eugenia schüttelte den Kopf und bedeutete Elle, ihr in die gefürchtete Bibliothek zu folgen.

Auf dem Weg nach oben, fiel Elle ein, dass Eugenia mit ihren Bestnoten es sicher in die *Law Review* geschafft hatte. »Bist du drin, Genie?«

Eugenia grinste. »Danke, ja, aber nein danke. Ich wollte eigentlich nicht Bibliothekarin werden.« Sie bewegte sich geschickt durch die Gänge mit den Bücherschränken und steuerte auf ein Regal mit Ausgaben der *Stanford Law Review* zu. »Öffne es auf einer beliebigen Seite, Elle.« Eugenia zog einen neueren Band hervor. »Sicher bist du auch der Meinung, dass es bessere Möglichkeiten gibt, sich die Zeit zu vertreiben.«

»Wahrscheinlich nur wenige, die noch schlimmer sind.« Elle schlug lachend das schwere Buch irgendwo in der Mitte auf und blätterte durch die Verschwendung von Zeit und Talent.

Eugenia seufzte. »Man sollte annehmen, dass bei all den

ökonomischen Analysen, die hier gemacht werden, es irgendwann einmal irgendjemandem auffallen müsste, wie ineffizient es ist, zwanzig Stunden die Woche damit zu verbringen, die Hausaufgaben anderer Leute durchzusehen. Ach übrigens, Sarah hat es geschafft, aber Warner nicht.«

Elle hatte das Gefühl, dass sich die Aufregung um die Aufnahme in die *Law Review* so schnell nicht legen würde und beschloss, sich in den nächsten Stunden lieber eine Massage und eine Gesichtsbehandlung zu gönnen, anstatt zum Unterricht zu gehen. Sie bemerkte nicht, dass Larry ihr in die Aula gefolgt war.

»Elle, warte einen Moment.«

Sie drehte sich überrascht um. Larry ging neben ihr her nach draußen und sah sie aufmerksam an. Kurz vor dem Parkplatz, wo ihr guter alter Range Rover auf sie wartete, blieb Elle stehen und suchte in ihrer Tasche nach den Wagenschlüsseln.

»Elle.« Larry stützte eine Hand in die Hüfte und beobachtete, wie sie in den klappernden Utensilien in ihrer Handtasche wühlte. »Du bist zu sexy für die juristische Fakultät.«

»Ach, Larry, selbst der Volvo meiner Mom ist zu sexy für diese Uni.«

Larry stimmte ihr lachend zu, betonte aber, dass Elle deswegen nicht weniger sexy sei.

»Isebel, meine geschmückte Isebel«, zitierte Larry lyrisch aus dem Alten Testament und streckte einen Arm aus, als wolle er Elle zu einer königlichen Audienz bitten. »›Seht nach dieser Verfluchten und begrabt sie; denn sie war eine Königstochter‹.«

Elle sah verwirrt auf. »Isebel? Wovon um alles in der Welt redest du?«

Larry lehnte sich gelassen an den Range Rover und schaute Elle verträumt an. »Ein Traum vom liebevollen

Raub. Von Lippen, die sich treffen. Deren feuchte Wärme mit Verlaub, man gerne möcht' ermessen.«

»Du bist der geheime Engel!«, rief Elle, als sie die Verszeilen erkannte.

»Jeder wahre Romantiker braucht seine Guinevere, Elle.« Larrys Blick wirkte abwesend; hinter seiner John Lennon-Sonnenbrille schien sich eine ganze Welt zu verbergen, die nur er sehen konnte.

»Oh, Larry, deine Gedichte sind so ... einzigartig! Du bist ... begnadet!« Eine Weile betrachtete sie schweigend den Englischprofessor auf Abwegen. »Warum, um alles in der Welt, verschwendest du dein Talent in der juristischen Fakultät?«

Er lächelte. »Mein Talent ist nicht verschwendet, Elle.« A. Lawrence Hesterton ging langsam zurück zum Universitätsgebäude. »Ein Poet braucht nur ein einziges«, meinte er leise.

Elle lehnte sich gegen den Wagen und sah ihrem geheimen Engel nach. Es schien so unwahrscheinlich – der kurze Einblick in Larrys Seelenleben hatte sie völlig verwirrt. Jetzt wusste sie, dass der geheime Engel beobachtet hatte, wie schwer sie es in allen Kursen gehabt hatte. Wenn sie seine Guinevere war, dann sollte er ihr Ritter von Palo Alto sein.

38. Kapitel

Am nächsten Morgen wachte Elle mit einem Gefühl der Anspannung auf. Der Gedanke an die nächsten Abschlussprüfungen verursachte ihr Unbehagen, obwohl sie noch in weiter Ferne lagen. Während sie sich aus dem Bett quälte, überlegte sie, wie sie dieses Mal wohl abschneiden würde. Sie machte einen langen Spaziergang mit Brutus und kam eine halbe Stunde zu spät in die Vorlesung über Haftbarkeit des Berufsstandes.

Elle fragte sich, warum sie sich die Mühe gemacht hatte, die dummen Mätzchen des fiktiven Klienten Charley zu notieren, da Professor Pfisaks ethische Schlussfolgerungen vorhergefasst und unangreifbar waren. Sie schob die Aprilausgabe der *Vogue* unter den Tisch. Nachdem sie den Artikel in der Rubrik ›Fitness‹ gelesen hatte, beschloss sie, ihn für Sarah herauszutrennen. Obwohl Sarah im Fitness-Studio Fortschritte machte, hatte sie immer noch Probleme mit dem Bauchmuskel-Training. Elle hoffte, der Bericht über entsprechende Übungen mit Bildern könnte ihr dabei helfen. Sie war wirklich daran interessiert, dass Sarah mit dem Training zurechtkam.

Einige Minuten konzentrierte sie sich wieder auf den Unterricht und stellte fest, dass die ethische Pflicht des Tages darin bestand, zahlenden Klienten Informationen vorzuenthalten. Rasch warf Elle einen Blick in ihr Fallstudienbuch, um herauszufinden, welche Regel eine solche kafkaeske, bürokratische Parodie rechtfertigte.

Fran meldete sich freiwillig, um eine hypothetische Frage zu beantworten. Charley war, aufgebracht mit einer Waffe fuchtelnd, in das Büro seines Anwalts gestürmt und wollte wissen, ob der Staat eine Leiche innerhalb der Staatsgrenzen finden musste, um Mordanklage zu erheben. Entrüstet erwiderte Fran, dass es in diesem Fall die Pflicht des Anwalts sei, um jeden Preis zu verhindern, dass der Klient an Informationen über seine Rechte gelangte.

Na klar, und dann rufen wir die Polizei an und berechnen ihm die Zeit dafür, dachte Elle mit zunehmender Ungeduld.

Schließlich, bei der Besprechung von Charleys drittem Missgeschick, hob Elle die Hand.

»Miss Woods«, sagte Pfisak überrascht. »Ich nehme an, Sie haben sich inzwischen auf den neuesten Stand der

Diskussion gebracht – einiges wurde bereits vor Ihrem Eintreffen besprochen.«

Elle warf ihren selbstgefällig kichernden Kommilitonen einen finsteren Blick zu. »Vielleicht habe ich nicht alles gehört«, sagte sie. »Aber, so wie ich es verstanden habe, sollen wir diese Gesetze lernen, sie dann in unseren Büros unter Verschluss halten und für andere Menschen entscheiden, welche Informationen wir ihnen ›im öffentlichen Interesse‹ zubilligen.«

»Wahrscheinlich hält sie Charley für blond«, flüsterte Claire Sarah zu.

»Danke für Ihren Beitrag, Miss Woods.« Professor Pfisak wandte sich an John Matthews. »Mr. Matthews, vielleicht können Sie uns sagen, wie sich ein Anwalt in der nächsten Situation verhalten würde, ohne zu riskieren, von der Anwaltsliste gestrichen zu werden.«

Dieser Unterricht würde sie alle in den Bankrott treiben, wenn er nach dem Examen noch irgendeine Bedeutung hätte. Elle wandte sich wieder der *Vogue* zu, um etwas wirklich Wichtiges zu lernen. Sie hatte später eine Verabredung mit Brooke.

39. Kapitel

Elle warf lustlos einen Blick auf die Zuhörer in der Vorlesung über Nachlass von Immobilien. Nur der Gedanke, dass Brooke auf Kaution entlassen worden war und sie heute nach dem Unterricht besuchen würde, hielt sie aufrecht. Nachdem ›Tod mit Gilbreath‹ ihr erneut einen grauenvollen Morgen beschert hatte, würde sie Brooke vielleicht zu einem Einkaufsbummel überreden können, natürlich nicht im Tele-Shop.

Hinter sich hörte sie, wie Cari und Michael schlechte

Witze austauschten. »Kennst du schon den über den Anwalt, der an Reinkarnation glaubte? In seinem Testament
vermachte er alles sich selbst!« Michael lachte dröhnend.

Dr. Dan ließ den Kopf auf den Tisch sinken. »Was ich
nicht weiß, macht mich nicht heiß«, erklärte er und
rechtfertigte damit sein Nickerchen am Morgen.

Mr. Heigh und seine Frau tauchten auf, beide mit
Thermoskannen bewaffnet, in die sie chinesischen Tee
aus getrockneten Feigen gefüllt hatten. Mr. Heighs graue
Brustbehaarung quoll aus seinem ärmellosen T-Shirt mit
der Aufschrift ›Es hat mich VIERZIG JAHRE gekostet,
um so gut auszusehen wie jetzt!‹

Elle zog gerade eine Ausgabe von *Self* aus der Tasche, als
Professor Gilbreath die Tür schloss, um mit dem Unterricht zu beginnen. Während Ben eine langwierige Theorie
über die ›teilweise erneute Testamentserrichtung durch einen holographischen Nachtrag‹ ausführte, vertiefte sich
Elle in einen Artikel mit der Überschrift ›Die Politik des
Haares‹. Der Bericht war interessant, aber, wie sie missbilligend feststellte, nicht sehr vorteilhaft für Blondinen.

Sie war hoch erfreut, dass der Artikel sie während Gilbreaths gesamten Vortrags beschäftigt gehalten hatte. Ohne auf die Uhr zu sehen, wusste sie, dass der Unterricht in
exakt zwei Minuten vorbei sein würde, da Claire begonnen
hatte, ihre gespaltenen Haarspitzen zu bearbeiten.

Genau zwei Minuten vor Ende jeder Vorlesung, begann Claire, ihr widerspenstiges Haar in Form zu bringen, so als wäre das Betreten der Aula ihr großes Debüt.

Elle machte sich auf den Weg zum Vordereingang, wo
Brooke bereits auf sie wartete. Sie sah atemberaubend aus
in ihrem smaragdgrünen verführerischen Seidentop und
dem knielangen Leinenrock mit hohem Seitenschlitz.

»Wieder auf freiem Fuß!« Elle lachte und begrüßte
ihre dem Gefängnis entflohene Freundin mit einer herz-
lichen Umarmung. »Glückwunsch!«

»Ich bin so erleichtert!«, stieß Brooke hervor. »Christopher ist fantastisch! Du hättest ihn bei der Anhörung erleben sollen!«

»Komm mit.« Elle hakte Brooke unter. »Jetzt kannst du dir *mein* Gefängnis anschauen.« Gemeinsam gingen sie in die Cafeteria.

»Ich muss dich warnen – dieser koffeinhaltige Sirup, den sie hier Kaffee nennen, könnte dich tagelang wach halten.«

Brooke schwatzte aufgeregt auf Elle ein, um ihr die Ereignisse der letzten Tage zu berichten, und zog dabei die Blicke etlicher Studenten auf sich, die in der Cafeteria über ihren Büchern saßen.

»Ich hatte so viel zu tun, Elle. Eigentlich wollte ich dich schon eher besuchen, aber es ist ganz schön anstrengend, wieder in mein normales Leben zurückzufinden.«

»Als ob du jemals ein normales Leben gehabt hättest!«

»Hey, wir haben nicht alle das große Glück, Jura studieren zu können.« Brooke kicherte, nippte dann an dem dampfenden, pechschwarzen Getränk und verzog das Gesicht. »Ihh! Du hast Recht – das ist kein Kaffee, sondern dicker Sirup!«

Elle nickte zustimmend und schüttete ein Päckchen Süßstoff in ihre Tasse.

»Lass uns irgendwo anders einen Milchkaffee trinken«, schlug Brooke vor. »Kannst du die nächste Vorlesung schwänzen? Ich möchte dir meinen neuen Mercedes zeigen.«

»Jetzt schon?« Elle verschluckte sich vor Lachen an ihrem Kaffee. »Oh, Brooke!«

»Heyworth wollte den Jaguar ohnehin verkaufen«, rechtfertige Brooke sich gelassen. »Mit seinen britischen Aktien lief es nicht so gut, also meinte er, wir sollten den Außenhandel der Queen boykottieren.«

»Du befolgst also lediglich seine Wünsche.« Elle grinste. »Wie loyal. Du hättest eine großartige Delta Gamma abgegeben.«

»Ich hatte keine Wahl«, brauste Brooke auf, als sie an ihr erstes gesellschaftliches Trauma erinnert wurde. »Mir blieb nichts anderes übrig, als eine Theta zu werden, und die anderen konnten nichts dagegen tun, weil ich ein Erbe anzutreten hatte. Wäre es nach mir gegangen, wäre ich eine Pi-Phi geworden.«

»Oh.« Elle schlug beschämt die Hände vors Gesicht.

»Uups! Theta ist eigentlich auch ganz cool.«

»Das ist längst Geschichte.« Brooke hob ihre manikürte Hand und tat die Sache mit einer Geste ab. »Die Pi-Phis hatten jedoch die furchteinflößendste Aufnahmeprozedur. Sie servierten auf der Party Eiscreme, die sie in der Mitte eines Doughnuts platzierten. Es ist unmöglich, so etwas zu essen. Wenn du eine Gabel benützt, kannst du niemandem die Hand schütteln. Hebst du das Ding ohne Gabel an den Mund, tropft die Eiscreme runter. Das war ihre Methode auszusortieren. Die Gabelbenützer und die Kleckerer waren durchgefallen.«

Elle verdrehte die Augen. »Ich erinnere mich daran, und ich glaube, ich war beides!« Neugierig sah sie Brooke an. »Wie bist du mit dem Doughnut fertig geworden?«

»Oh, ich habe allen erzählt, ich sei auf einer makrobiotischen Diät und dürfe keine Milchprodukte zu mir nehmen, also bekam ich einen einfachen Doughnut.«

»Ein Punkt für dich!«

»Ja, das waren noch Zeiten ...« Brooke strahlte bei der Erinnerung daran, wie sie die Schwesternschaft ausgetrickst hatte. »Aber ich habe auch ohne Pi-Phi oder Delta Gamma etwas aus mir gemacht!«

»*Touché!*« Elle lachte. »Was hast du jetzt vor?«

»Wie meinst du das?«, fragte Brooke. »Nach der Verhandlung?«

Elle nickte.

»Wenn Christopher es schafft, dass ich nicht ins Gefängnis zurück muss, werde ich wieder heiraten.« Brooke krauste die Nase und blinzelte Elle zu. »Auf jeden Fall.«

»Bist du sicher? Gibt es schon einen Kandidaten?«

»Das ist das Dümmste, was ich jemals gehört habe.« Brooke schüttelte den Kopf, erstaunt über Elles Naivität. »Was sollte ich sonst tun? Bis zum Ende des Jahres werde ich verheiratet sein. Daran besteht kein Zweifel. Wirst du denn nicht heiraten?«

»Zumindest nicht in diesem Jahr«, erwiderte Elle leise. »Wahrscheinlich überhaupt nicht«, fügte sie dann hinzu. Dann fasste sie in ihre Kate Spade-Einkaufstasche, holte eine Schmuckschachtel heraus und reichte sie Brooke.

»Dich will ich aber nicht heiraten!«, kreischte Brooke.

»Natürlich nicht! Das ist ein Geschenk. Mach es auf!«

Brooke holte einen goldenen Ohrring aus der Schatulle und betrachtete die kunstvolle kursive Gravur. »Nur einer?«

»Das ist meine Schmuck-Kollektion!«, rief Elle und klatschte in die Hände. »Brooke, das wird dich umhauen. Als wir Recherchen wegen deines Alibis anstellten, traf ich mich mit einigen Leuten von *Home Shopping*.«

»Blutsauger.« Brooke verzog verächtlich das Gesicht.

»Hör mir zu.« Elle griff nach dem Ohrring und stieß dabei beinahe ihre Kaffeetasse um. »Ich habe im College Schmuckdesign studiert, bis ich dann alles ... für das hier aufgegeben habe.« Sie sah sich missmutig in der Cafeteria um. »Egal. Ich habe die Leute von der Geschäftsleitung dieser Firma kennen gelernt, als ich einige deiner Quittungen überprüfte. Sie fragten mich, ob ich zum casting gehen will ... ich soll so eine Art juristische Korrespondentin werden. Sie planen eine Show mit dem Namen *Fashion Crimes!*«

»Dann sollst du also sozusagen die Modebranche rehabilitieren?«, fragte Brooke skeptisch.

»Genau! Und außerdem werde ich eine Kollektion von Schmuckstücken mit juristischen Motiven entwerfen und Leute im Fernsehen beraten, was für sie geeignet ist! *Home Shopping* ist von der Idee begeistert – ich habe sogar schon damit angefangen.«

Elle reichte Brooke eine winzige samtbezogene Schachtel. »Bei diesem Stück habe ich an dich gedacht. Hier, ein wunderschönes diamantenbesetztes Fußkettchen. Dieses Mal wird es dich nicht fesseln«, lachte Elle.

Brooke hakte das feingliedrige Armband auf. »Wahnsinn! Ein Originalstück der Künstlerin! Hey, Elle, ich hoffe, du verkaufst deinen Schmuck auch in Läden, denn ich darf nichts mehr über einen Fernsehsender bestellen.« Plötzlich schoss sie hoch und sah auf ihre Armbanduhr. »Meine Güte, ich habe gar nicht bemerkt, dass es schon so spät ist. Du hast mich gerade daran erinnert, dass ich zu meinem Treffen muss.«

»Die Anonymen Einkaufsüchtigen?« Elle grinste.

»Ehemalige Home Shopper«, verbesserte Brooke sie kleinlaut. »Süchtige.«

Elle folgte Brooke zum Parkplatz, wo der Mercedes stand. Am Nummernschild konnte man sofort erkennen, wem der Wagen gehörte: WL-S-MS. Weiblich, ledig – sucht – männlich, single.

40. Kapitel

»Spring in meine Kutsche!« Brooke schwang sich auf den Fahrersitz ihres glänzenden goldfarbenen Cabrios, als würde sie ein Pferd besteigen.

Elle öffnete kichernd die Beifahrertür. Ihr enges weißes Trägerkleid machte es ihr unmöglich, ebenso schwungvoll einzusteigen.

224

Brooke schien ein wenig enttäuscht, dass Elle die herkömmliche Art vorgezogen hatte, aber sie trat unbeirrt aufs Gas, reihte sich auf der Autobahn in den Verkehr ein und fuhr Richtung Norden zum Flughafen.

»Die Farbe deines Wagens passt hervorragend zu unseren Haaren«, meinte Elle und betrachtete nachdenklich eine Haarsträhne, bevor sie sich einen Pferdeschwanz band.

Brooke nickte schweigend.

»Ich bin schon sehr gespannt, wo diese anonymen Treffen stattfinden«, sagte Elle.

»Diese Treffen sind keineswegs anonym, Elle. Die Identität der Mitglieder muss allerdings anonym bleiben.«

»Natürlich. Tut mir Leid.« Elle begriff, wie ernst Brooke diese Meetings und die Gruppenmitglieder nahm.

»Manchmal habe ich das Gefühl, dass sogar du dich über meine Sucht lustig machst, Elle.«

Elle wandte sich ab und gab vor, im Seitenspiegel des Wagens ihr Make-up zu überprüfen. »Es tut mir Leid«, wiederholte sie. »Es fällt mir nur einfach schwer, mir vorzustellen, dass gerade jemand wie du mit einem ausgeprägten Sinn für Stil und Eleganz Porzellanpüppchen als Andenken an die First Ladies der Nation bestellt.«

»Die Dinger waren grässlich«, gab Brooke zu, während sie das Cabrio mit quietschenden Reifen vor dem *Airport Hilton* zum Stehen brachte.

Das *Hilton*. Elle fragte sich, ob einer der Mitglieder eine Suite unter falschem Namen buchte.

Brooke und Elle zogen ihre Haarbürsten hervor und frisierten ihr windzerzaustes Haar, bevor sie das Hotel betraten. Elle folgte Brooke zu einer Suite im ersten Stock, mit dem Namen ›Archibald Zimmer‹. Der Raum war nur mit billigen Plastikstühlen an einem langen Tisch eingerichtet. An den Wänden hingen einige Bilder und Drucke, die nicht zusammenpassten.

Das Grüppchen am Tisch wirkte in Elles Augen höchst ungewöhnlich. Die Leute schienen sich gut zu kennen und unterhielten sich entspannt miteinander. Einige andere hatten sich an einer riesigen Kaffeemaschine versammelt oder sich auf zusätzlichen Stühlen niedergelassen, die im Raum verteilt waren. Anscheinend war von Hausfrauen über Mechaniker bis zu Ärzten und Geschäftsführern alles vertreten.

Brooke verkündete, dass Elle als Gast und nicht als neues Mitglied hier war. Das nervöse Gemurmel verstummte, und die neun oder zehn Anwesenden hörten auf, Elle verwundert anzustarren. Brooke schlug vor, dass sie sich Elle vorstellten, doch niemand meldete sich freiwillig. Also winkte Elle allen in dem verrauchten Zimmer zu.

»Mein Name ist Elle Woods. Ich bin eine Freundin von Brooke aus unseren College-Tagen, und ich wollte die Menschen kennen lernen, die ihr so sehr geholfen haben«, erklärte sie lächelnd.

»Ich bin Miranda«, stellte sich eine dunkelhaarige Frau vor. »Willkommen.«

Brooke stupste Elle an. »Sie ist die Gruppenleiterin«, flüsterte sie Elle ins Ohr.

Miranda stand auf und schloss die Tür. »Wir sind komplett«, verkündete sie und kehrte an ihren Platz zurück. »Yves, würdest du das Meeting beginnen, indem du dich unserem Gast vorstellst.«

Neben der Tür saß ein Mann mit schmalem, faltigem Gesicht. Er trug ein gestärktes, kragenloses Baumwollhemd und blinzelte durch eine drahtgefasste Brille.

»Mein Name ist Yves Muir«, sagte er und nahm die Brille ab.

Elle hatte neben Brooke am anderen Ende des Tisches Platz genommen und winkte dem Mann zu. »Hi, Yves.«

»Ich komme aus Citrus Heights in Kalifornien«, fuhr der kleine Mann fort. »Im letzten Monat waren meine

Einkaufsschulden auf fünf Kreditkarten verteilt. Drei davon laufen im Namen meiner Frau, die schon vor Jahren gestorben ist.« Er steckte sich nervös eine Zigarette in den Mund und zündete sie an.

Einige der anderen murmelten mitfühlend.

»Yves ist unser neuestes Mitglied«, erklärte Miranda und wandte sich dann an die Frau neben Yves, die lautstark Kartoffelchips kaute. »Veronica, würdest du dich jetzt bitte vorstellen.«

»Mein Name ist Veronica«, sagte die auffällig zurechtgemachte Frau mit der zitronengelben, toupierten Frisur. Ihre Wangen und Lippen waren blutrot geschminkt und ließen ihr weißes Gesicht wie ein kariertes Geschirrtuch aussehen. Sie trug einen pflaumenfarbenen Pullover, der, wie bei Jennifer Beals in *Flashdance*, eine Schulter unbedeckt ließ.

»Ich bin Floristin und komme aus Bentonville, Arkansas«, fuhr sie fort. »Dort befindet sich die Haupt-Filiale des Kaufhauses Wal-Mart. An Schnäppchen fand ich schon immer Gefallen!« Sie lächelte gewinnend und erzählte, dass sie Duftseifen und Badeöl in Mengen bestellt hatte, die ausreichten, um zwanzig Jahre lang stündlich ein Bad nehmen zu können. Elle kicherte und wurde sofort mit einem finsteren Blick von Yves und Veronica bestraft. Rasch setzte sie eine angemessen mitfühlende Miene auf.

»Nett, Sie kennen zu lernen, Veronica«, sagte sie und war erleichtert, als die Frau ihr Lächeln erwiderte.

Ohne von der Gruppenleiterin aufgefordert worden zu sein, stellte sich ein Mann mit ungepflegtem Haar in einem schwarzen T-Shirt vor. »Ich bin Jeff.« Seine tiefe Baritonstimme stand in krassem Gegensatz zu seinem jungenhaften Lächeln. »Ich spiele Bass in einer Band. Wir haben heute Abend einen Auftritt in der Stadt – im *Cat House*. Ich kann dich auf die Gästeliste setzen, wenn du möchtest.«

Brooke lachte laut. »Jeff, da hast du kein Glück. Sie ist hoffnungslos verliebt.«

Elle errötete. »Brooke!«

»Hier gibt es keine Geheimnisse.« Brooke stupste Elle an der Schulter.

Die Mitglieder am Tisch stellten sich Elle einer nach dem anderen vor. Da war Walter, Geschäftsführer; Gloria, Zahnarzthelferin; Anne, Innenarchitektin; Carolyn, Schuldirektorin; Jean, Anwaltsgehilfin, und schließlich Nicolette, die Elle als Nachrichtensprecherin von Kanal 4 wiedererkannte.

Brooke dankte der Gruppe dafür, dass sie Elle erlaubten, Gast zu sein. »Ihr alle wisst, wie schwer es ist, jemanden zu finden, der unsere Sucht versteht. Auch wenn Elle sich noch nie das *Home Shopping-Programm* angeschaut hat, ist sie außerhalb dieser Gruppe meine größte Stütze. Ich wollte sie heute mitbringen, damit sie die Bedeutung dieser Meetings und ihrer Mitglieder für mich voll und ganz versteht.«

Plötzlich sprang Miranda auf und eröffnete die Sitzung.

Elle zog ihre Puderdose hervor, um sich zu vergewissern, dass ihre Wimperntusche nicht verschmiert war. Ihre Augen tränten von den Rauchschwaden im Zimmer. Mindestens zehn der Anwesenden hatten eine Sucht gegen eine andere eingetauscht. Zufrieden mit ihrem Make-up, warf Elle Miranda einen unsicheren Blick zu.

»Für die, die mich nicht kennen, möchte ich mich vorstellen. Ich bin Miranda«, begann sie. »Ich bekämpfe meine Kaufsucht. Als eure Gruppenleiterin habe ich viel Zeit darauf verwendet, euch zu berichten, wie ich es geschafft habe, und was die Anonymen Einkaufsüchtigen für mich getan haben. Heute möchte ich euch aber etwas erzählen, was noch Wichtiger ist.«

»Hi, Miranda. Erzähl uns deine Geschichte!«, rief die Gruppe einstimmig.

»Ich war einsam. Jetzt bin ich es nicht mehr, aber ich weiß, dass Einkaufen diese schmerzliche Leere nicht beseitigt, wenn mich wieder einmal ein Gefühl der Einsamkeit überfällt. Ich wende mich dann an euch ... an meine Freunde. Darum geht es bei der Suchtbekämpfung. Um Freundschaft, Unterstützung und Anonymität. Es geht darum, dass ich mich mit Menschen treffen kann, die meine schlimmsten Ängste und Geheimnisse mit mir teilen, und ich weiß, dass sie mich niemals verraten werden – unter keinen Umständen. Das bedeutet Freundschaft für mich, und deshalb bin ich seit einem Jahr, zwei Monaten und drei Tagen nicht mehr rückfällig geworden!«

Elle bemerkte, dass Brooke Tränen über die Wangen liefen. Jetzt war ihr klar, dass Brooke niemals – egal, was passieren würde – die Identität der Gruppenmitglieder in L. A. preisgeben würde.

41. Kapitel

»Ein richtiger Ohrwurm!« Elle summte vor sich hin, während sie Brutus für den Nachmittagsspaziergang anleinte. »You must pay the rent, I can't pay the rent«, sang sie und öffnete und schloss dabei Brutus zarte Kiefer im Rhythmus der Musik.

»Mein kleiner Held.« Elle zauste fröhlich sein flauschiges Fell. Der Hund winselte und drehte sich ungeduldig im Kreis.

»Armes Ding, ich habe dich vernachlässigt.« Elle sah seufzend auf die Stapel von Aussageprotokollen, die auf der Couch verstreut waren. »Heute Nachmittag nehme ich mir frei, und wir machen einen langen Spaziergang, mein Liebling.«

Als sie zurückkamen, erfrischt von dem scharfen Frühlingswind, warf Elle einen misstrauischen Blick auf ihren blinkenden Anrufbeantworter. Sie schob Brutus auf ihrem Arm zurecht und drückte den Knopf, um das Band abzuhören.

»Elle.« Warner machte sich immer noch nicht die Mühe, sich vorzustellen – er wusste, dass sie seine Stimme sofort erkannte. Elle drückte Brutus hoffnungsvoll an sich.

»Ich rufe dich vom Büro an.« Er schwieg einen Moment lang. »Von Miles & Slocum. Ich, äh, hatte gehofft, dich heute hier zu sehen. Hör zu, ich weiß, das kommt sehr kurzfristig, aber in den letzten Tagen hat sich einiges ereignet, und ich möchte mit dir sprechen. Können wir uns heute Abend zum Dinner treffen?«

Warner senkte die Stimme und sprach in sanftem Tonfall weiter. »Du bist immer noch die einzige ... der einzige Mensch, der versteht ... was ich in meinem Leben eigentlich machen möchte. Ich hatte so wenig Zeit für die wirklich wichtigen Dinge.« Elle hielt das Ohr näher an den Apparat.

Nach einer Denkpause seufzte Warner. »Ich werde einiges ändern. Ruf mich hier an, Süße. Sarah kommt heute nicht ins Büro. Vielleicht können wir uns in der Stadt treffen.«

Elle stürzte sich aufgeregt auf ihr Telefon und ließ dabei ihr Haustier unsanft auf den Boden fallen. »Tut mir Leid, Brutus.« Sie schluckte und wählte rasch die Nummer des Büros. »Hier ist Elle Woods. Können Sie mich bitte mit Warner verbinden?«

Sie hielt den Atem an. Ihr Herz klopfte heftig, als sie versuchte, sich ihre Aufregung nicht anmerken zu lassen.

»Elle auf Leitung zwei.« Warner imitierte Mias hohe Stimme. »Genau das wollte ich hören.«

»Oh, Warner«. Elle gelang es nicht, sich gelassen zu geben. »Wie schön, von dir zu hören.« Sie hatte ihn während des Praktikums nicht annähernd so oft gesehen, wie sie gehofft hatte. »Was ist los?«

»Hör zu, Elle, ich kann hier nicht reden. Ich bin noch eine Weile mit einem Bericht beschäftigt, aber dann würde ich dich gern sehen. Allerdings nicht im Büro. Können wir uns zum Abendessen treffen? Ich lade dich ein. Es gibt etwas, was ich mit dir besprechen möchte. Nur mit dir.«

Elle hüpfte begeistert auf und ließ beinahe das Telefon fallen. »Natürlich, Warner«, antwortete sie atemlos. »Wann und wo?«

Er dachte kurz nach. »Es ist schon so lange her, Elle, also sollte es etwas Besonderes sein. Wie wäre es mit *Masa's*?«

»Warner, das ist mein Lieblingsrestaurant!«

»Prima, dann um halb acht«, beschloss er. »Ich werde einen Tisch für Huntington bestellen. Für zwei Personen.«

»Huntington«, wiederholte Elle verträumt. »Für zwei Personen.«

»Richtig«, bestätigte Warner nüchtern. »Ich freue mich schon darauf.«

»Halb acht.« Elle lächelte entzückt. Sie wollte Warner um einen Hinweis bitten, aber er hatte bereits aufgelegt. »Macht nichts.« Sie stellte sich Warner vor, wie er einen Tisch für zwei Personen reservierte. »Huntington. Zwei Huntingtons.« Sie war so beschäftigt gewesen, dass sie kaum noch an Warner gedacht hatte, aber der Klang seiner Stimme brachte mit einem Mal all ihre Träume zurück. Sein geheimnisvolles Verhalten und die überraschende Einladung zum Dinner konnten nur eines bedeuten ...

Schnell wählte sie Josettes Nummer.

»Immer wieder eine neue Geschichte«, Josette lachte und tat Elles wiederholten Dank dafür, dass sie sie ohne Termin drangenommen hatte, mit einer großzügigen Handbewegung ab.

»Warner führt mich heute Abend zum Dinner aus!«
Elle strahlte über das ganze Gesicht.

»*Iisch* wusste, dass es Warner ist.« Die Kosmetikerin
lächelte und blinzelte ihr kokett mit einem Auge zu. »Ein
besonderer Anlass?«

»Darauf kannst du wetten.« Elle nickte. »Josette ...« Sie
hielt inne. »Ich glaube plötzlich ... ich hoffe, dass er heute
Abend zu mir zurückkommt. Für immer.«

Josette hob die Augenbrauen. »Ist er nicht bereits verlobt?«

»Das scheint vorbei zu sein«, erklärte Elle. »Er rief
mich an und sagte, er müsse mich unter vier Augen
sprechen. Er denkt über sein Leben nach und will einiges verändern. Beim Abendessen will er mir alles erzählen.«

Elles Begeisterung überzeugte Josette nicht. »Bist du
sicher, dass er das so meint?«

Elle nickte eifrig. »Er gab sich sehr geheimnisvoll, aber
er machte einige Andeutungen, verstehst du? Er wird einen Tisch auf Huntington für zwei Personen reservieren!
Genau so hat er es gesagt.« Sie hob die Hand, die Josette
gerade manikürt hatte und streckte zwei Finger mit glänzenden Nägeln in Siegespose nach oben. »Zwei. Zwei
Huntingtons. Aber nicht er und Sarah. Endlich heißt es
Warner und Elle.«

42. Kapitel

Elle trödelte auf dem Parkplatz herum und grübelte über
die Funktionsweise von Autos nach. »Wenn ich den Mo-
tor abstelle, aber den CD-Spieler nicht ausschalte, dann
wird die Batterie leer. Aber wenn ich hier noch länger sitze, dann werde ich bald an den Auspuffgasen ersticken«,

murmelte sie. Sie sah sich in der dunklen Parkgarage um und drehte den Zündschlüssel.

Wieder schaute sie auf ihre Armbanduhr und stellte verärgert fest, dass sich der Zeiger kaum bewegt hatte. Es war erst zwei Minuten nach halb acht – drei Minuten nach halb acht, wenn sie ihr Handgelenk schräg hielt, aber das war Betrug. Elle überprüfte im Rückspiegel ihren Lippenstift.

»Noch ein Lied«, beschloss sie und legte die CD von Styx ein. Den Song ›Babe‹ hörte sie besonders gern, wenn sie verliebt war. Sie sang begeistert mit, ohne die Töne richtig zu treffen. Singen war noch nie ihre Stärke gewesen. Nachdem sie ihre Operette beendet hatte, blieb sie in der Stille sitzen und malte sich aus, dass ihre Verbindung zu Warner allen Umständen trotzte, und ihre Beziehung durch die Zeit der Trennung noch intensiver werden würde. In ihrem Herzen hatte sie auf Warner gewartet und niemals den Glauben an ihn verloren. Und nun verschloss er endlich die Augen nicht mehr vor der Tatsache, dass ihre Liebe immer bestehen würde. Elle atmete tief ein und aus und träumte von ihrer Zukunft.

Fünfzehn Minuten Verspätung waren ihrer Meinung nach für eine Frau bei einem Date gerade richtig, also betrat Elle schließlich das gedämpft beleuchtete Restaurant. Ihre silberfarbenen Gucci-Pumps klapperten leise, aber gleichmäßig bei jedem ihrer hastigen Schritte, während sie sich eine Entschuldigung für ihr wartendes date zurechtlegte. »Huntington, ein Tisch für zwei Personen.« Sie lächelte den Oberkellner strahlend an.

»Jawohl, Madam«, säuselte er und führte Elle an einen leeren Tisch. Sie war sich der bewundernden Blicke der anderen Gäste nicht bewusst, die ihre Schönheit und das mit Silberfäden durchzogene Kleid mit weitem Ausschnitt und den mit grünen Strasssteinchen besetzten Trägern bestaunten.

»Möchten Sie etwas trinken, während Sie warten?« Der Maître winkte einen Kellner herbei.

Elle seufzte niedergeschlagen. Sie bestellte ein Mineralwasser und starrte desinteressiert auf die Speisekarte. Warner hatte sie im Verzögerungsspiel geschlagen, also hatte er die Oberhand.

»Elle!« In dem Moment, in dem sie ihren Drink bekam, rauschte Warner herein. Sie stand nicht auf, um ihn zu begrüßen. »Hallo, Warner.« Sie nickte ihm zu und täuschte Gleichgültigkeit vor, als er sich bückte und sie auf die Wange küsste.

»Es tut mir Leid, dass ich zu spät komme. Ein Verkehrsstau«, erklärte Warner mit einem Schulterzucken. Als ob sie nicht den gleichen Weg gehabt hätte!

»Kein Problem, ich habe mich gerade erst gesetzt.« Elle nippte lässig an ihrem Wasser, aber ihre schimmernden Augen verrieten sie.

»Du siehst bezaubernd aus.« Warner ergriff ihre Hand. »Wie immer.«

Elle lächelte. »Danke.« Sie rührte mit dem roten Plastikstrohhalm in ihrem Glas und schob die Eiswürfel solange hin und her, bis sie die Limettenscheibe erwischt hatte. All die gewinnenden Sätze, die sie sich im Auto zurechtgelegt hatte, verschwanden wie durch ein Sieb aus ihrem Kopf. »Es ist lange her«, begann sie schließlich zögernd.

»Stimmt«, bekräftigte Warner. »Viel zu lange. Ich bin am Verhungern.«

Elle warf einen Blick in ihre Speisekarte und machte einige unnötige Bemerkungen über das Angebot an Vorspeisen. Am liebsten hätte sie ihn in die Ecke getrieben und ihn gefragt, was er vorhatte. *Setz ihn nicht unter Druck.*

Warner bedeutete dem Kellner, ihm die Weinkarte zu bringen. »Wie schön, dich zu sehen, Elle. Es ist wirklich nett, dass wir endlich wieder einmal zusammen sind.«

»Ja, wundervoll.« Elle lächelte begeistert. Nichts schien sich verändert zu haben.

Sie begann, über den Fall Vandermark zu sprechen und fragte Warner höflich nach seinen Recherchen. Er runzelte die Stirn und fuhr mit der Hand durch die Luft, um das Thema abzutun. »Elle, so etwas hat dich doch noch nie interessiert.«

Elle lehnte sich zurück. Sie hatte so viel Energie auf Brookes Fall verwendet, dass sie geglaubt hatte, zumindest *das* hätte sie mit Warner gemeinsam.

»Aber das ist jetzt anders, Warner. Dieser Fall liegt mir sehr am Herzen.«

»Du steckst voller Überraschungen, Elle.« Warner lachte. »Aber ich auch ... Ich werde mir heute Abend ein Steak bestellen, und zwar nur leicht angebraten!« Er winkte dem Ober und bestellte eine Flasche Rotwein, ohne Elle zu fragen, ob ihr das recht sei.

»Aber du isst deine Steaks doch immer blutig!« Elle blinzelte überrascht. »›Ich will etwas, das seinen letzten Atemzug in der Küche ausgehaucht hat‹«, wiederholte sie Warners üblichen Spruch.

»Du hast Recht, Elle.« Warner grinste. »Meine Güte, wie lang ich das schon nicht mehr gesagt habe! Ich habe den Spruch beinahe vergessen ... Du weißt wahrscheinlich nicht, dass ich kaum noch rotes Fleisch gegessen habe.«

»Seit wann?« Elle hob ungläubig die Augenbrauen.

Warner hielt sich die Speisekarte vors Gesicht und tat so, als wäre ihm das peinlich. »Du wirst lachen ... Ich habe in letzter Zeit einige Angewohnheiten abgelegt. Sarah sagt, rotes Fleisch sei schlecht für mein Herz, also esse ich es nicht mehr, wenn ich mit ihr zusammen bin.«

»Sarah ist schlecht für dein Herz«, meinte Elle und schwenkte, eher verärgert als nervös, die Eiswürfel in ihrem Glas.

»Haha, erwischt.« Warner zwinkerte ihr zu. Als er sah,

wie enttäuscht sie war, senkte er seine Stimme und verlieh ihr einen ernsten Ton.

»Okay, Elle, ich habe es zugelassen, dass sich in meinem Leben einiges geändert hat. Es hat eine Weile gedauert, bis mir das bewusst geworden ist. Ich dachte, ich müsste mich weiterentwickeln, ein neues Leben beginnen, verstehst du? Aber jetzt habe ich mich wieder gefangen!

Ich habe mir genau angesehen, was aus mir geworden ist«, fuhr er fort. »Nein, was ich aus mir habe machen lassen.« Warner schüttelte heftig den Kopf und grinste dann. »Aber damit ist Schluss, Baby. Ich bin wieder ein anderer Mensch – ein Steak essender Mann.«

»Wie gewagt«, murmelte Elle so leise, dass Warner es nicht hören konnte.

Der Ober kam an ihren Tisch und schenkte Warner einen Schluck zum Kosten ein. »Den kenne ich schon.« Warner bedeutete dem Ober, nachzuschenken. »Außerdem ist Elle hier der Feinschmecker. Lassen Sie bitte die Dame kosten.«

Zuvorkommend reichte der Kellner Elle ein geschliffenes Flötenglas. Sie nippte und nickte dann zustimmend. Rotwein! Als wüsste er nicht, dass sie immer Hühnchen oder Fisch bestellte. Rasch überflog sie die Speisekarte auf der Suche nach einem Nudelgericht mit Tomatensoße.

»Ich schätze, wir sollten einen Toast ausbringen.« Warner hob sein randvolles Glas.

»Auf den alten Warner«, sagte Elle. »Auf den Steak essenden Goldjungen der USC.« Mit seinem Goldmädchen von der USC, fügte sie in Gedanken hinzu.

»Darauf trinke ich.« Warner stieß mit Elle an. »In Solidarität.«

Elle lächelte verhalten. »Zu Polen?«

»Zu was?« Warner stellte sein Glas auf den Tisch und musterte Elle mit zusammengekniffenen Augen, nicht sicher, ob er sich verhört hatte. »Na klar«, gluckste er dann und hob sein Glas wieder. »Warum nicht? Auf Polen!«

Elle runzelte unzufrieden die Stirn.

»Ich meine es ernst, Elle.« Warners Stimme klang sanft und charmant. »Seit ich dich wieder gesehen habe, während des Praktikums und in der Fakultät … Ich denke oft an die Dinge, die wir getan haben, als wir zusammen waren.«

Elle seufzte und sah Warner zärtlich in die Augen. »Ich denke die ganze Zeit daran, Warner. Es war eine schöne Zeit. Warum …« Sie verstummte, schwenkte den Rotwein wie Brandy in ihrem Glas und fragte sich, warum Warner sie im letzten Frühjahr verlassen hatte.

»Ja, warum?« Warner nickte bestätigend. »Warum sollte sich etwas ändern, nur weil wir uns in dieser verrückten juristischen Fakultät abfertigen lassen?«

»Das ist der richtige Ausdruck dafür«, stimmte Elle ihm zu. »Das ist ein Irrenhaus. Ein richtiges Kuckucksnest.«

»Genau das macht dich so liebenswert, Elle. Dein Charme kommt daher, dass du dich niemals änderst. Du bist eine *Homecoming Queen,* selbst unter diesen Spießern. Als du bei der Einschreibung aufgetaucht bist, konnte ich es kaum fassen. Es kam mir so … unwahrscheinlich vor.« Warner betrachtete lächelnd Elles faszinierten Gesichtsausdruck.

»Mann, ich konnte es kaum ertragen, mit anzusehen, dass du an einem öden Ort wie Stanford verschwendest … was du hast.« Er ließ seinen Blick von ihrem Gesicht abwärts wandern. »Ein Jurastudium kann einen Menschen förmlich aussaugen, und du warst immer so voller Leben.«

»Ach, Warner«, stieß Elle hervor. »Ich dachte genauso über dich. Deine Filme! Erinnerst du dich noch an deine Dokumentarfilme? An Las Vegas? Du hattest so viel Spaß am Leben. Und dann, eines Tages, hast du das alles eingetauscht.« Sie kniff die Augen zusammen und stellte sich schaudernd vor, wie Warner Sarah einen Toaster kaufte.

Warner griff nach ihrer Hand. »Elle, du kennst mich besser als alle anderen. Was du über mich sagst ...« Er lehnte sich zurück und schüttelte den Kopf, als wollte er sich selbst tadeln. »Elle, es ist wahr. Ich habe mich in die Routine des Jurastudiums zwängen lassen und andere ... wichtigere Dinge vernachlässigt. Aber ich werde nicht so weitermachen, und ich finde, ich sollte mich bei dir bedanken.«

Elle wurde rot und schnappte nach Luft. Sie wartete auf die Worte, von denen sie so lange geträumt hatte, und fragte sich, ob er den Familienklunker von Sarah zurückgefordert oder ihr einen neuen Ring gekauft hatte. Vor Aufregung brachte sie keinen Ton hervor.

»Vielleicht ergibt das keinen Sinn.« Warner zögerte und ließ ihre Hand los. »Ich rede mir ein, dass ich es auch geschafft hätte, wenn du nicht nach Stanford gekommen wärst, aber ich bin mir nicht sicher. Es spielt auch keine Rolle. Du hast mir die Augen geöffnet. Als ich gesehen habe, dass du immer noch dieselbe bist, *meine* Elle vom College, das Kalendermädchen ... und die gleichen Prüfungen schreibst, wie alle anderen auch.« Er lächelte. »Du hast mir eine Lektion erteilt, Elle.«

»Was meinst du damit?«, hakte sie nach. Sie fand, er schweifte jetzt zu weit ab.

Warner lachte. »Na ja, du hast dich nicht verändert, Elle. Und das sollst du auch nicht – genauso wenig wie ich. Nur wegen des Jurastudiums. Am Ende steht nur ein verdammtes Diplom, das ist alles. Jetzt kann alles wieder so werden, wie es einmal war.«

»Oh, Warner!«, rief Elle. »Ich habe mir so sehr gewünscht, dass du das sagen würdest!«

»Das weiß ich, Elle. Ich kann es nicht fassen, dass ich so lange dazu gebraucht habe.« Er fasste unter den Tisch und suchte etwas. »Ich hätte es schon begreifen müssen, als ich dich zum ersten Mal in Stanford sah.« Warner stand plötzlich auf und griff in seine Jackentasche.

Elle lief ein Schauer über den Rücken. Jetzt war der Moment gekommen. »Gott sei Dank bist du wieder da, Warner!«

»Hör zu, Elle. Der alte Warner ist zurückgekehrt. Was mir vor der juristischen Fakultät wichtig war, bedeutet mir jetzt wieder etwas. Ganz egal, was Sarah dazu sagt.« Er zog die Hand aus der Tasche, setzte sich wieder und legte seine geballte Faust auf den Tisch.

Elle hielt den Atem an, als Warner mit einer schwungvollen Geste die Hand öffnete. Sie erwartete, den Juwel zu sehen – stattdessen purzelten zwei weiße Golfbälle auf das Tischtuch.

»Ich habe im College Golf gespielt, und jetzt werde ich mir dafür wieder Zeit nehmen. Jurastudium hin oder her. Es ist mir gleichgültig, was Sarah dazu sagt«, erklärte Warner entschlossen und lehnte sich zufrieden zurück.

Elle starrte zuerst entsetzt auf die Bälle und dann auf Warners Gesicht. Schließlich sprang sie so abrupt auf, dass sie beinahe ihren Stuhl umgekippt hätte. »Ich muss kurz in den Waschraum«, erklärte sie und zwang sich zu einem Lächeln. Warner zuckte die Schultern und war begeistert, als er den Ober mit seinem Steak kommen sah. Elle gelang es, ihre Tränen zurückzuhalten, bis sie die Toilettentür hinter sich geschlossen hatte.

Elle hörte in ihrem Büro noch einmal die Nachricht von Christopher Miles auf der Mailbox ab. Er bat sie, zu Kohn & Siglery nach San Francisco zu fahren, wo Chutney Vandermark an diesem Morgen um halb elf eine eidliche Aussage machen würde – die letzte vor der Verhandlung über das Testament.

»Es tut mir Leid, aber ich kann nicht mit Ihnen fahren,

Elle«, sagte Christopher. »Wir treffen uns dort gegen zehn.«

Elle sah auf ihre Armbanduhr und sprang von ihrem Stuhl aus Stahlrohr – einem kunstvollen, aber äußerst unbequemen Möbelstück. Sie stieß mit dem Knie an die Tischkante und zuckte zusammen.

Als sie sich das schmerzende Bein rieb, entdeckte sie eine dünne Laufmasche in ihrem Strumpf. »Großartig«, murmelte sie und griff nach ihrer Handtasche. Zum Umziehen fehlte ihr die Zeit, aber sie wollte auf gar keinen Fall, dass Chutney sie wie eine abgetakelte Schlampe mit einer Laufmasche in der Strumpfhose herumlaufen sah. Damit würde sie Schande über das Delta-Gamma-Haus bringen.

In ihrer Tasche fand sie ein Fläschchen blauschwarzen Nagellack von Chanel, der vor kurzem noch angesagt war – ein Kauf, den sie sich hätte sparen können. Außerdem fischte sie ihren pinkfarbenen Nagellack heraus. Sie hatte ihn immer bei sich, um jederzeit ihre Maniküre auffrischen zu können. Doch für derartige Missgeschicke sollte jede Frau immer ein Fläschchen farblosen Nagellack bei sich tragen.

Sie hopste zu Mias Schreibtisch und achtete sorgfältig darauf, das rechte Bein so wenig wie möglich zu belasten, um die Laufmaschine nicht zu verlängern. »Mia«, flehte sie, »haben Sie ein wenig farblosen Nagellack für mich?«

Mia zog eine Schublade auf und räumte sie aus. Hinter der pink und grün verpackten Wimperntusche und einer blauen Dose mit Nivea Feuchtigkeitscreme zog Mia einen Nagellack hervor und schwenkte das Fläschchen begeistert. »Hochglanzlack«, verkündete sie lächelnd. Elle war enttäuscht, als sie die Farbe sah.

»Violett«, seufzte sie.

»Tut mir Leid, das ist alles, was ich hier habe.« Mia zuckte die Schultern.

»Schon gut. Dann muss ich es eben mit violett versuchen«, meinte Elle. »Zumindest wird der Farbton zu meinem Lippenstift passen.«

»Ich würde es einfach so lassen«, riet Mia und beugte sich vor, um den Schaden zu begutachten. »Sie wollen doch keinen Riesenfleck an der Stelle haben, oder?« Elles Nylonstrümpfe waren weiß – es würde also so oder so grauenhaft aussehen.

»Ich habe farblosen Nagellack. Du kannst ihn gern benützen, Elle.« Elle hörte Sarahs Stimme hinter sich und drehte sich überrascht um.

»In meinem Büro«, bot Sarah ihr nüchtern an und bedeutete Elle mit einer Handbewegung, ihr zu folgen.

Kleinlaut schlich Elle hinter Sarah her. »Hier.« Sarah zog die oberste Schublade ihres Schreibtisches auf und holte ein Fläschchen Nagellack heraus. »Ich habe ihn immer dabei, aber eigentlich sollte ich auch eine Ersatzstrumpfhose hier deponieren – für die ganz schlimmen Laufmaschen.«

Elle lächelte zustimmend. »Diese schrecklichen Dinger, die dein ganzes Bein hinuntersausen, noch bevor du überhaupt merkst, dass du dich gestoßen hast.« Sie lachte. »Das sind die Schlimmsten.« Dankbar nahm sie das Fläschchen entgegen und streckte ihr Bein auf die Armlehne eines Stuhls, um die kaputte Stelle besser sehen zu können.

»Ich hatte schon Laufmaschen wie im Comic«, erklärte Sarah grinsend. »Ich meine diese Geschichten, wo jemand sich an einem Faden verfängt, losläuft und dabei den ganzen Pullover auftrennt.«

Elle schüttelte den Nagellack. »Ich weiß nicht, warum wir diese dummen Dinger tragen müssen«, murmelte sie und balancierte auf einem Bein, während sie ihr Knie mit Sarahs Nagellack betupfte. »Ich meine, die älteren Damen brauchen sie, um ihre Krampfadern zu verstecken, aber welchen Sinn haben sie bei uns jungen Frauen?«

»Vielleicht weil uns sonst die Schuhe drücken würden.« Sarah zuckte die Schultern.

»Du hast Recht.« Elle warf Sarah einen Blick zu. »Was uns zu der Frage nach unbequemen Schuhen bringt.«

»Ich trage keine Schuhe mit hohen, spitzen Absätzen«, erwiderte Sarah. »Ich weiß nicht, wie du damit überhaupt stehen kannst.«

»Modediktat«, meinte Elle und musterte Sarahs grobe Ferragamo-Pumps. Wahrscheinlich war schon etwas dran, an dem, was Sarah sagte. Beide schwiegen, während Elle den Lack trocknen ließ.

»Ich muss los«. Elle stand auf.

»Jetzt sieht es gar nicht mehr so schlimm aus.«

Elle drehte sich überrascht zur Verlobten ihres Ex-Freundes um. »Ja, dank deiner Hilfe«, sagte sie lächelnd und eilte dann hinaus.

»Gern geschehen«, erwiderte Sarah leise. »Warte einen Moment, bitte«, rief sie ihr dann nach.

Elle zögerte.

»Ich muss mich auch auf den Weg machen. Christopher hat mich gebeten, bei der eidlichen Aussage dabei zu sein.«

Elle wartete an der Bürotür, während Sarah einen Stadtplan aus ihrer glänzenden Aktenmappe zog und stirnrunzelnd ein Blatt Papier überflog, auf das eine Wegbeschreibung gekritzelt war.

»Ich hoffe, das Büro ist nicht allzu schwer zu finden«, sagte sie und hastete auf den Flur.

Elle starrte einen Moment lang auf den Boden und wandte sich dann zum Gehen. Plötzlich drehte sie sich um, als hätte sie etwas vergessen.

»Ich weiß, wo es ist«, sagte sie leise, ohne Sarah dabei anzusehen.

Sarah gab keine Antwort.

»Ich kann dich mitnehmen.« Elle zuckte die Schultern,

nicht ganz davon überzeugt, dass dieses Angebot richtig war. »Wenn du möchtest.« Elle biss sich auf die Unterlippe und warf der Brünetten einen unsicheren Blick zu.

Sarah richtete ihre Aufmerksamkeit darauf, einen Knopf ihres Blazers zu öffnen und zu schließen. »Das wäre nett von dir«, sagte sie schließlich. »Ich kenne mich in der Stadt noch nicht sehr gut aus.«

Elle warf ihr Haar über die Schultern und ging voran. »Dann mal los!« Sie bedeutete Sarah, ihr zu folgen.

Auf der Fahrt erfuhr Elle, dass nicht alle Praktikanten beim Protokoll anwesend sein würden.

»Warner bereitet Zeugenaussagen vor«, erklärte Sarah, als sie Elles unausgesprochene Frage spürte. »Nur du und ich werden dabei sein.«

»Sein Pech«, sagte Elle sarkastisch und drehte die Stereoanlage lauter.

Man hatte Chutney Vandermark sehr gut vorbereitet, also war die Anhörung im Grunde genommen vergeblich. Bevor sie eine Frage beantwortete, wandte sie sich an ihren Anwalt Henry Kohn und wartete auf ein Nicken oder ein Zeichen von ihm. Ihre knappen Antworten flüsterte sie so leise, dass der Stenograf Chutney mehrmals um eine Wiederholung bitten musste. Sogar als Christopher Miles sie nach ihren familiären Verhältnissen und ihrer Ausbildung fragte, machte sie kaum den Mund auf. Den Großteil der Zeit saß sie mit verkreuzten Armen da, verzog mürrisch das Gesicht und benahm sich wie ein verzogenes Kind.

Während einer der vielen Unterbrechungen, in denen Chutney darum bat, sich im Flur mit ihrem Anwalt beraten zu dürfen, ging auch Christopher Miles hinaus, um seine Nachrichten abzuhören. Elle blieb allein mit Sarah zurück.

»Sie scheint wirklich erschüttert zu sein.« Sarah brach schließlich das bedrückende Schweigen. »Ich mag mir gar nicht vorstellen, wie man sich dabei fühlen muss. Sie hat seine Leiche gefunden.« Sarah starrte schaudernd auf den Boden.

Elle betrachtete eine Weile ihre Fingernägel und schüttelte dann heftig den Kopf. »Sie weint nicht.«

»Nein. Armes Ding, sie ist völlig fassungslos. Wahrscheinlich steht sie noch unter Schock. Auf solche Weise den Vater zu verlieren ... Und sie hat ihn gefunden! Kannst du dir das vorstellen?«

»Nein«, gab Elle zu. »Aber ich hätte trotzdem erwartet, dass sie weint.« Sie dachte kurz nach und krauste unzufrieden die Stirn. »Sie hat also im Fitness-Studio trainiert, kam nach Hause und hat geduscht, während es passierte.« Elle warf einen Blick auf ihren Notizblock und wiederholte geistesabwesend die Fakten, als ob sie sie selbst noch einmal hören wollte. »Es muss ziemlich schnell gegangen sein.«

»Ja«, stimmte Sarah ihr zu. »Sicher hat er noch geblutet. Kannst du dir das bildlich vorstellen?«

»Nein.« Elle schüttelte sich. »Nicht wirklich. Es muss schrecklich gewesen sein.«

Christopher Miles betrat den Raum wieder und zog seine Praktikantinnen zur Seite.

»Wir bekommen eine Abschrift«, erklärte er und warf einen Blick auf den Stenografen, um sich zu vergewissern, dass er nicht mitschrieb. »Sie müssen also nicht alles mitschreiben. Hören Sie zu.« Er senkte seine Stimme zu einem Flüstern. »Machen Sie sich Notizen über ihr Verhalten. Ihre Bewegungen, wann sie Pausen einlegt, solche Dinge. In der Abschrift werden wir so etwas nicht finden. Notieren Sie sich alles, was Ihnen seltsam vorkommt. Das könnte mir beim Kreuzverhör helfen. Im Augenblick habe ich keine Ahnung, wie ich das angehen soll«, murmelte er.

Der Anwalt schüttelte den Kopf und setzte sich mit

hängenden Schultern gegenüber von Chutneys Stuhl wieder an den Tisch.

Klappernde Absätze im Flur verrieten Chutneys Rückkehr. Christopher richtete sich auf, warf einen Blick auf seine Armbanduhr und winkte Henry Kohn zu, als dieser den Raum mit seiner Klientin betrat.

»Henry.« Christopher stand auf. Sein charismatisches Lächeln verriet Zuversicht. »Vielen Dank für Ihre Geduld. Wir werden nur noch eine Viertelstunde benötigen. Ich habe bereits fast alles, was ich brauche.«

43. Kapitel

Als Christopher Miles mit Brooke im Zeugenraum allein war, verschwand seine Ruhe und Geduld, für die er bekannt war, so plötzlich, als wäre ein Damm gebrochen.

»Sie werden Sie kreuzigen mit diesem ... diesem sogenannten Alibi«, rief er zornig und schlug mit der Handfläche auf ihr Aussageprotokoll.

Brooke sah den Anwalt schweigend an.

»Meine Güte, Brooke, warum müssen Sie alles so kompliziert machen? Ist Ihnen klar, dass Sie Ihren vierundzwanzigsten Geburtstag beinahe damit verbracht hätten, hinter Gitter Autokennzeichen anzufertigen?«

»Danke, dass Sie mich auf Kaution herausgeholt haben.« Brooke starrte seufzend auf den Boden. »Es war schrecklich dort.« Nach einer kurzen Pause sah sie den aufgebrachten Anwalt traurig an. »Ich habe es nicht getan, Christopher, das habe ich Ihnen doch gesagt«, protestierte sie. »Der arme Heyworth war ...«, schluchzte sie und wischte sich die Augen. »Ich fand ihn auf dem Boden liegend, und ... überall war Blut.« Brooke schlug weinend die Hände vors Gesicht, unfähig weiterzusprechen.

»Brooke«, wiederholte Christopher entnervt. »Wenn Sie mir sagen, wer an diesem Meeting teilgenommen hat, werde ich eine Vertagung der Verhandlung beantragen. Sie scheinen den Ernst der Lage nicht zu begreifen – Sie haben keine Zeugen, Brooke. Keinen einzigen. Niemand kann Ihre Aussage bestätigen. Sie werden alles verlieren, was er Ihnen vererbt hat, und wenn Sie nicht auf mildernde Umstände plädieren, sind Ihre Chancen ...«

Brooke erhob sich ungehalten von ihrem Stuhl. »Ich werde auf nichts plädieren! Ich habe es nicht getan. Verstehen Sie mich denn nicht? Ich kann diese Selbsthilfegruppe nicht verraten. Das haben wir uns geschworen. Diese Leute sind süchtig. Sie waren die einzigen Menschen, die mir wieder auf die Beine geholfen haben. Mein Speicher ist vollgestopft mit Norman Rockwell Tellern, Porzellanfigürchen, Musikboxen, synthetischen Teppichen, Saftpressen ... Ich habe fast einhunderttausend Dollar und unzählige Stunden meines Lebens verschwendet, nur um die sanften Stimmen zu hören, die meine Bestellungen entgegengenommen haben. Der Versandhandel hat das Leben vieler Menschen zerstört, und die Anonymen Kaufsüchtigen helfen sich gegenseitig. Ich kann mich nicht gegen sie stellen.«

Der Anwalt schüttelte müde den Kopf. »Das haben wir schon mehrmals besprochen, Brooke. Sie würden es verstehen ... Jeder hätte dafür Verständnis.«

»Nein.« Sie setzte sich wieder. »Warum kann ich nicht einfach die Wahrheit sagen? Warum glaubt mir niemand? Heyworth war ein liebenswerter Mensch. Ich hätte niemals die Hand gegen ihn erhoben. Er war mein Ehemann, und niemand will mir glauben, dass ich ihn wirklich geliebt habe.« Brooke sah an Christopher vorbei ins Leere und begann, leise zu weinen. »Ich habe meinen Mann verloren. Ich habe ihn gesehen, tot, auf teuflische

Weise ermordet ...« Sie verstummte, und eine Weile herrschte Stille im Raum.

»Ich glaube Ihnen, Brooke«, sagte Christopher schließlich. »Wirklich. Ich habe nur versucht, Sie auf das vorzubereiten, was meiner Überzeugung nach geschehen wird, wenn Sie vernommen werden. Die werden Sie fertig machen, Brooke. Wenn Sie nicht mehr Informationen über Ihren Aufenthaltsort zum Zeitpunkt der Ermordung Ihres Mannes liefern, dann ... dann werde ich vielleicht der Einzige sein, der Ihnen glaubt«, sagte Christopher ernst. Ihr Erbe wird an Chutney übergehen, oder an eine der anderen Ehefrauen.«

»Exfrauen«, verbesserte Brooke ihn. »Aber warum? Ich verstehe das nicht. Er hat mir alles hinterlassen – so steht es in seinem Testament. Ich weiß das, weil er es mir gezeigt hat. Und seine Tochter hat er ganz aus dem Testament gestrichen, als er es änderte. ›Chutney wird endlich erwachsen werden, wenn sie sich Ihr Geld selbst verdienen muss‹, sagte er.«

Christopher begann auf und ab zu laufen und ordnete dabei in Gedanken die Fakten. »Er hat es nicht sehr geschickt angestellt, Brooke. In seinem Testament vermacht er sein Vermögen seiner ›allerschönsten Frau‹. Nicht Brooke Vandermark.«

»Aber so hat er mich genannt!«, rief Brooke. »›Hallo, meine allerschönste Frau‹«, hat er immer gesagt. »Oh, Christopher, er hat es doch nur so formuliert, weil er *romantisch* sein wollte.«

»Tja, draußen findet bereits eine Art Schönheitswettbewerb zwischen den früheren Ehefrauen von Vandermark statt, die alle der Meinung sind, das träfe auf sie zu.« Christopher warf verzweifelt die Arme in die Luft.

»Heyworth würde sich im Grab umdrehen, wenn er das wüsste.« Brooke verzog das Gesicht.

»Dieser Fall könnte das Ende einer glanzvollen Karriere bedeuten«, murmelte der Anwalt und sah bereits die Schlagzeilen vor sich. Er seufzte erschöpft und sammelte seine Unterlagen ein, um Brooke zu der gefürchteten Zeugenvernehmung zu bringen.

Sarah unterhielt sich nervös mit Warner. Hin und wieder warf sie einen Blick auf die Versammlung der feindseligen Exfrauen von Vandermark, die angestrengt in die Spiegel ihrer Puderdosen starrten, um nicht miteinander sprechen zu müssen. »Und gerade das ist unser erster Fall«, bemerkte sie.

»Ja, sieht nicht gut aus«, erwiderte er. Er sah sich im Gerichtssaal um. »Ich frage mich, wo Elle bleibt.«

Sarah war nicht entgangen, dass er sich in letzter Zeit oft Gedanken über Elle machte – und auch über andere Frauen. Der Juwel an ihrem Finger schien mit einem Mal unerträglich schwer zu sein.

Cari ordnete wichtigtuerisch ihre Papiere, als sie den Gerichtssaal betrat, im Schlepptau Michael, der in seinem schwarzen Anzug heute besonders morbide wirkte. Sie setzte sich neben die anderen Praktikanten an den langen Tisch, an dem noch etliche leere Stühle standen. Michael nahm auf der Galerie bei der ständig größer werdenden Gruppe von Jurastudenten aus Stanford Platz, denen man erlaubt hatte, bei der Verhandlung anwesend zu sein. Richterin Carol Morgan ließ zwar keine Presse zu, hatte den Studenten jedoch aus bildungserzieherischen Gründen gestattet, den Prozess mitzuverfolgen.

Mr. Heigh, der wie immer all seine Erlebnisse mit seiner Frau teilte, war bereits eine ganze Stunde vor Verhandlungsbeginn erschienen, um sich einen Platz in der ersten Reihe zu sichern. Mrs. Heigh hatte ihre berühmten Sandwiches mit Sprossen und eingelegtem Gemüse mitgebracht, die sie nur sehr zögerlich dem Gerichtsdiener übergeben hatte.

Fran saß neben John Matthews und beklagte sich über das ›falsche Selbstverständnis‹, das die Reihe von Heyworths Exfrauen dazu bewegte, ›ihre Geschlechtszugehörigkeit mit sexuellen Indikatoren auf Wangen und Lippen zu betonen.‹

Sidney hatte einen Nintendo Game Boy hereingeschmuggelt, was bei Aaron und Doug enormen Neid auslöste. Die beiden hatten sich links und rechts neben ihn gesetzt und mussten sich nun damit zufrieden geben, Sidney über die Schulter zu schauen, während sie mit ihren Fingern auf imaginäre Knöpfe drückten.

Claire und Ben hatten sich zusammengesetzt, um eine Teilnehmerliste für die ›Du bist in der *Law Review*‹-Party auszuarbeiten.

A. Lawrence Hesterton blätterte in der *New York Review of Books* und klopfte dabei mit dem Fuß auf den Boden. Gramm Hallman und Drew Drexler, die in Larrys Nähe im hinteren Teil des Gerichtssaals Platz genommen hatten, unterhielten sich über den Spanischen Erbfolgekrieg und diskutierten hitzig darüber, in wie weit man ihn mit dem englischen Rosenkrieg vergleichen konnte. Keiner von beiden war an der Meinung des anderen interessiert, aber sie waren glücklich, jemanden gefunden zu haben, bei dem sie ihr Fachwissen an den Mann bringen konnten.

Elle ließ ihren Blick über den zusammengewürfelten Haufen schweifen und versuchte herauszufinden, wo es für Eugenia am Erträglichsten sein würde. Schließlich entdeckte sie im vorderen Teil einen Platz für sie.

Gerade als Eugenia darauf zusteuerte, betrat Henry Kohn den Gerichtssaal. Der Anwalt ging selbstbewusst zu seinem Tisch, öffnete seine Aktentasche und holte stapelweise Unterlagen heraus. Chutney war ihm gefolgt und setzte sich hinter ihn. Sie schien aufgeregt zu sein und wickelte nervös eine chemisch behandelte Haarsträhne um ihren Finger. Dann drehte sie sich zu ihrer Mutter um, die hinter ihr Platz genommen hatte.

»Mutter«, begrüßte Chutney sie steif.

»Bitte nenn mich Emerald. Du siehst gut aus, Chutney.«

»Das ist kein Kompliment, Mutter, nur eine zweite Meinung.« Chutney drehte ihrer Mutter wieder den Rücken zu.

Wissentlich oder unwissentlich hatten sich die stark geschminkten Exfrauen in der Reihe ihrer Eheschließung niedergelassen. Elle musterte die Gruppe und beschloss, dass dies die ersten Frauen in der *Fashion Crimes-Show* werden sollten. Die Anklagen würden von gedankenloser Wahl der Accessoires bis zu übertriebener Verwendung von Kosmetikprodukten reichen.

Chutneys Mutter, die jetzt Emerald Vandermark-Klein-Tearston-Allen-Meyers hieß, hatte sich geschickt auf der sozialen Leiter nach oben gehangelt. Wenn sie noch einmal heiratete, würde sie mit Heyworths sechs Ehen gleichziehen.

Chutney und Emerald wirkten wie zwei defekte Aufziehpuppen; beide waren nervös und angespannt und vermieden es, sich anzusehen. Sie hatten nicht nur seltsame Vornamen gemeinsam. Heyworths dritte Frau sah genauso aus wie Chutney, auch wenn keine von beiden das zugeben würde.

Außer der schrecklichen rostbraunen Verkäuferinnen-Dauerwelle hatten beide die gleiche Sprungschanzennase, die ganz klar die Handschrift eines bekannten Schönheitschirurgen trug. Bei Emerald betonte die kesse Nase eines Teenagers jedoch lediglich die unnatürlich gespannte Haut ihres Gesichts. Das Vermögen, das sie für Schönheitsoperationen ausgegeben hatte, sollte die erschöpfenden Jahre gescheiterter Ehen ausbügeln, doch mittlerweile glich ihr Gesicht einem straffen Trampolin – die Wissenschaft hatte auf absurde Weise versagt.

Emerald war offensichtlich nicht die Einzige Ex-Vandermark, die mit Operationen verzweifelt versuchte, ihre Jugend zu erhalten. Es hatte den Anschein, als würden alle Exfrauen von Heyworth sich lieber regelmäßig unters Messer legen, als die Gesetze der Schwerkraft zu akzeptieren. Heyworths erste Frau, die jetzt Dawn Vandermark-Kirkland-Schaffer-Price hieß, betrachtete sich kritisch im Spiegel ihrer Puderdose und verteilte großzügig weißlichen Puder auf ihrem durchscheinenden Teint. Mit ihrem rabenschwarzen Haar, der gespensterhaften Haut und den blutroten Lippen konnte diese Frau jederzeit der bösen Schwiegermutter aus Schneewittchen Konkurrenz machen.

Whitney Vandermark-Warren-Sands, Heyworths zweite Frau, war als Einzige noch verheiratet – mit ihrem dritten Mann. »Drei ist eine Glückszahl«, zischte Whitney Chutneys Mutter zu.

»Nein, meine Liebe. Aller schlechten Dinge sind drei«, entgegnete Emerald.

Whitney ignorierte diese Bemerkung und rückte die überbreiten Schulterpolster ihres Blazers zurecht. Mit dem dick aufgetragenen silberfarbenen Lidschatten, kombiniert mit der purpurroten Schminke auf Wangen und Lippen, wirkte sie wie ein wahnsinnig gewordener Clown.

Heyworths vierte Frau, Sonia Vandermark, litt anscheinend an Spandex-Manie. Ihr hautenger violetter Overall aus Lackleder ließ keinen Raum für Fantasie. Darüber trug sie übertrieben viel kitschigen Schmuck.

Heyworths fünfte Frau, Angela Vandermark, stand in drastischem Gegensatz zu der Spandexfetischistin neben ihr. Sie war betont einfach gekleidet. Ihr Kleid von Talbots und ihre glänzenden Slipper deuteten auf die Wende in Heyworths Ehen hin.

Elle setzte sich direkt Brooke gegenüber an das Ende des langen Tisches. Brooke sah blass und müde aus und wirkte winzig auf dem riesigen Stuhl im Gerichtssaal. Elle blätterte in ihrem pinkfarbenen Notizheft, um Augenkontakt mit Warner zu vermeiden.

Als Mr. Kohn mit der Anordnung seiner Akten zufrieden war, ging er auf die Richterbank zu, um dort mit Christopher Miles zu sprechen.

44. Kapitel

Nachdem Richterin Morgan sich mit den Anwälten besprochen hatte, schlug sie mit dem Hammer auf den Tisch, um die Verhandlung zu eröffnen. »In Sachen Nachlass von Heyworth Vandermark.« Sie warf dem Stenografen einen Blick zu, und er bestätigte ihr mit einem Kopfnicken, dass er bereit war.

»Erstens, der Antrag des Klägers, Klagebegehren miteinander zu verbinden, wird abgewiesen. In der heutigen Verhandlung wird nur über die Gültigkeit des Vandermark Testaments entschieden, das als Beweisstück A aufgenommen wird. Ohne Einspruch, also gerichtlich verfügt.« Unter den Anwälten, die sich vor der Richterbank versammelt hatten, erhob sich Gemurmel, doch die Gruppe löste sich auf, ohne dass Einspruch erhoben wurde.

»Sie wollen keinen Einspruch erheben?«, sagte Chutney so laut, dass Henry Kohn sie hören konnte. »Wofür bezahle ich Sie eigentlich? Das hätte ich umsonst auch haben können!«

»Hiermit gerichtlich verfügt.« Die Richterin warf Chutney einen finsteren Blick zu, kommentierte jedoch diesen Wutausbruch nicht. »Die Verhandlung wird für fünf Minuten unterbrochen, damit Sie – sie deutete auf die Anwälte hinter Henry Kohn – Gelegenheit haben, Ihren Klienten mitzuteilen, dass Sie für heute entlassen sind und gehen können, wenn sie möchten. Sollte ich die Gültigkeit des Testaments nicht anerkennen, werden wir ihre Ansprüche anschließend bewerten.«

Die wie Christbäume geschmückten Vandermark Geier blinzelten verwirrt, begannen zu stottern und verlangten Erklärungen von ihren Anwälten.

»Die Verhandlung wird für fünf Minuten unterbrochen.« Die Richterin schlug wieder mit dem Hammer auf den Tisch und verließ den Saal. Elle und die anderen Praktikanten scharten sich um Christopher Miles, um zu erfahren, was geschehen war.

»Diese gerichtliche Entscheidung ist üblich«, erklärte er seinen Studenten. »In einer unstrittigen Situation kann das Gericht mehrere Klagebegehren miteinander verbinden. Die Anwälte für die Kandidatinnen des Vandermark Schönheitswettbewerbs dort drüben haben routinemäßig beantragt, ihre Ansprüche in den Prozess einzubinden.« Elle kicherte, als sie einen Blick auf die aufgescheuchten Damen warf, die mit ihren Anwälten diskutierten. »Sie wollten, dass Richterin Morgan die Verteilung des Erbes mit der heutigen Entscheidung über die Gültigkeit des Testaments verknüpft«, fuhr Christopher fort.

Sarah kritzelte alles in ihr Notizbuch, als hätte Christopher vor, seine Praktikanten bei der nächsten Unterbrechung abzufragen. Cari, die sich bei ihren Recherchen gründlich mit dem Verlauf von Prozessen befasst hatte, nickte energisch, um zu zeigen, dass sie alles verstand. »Dann werden wir uns heute nur mit dem ›Mörderstatut‹ befassen«, verkündete sie. »Es geht nur darum, ob das Testament anerkannt wird, oder ob die Richterin es für ungültig erklärt, weil darin alles der Mörderin vermacht wird.«

Christopher warf einen finsteren Blick über die Schulter. »Der *angeblichen* Mörderin.«

Cari schluckte. »Sagte ich das nicht? Ich meinte natürlich *angebliche* Mörderin.«

253

»Warner, kann ich bitte die Aufstellung der Zeugen haben?« Warner blätterte in seinen Unterlagen, während Christopher weiter seine Erklärungen zu der Entscheidung des Gerichts ausführte. »Eine Verhandlung zur Feststellung der Gültigkeit eines Testaments ist ein relativ formloser Prozess. Es liegt im Ermessen der Richterin, alle Auslegungen, die Ernennung eines persönlichen Stellvertreters und die Verteilung des Nachlasses miteinander zu verbinden. Sie kann das heute immer noch tun, falls die Anwälte ihren Antrag erneut stellen, nachdem über die Gültigkeit des Testaments entschieden wurde.«

Elle wurde einen Moment durch den Tumult an der Tür des Gerichtssaals abgelenkt. Chutneys Mutter und ihr Anwalt gingen laut diskutierend auf den Gang hinaus, um sich dort weiter zu beraten. »Einen Moment, Christopher.« Elle hob die Hand, um seine Aufmerksamkeit zu erregen. »Ich bin nicht sicher, ob ich das alles verstanden habe.« Sie deutete mit einer Kopfbewegung auf die sich laut streitenden Frauen.

Sarah verdrehte die Augen und seufzte entnervt. Während des Praktikums und den Nachhilfestunden hatte sie festgestellt, dass Elle sehr schnell begriff, was man ihr erklärte. Sie hatte einen gewissen Respekt vor Elle entwickelt, aber das würde sie sich vor Warner nicht anmerken lassen. »Elle, bitte! Können wir diesen Förderunterricht nicht auf einen anderen Zeitpunkt verschieben?« Sie lächelte herablassend und sah zu Warner hinüber, der sie jedoch ignorierte. Elle war klar, was Sarah damit bezweckte, ließ sich davon aber nicht beeindrucken.

Christopher warf Sarah einen finsteren Blick zu und wandte sich dann an Elle. »Was genau verstehen Sie nicht, Elle?«

»Die einzige Frage besteht also heute bei diesem ... äh, Testamentsverfahren darin, ob ...« Sie zögerte und wartete auf Christophers Bestätigung. Er nickte. »Die Frage ist, ob

Brooke es getan hat, oder? Ob sie ihn erschossen hat. Und wenn die Richterin davon überzeugt ist, dass sie es getan hat, wird sie das Testament für ungültig erklären, und dann wird der Nachlass ... äh, gemäß dieser Statuten verteilt.«

»Nachlassteilung bei gesetzlicher Erbfolge«, verdeutlichte Christopher. »Richtig. Wenn die Richterin davon überzeugt ist, dass Brooke Heyworth vorsätzlich getötet hat.«

»Und wenn die Richterin Brooke glaubt, dann müssen wir uns mit dem Testament beschäftigen und klären, was es heißt, dass er alles seiner ›allerschönsten Frau‹ vermacht hat, aber Brooke nicht beim Namen genannt hat.«

Cari klopfte ungeduldig mit einem Stift auf ihren Notizblock. »Danke für die Zusammenfassung, Elle«, sagte sie schroff.

»Nein, wartet, das ist nicht meine Frage.« Elle runzelte die Stirn. »Diese Frauen, Heyworths Exfrauen ... auf welcher Seite stehen sie?«

»Wie meinen Sie das?«

»Haben Sie unter den Statuten zur Nachlassteilung einen Anspruch, obwohl sie geschieden sind?«

»Chutneys Mutter schon«, erwiderte Christopher. »Laut Gesetz geht ein Drittel automatisch an eine geschiedene Ehefrau, die ein Kind von dem Erblasser hat. Die anderen Exfrauen haben Heyworth keine Kinder geschenkt, also stützen sich ihre Ansprüche auf die Billigkeitsklausel, basierend darauf, was sie während ihrer Ehe zur Vermehrung des Vermögens beigetragen haben. Solche Ansprüche sind sehr schwammig und kaum durchzusetzen.«

»Dann stehen sie auf Brookes Seite«, schloss Elle. »Ich meine, in gewisser Weise. Es ist in ihrem Interesse, dass das jetzige Testament für gültig erklärt wird.«

»Das stimmt, Elle, aber sollte das Testament für gültig erklärt werden, haben wir die Damen am Hals. Wir müssen uns dann mit den Worten beschäftigen, die Heyworth in seinem Testament verwendet hat.« Der Anwalt seufzte frustriert. »Hätte er nur das Wort ›Ehefrau‹ benützt, wäre damit eindeutig Brooke gemeint, die Frau, mit der er zum Zeitpunkt seines Todes verheiratet war. Aber dank Heyworths blumigem Ausdruck findet ein Schönheitswettbewerb unter den Exfrauen statt, die alle behaupten, er habe *sie* damit gemeint.«

Warner reichte Christopher die lange Liste mit den Namen der Zeugen, als Richterin Morgan den Gerichtssaal wieder betrat. »Danke. Sarah, bringen Sie die Akten über die Zeugen in die Reihenfolge, wie sie hier auf der Liste stehen.« Er deutete auf den Tisch. »Cari, haben Sie die Kurzfassung des ›Mörderstatuts‹?«

Richterin Morgans Hammer eröffnete erneut die Verhandlung. Sidneys piepender Game Boy verstummte, als sich Stille über den Saal legte. Elle sah sich aufgeregt nach Eugenia um, die in der dritten Reihe aufmunternd die Daumen hob.

Es schien kein guter Tag für Brooke zu werden. Chutneys Anwalt rief als ersten Thom Romeo in den Zeugenstand, Brookes persönlichen Fitness-Trainer. Thomas Romeo hatte seinen Vornamen abgelegt und nannte sich nur noch Romeo, seit er die Wahl zum Muskelmann *Mr. Muscle Beach* gewonnen hatte. Alles, was man von Romeos Körper sehen konnte, war zentimeterdick mit Selbstbräunungscreme eingeölt. Elle fragte sich, ob er einen orangefarbenen Abdruck auf dem Stuhl hinterlassen würde. Er hatte seine Ärmel nach oben gerollt, um seine muskulösen Oberarme zur Schau zu stellen. Elle bezweifelte, dass dieser Fitness-Freak eine einzige lange Hose besaß. Wahrscheinlich trug er normalerweise nicht mehr als eine unanständig knappe Badehose.

Romeo beschrieb seine regelmäßigen Hausbesuche bei den Vandermarks. Brooke hatte im Fitness-Raum im Keller mit ihm ein erschöpfendes Training mit Gewichten absolviert, und vor einiger Zeit hatte er auch begonnen, mit Heyworth zu trainieren. Als Henry Kohn ihn bat, Heyworths Übungen genauer zu beschreiben, antwortete Romeo mit tiefer, verschwörerischer Stimme.

»Heyworth Vandermark sagte mir, Brooke würde ihn töten. Ihn abstechen wie ein Schwein.«

Erst bei Christopher Miles Kreuzverhör kam die ganze Geschichte ans Tageslicht. Bevor Heyworth mit seinem Lauftraining begann – eher, um seinem Kardiologen einen Strich durch die Rechnung zu machen, als für seine eigene Gesundheit – hatte sich der alte Mann bereit erklärt, einige Tests zur Feststellung seines Fettanteils im Körper über sich ergehen zu lassen.

An einem Morgen, als Heyworth an diversen Körperteilen an Geräte zur Fettmessung angeschlossen war, kam Brooke herein, um nach ihm zu sehen. Heyworth beklagte sich stöhnend bei Romeo, dass Brooke ihn noch umbringen würde, ihn abstechen würde wie ein Schwein. Brookes geplagter Ehemann hatte sich also lediglich über Romeos quälende Fitness-Methoden lustig gemacht.

Henry Kohn bestand jedoch darauf, dass Brookes physischer Druck auf ihren Ehemann ein Beweis für ihr Motiv sei.

Die Vorstellung von Heyworth, der verzweifelt im Fitness-Raum um Gnade winselte, war stärker als Christophers Argument, dass Brooke mit diesen Übungen nur das Leben ihres Mannes hatte verlängern wollen. Ein listiger Schachzug, das musste der Anwalt zugeben. Er strich Romeo von der kurzen Liste der Zeugen, die er noch einmal aufrufen wollte.

Nachdem Henry Kohn den Briefträger in den Zeugenstand gerufen hatte, zog Richterin Morgan einen Schlussstrich. Der Aufmarsch der Verleumder, die in übereinstimmender Abneigung Brooke bescheinigten, dass sie eine schreckliche Arbeitgeberin gewesen sei, wurde allmählich ermüdend. Henry Kohns immer wiederkehrender Einwurf, das deute alles auf Brookes Motiv hin, war immer mehr an den Haaren herbeigezogen.

Carmen Marisca, die beleibte Köchin, die zwölf Jahre im Haus der Vandermarks gearbeitet hatte, bevor Brooke ihr kündigte, sagte aus, Brooke habe versucht, ihren Ehemann mit Rezepten aus Oprahs Kochbuch verhungern zu lassen. Da sie davon überzeugt war, dass man von Gerichten aus Babynahrung nicht überleben konnte, hatte Carmen Heyworth heimlich Nachspeisen zukommen lassen. Das trickreiche Manöver flog auf, als Brooke Kuchen in ihrer Küche fand. Sie ersetzte Carmen daraufhin durch einen Chefkoch von Olaf's Organic Garden.

Weder der Gärtner, noch der Tierpfleger oder der Florist hatten ein gutes Wort für Brooke übrig. Ohne einen Beweis erbringen zu können, behauptete der Florist, Brooke hätte sich kurz vor Heyworths Tod nach den Preisen für Kränze erkundigt. Beim Kreuzverhör gab er zu, dass sie nicht direkt nach den Preisen gefragt, sondern sich nur die Auslagen angesehen hätte. Aber er wisse genau, dass sie daran gedacht hätte. Christopher Miles konnte noch nicht einmal das Wort ›Spekulation‹ ganz aussprechen, als Richterin Morgan seinem Einspruch bereits stattgab.

Der Postbote trug seine blaue Arbeitsuniform, um zu unterstreichen, dass er auf gewisse Weise ein Repräsentant der Vereinigten Staaten von Amerika war. Er schilderte, dass sich Heyworths Post unberührt im Briefkasten angehäuft habe, ein Dilemma, das ihn dazu gezwungen habe, über den vom Gärtner angelegten Graben zu steigen und die Post direkt an die Tür zu liefern. Brooke habe ihre Kataloge entgegengenommen, die Post für ihren Ehemann jedoch einfach liegen lassen, sagte er erzürnt. »Als wäre er schon tot.«

Es folgte die Zeugenaussage des Tierarztes, der Chutneys Perserkatze betreute; Brooke hatte sich während ihrer Ehe im Haus der Vandermarks um das Tier gekümmert. Richterin Morgan erachtete diese Aussage als ›kumulativ und kaum von Bedeutung‹ und kündigte eine Unterbrechung der Verhandlung an.

Auf dem Flur traf Elle auf Warner. »Elle, wie läuft es?« Er winkte sie zu sich.

»Für Brooke nicht so gut.« Sie zuckte matt die Schultern. »Sie hat sich in der Gemeinde nicht gerade beliebt gemacht. Und das Schlimmste kommt noch. Henry wird jetzt dann Chutney in den Zeugenstand rufen.« Elle stöhnte bei dem Gedanken an die Geschichten, die die Augenzeugin erzählen würde.

»Hast du einen Moment Zeit?« Warner bedeutete ihr, ihm in den Zeugenraum zu folgen. Elle nickte und ging neugierig hinter ihm her. Er schloss die Tür.

»Was ist los, Warner?«

»Ich weiß nicht, Elle. Es ist so seltsam, dich hier zu sehen. In diesem Kostüm. Und du stellst diese seltsamen Fragen, die eigentlich zum Grundwissen gehören.«

Elle runzelte die Stirn. »Was meinst du damit?«

Warner versuchte, etwas feinfühliger vorzugehen. »Elle, du bist so kreativ. Denk doch nur an den Schmuck, den du entworfen hast. Beschäftigst du dich damit eigentlich noch?«

»Ich weiß nicht, was du damit sagen willst, Warner«, erwiderte Elle scharf und sah ihm direkt in die Augen. »Und was ist mit all dem, was du mir bei unserem Dinner erzählt hast?« Sie wiederholte verbittert seine Worte, während Warner schweigend zuhörte.

»Erinnerst du dich noch?«, bohrte sie nach, um sein unerträgliches Schweigen zu brechen. »Weißt du noch, wie beeindruckt du warst, dass ich mich in der juristischen Fakultät nicht habe unterkriegen lassen? Dass ich mich nicht dieser grässlichen Masse angepasst habe? ›Du bist *du selbst* geblieben‹«, zitierte Elle Warner und imitierte dabei seine tiefe Stimme. Sie verzog das Gesicht, als würde sie etwas Saures schlucken. »Was ist mit all dem, Warner?«

»Komm wieder runter, Elle.« Warner unterbrach ihren Schwall von Fragen. »Da ging es nur um mich, und nicht um dich«, erklärte er verärgert und warf ihr einen bösen Blick zu. Plötzlich begriff Elle, dass sie Selbstzweifel in ihm auslöste. Er hatte sie schließlich nicht gebeten, Jura in Stanford zu studieren und ihm damit Ärger zu bereiten. Allmählich verlor sie die Geduld mit ihm – mit ihm und der ganzen Situation. Es gab wichtigere Dinge und Personen, an die sie jetzt denken musste.

»Du solltest deinen eigenen Rat befolgen, Warner. Finde zu dir selbst. Ich habe es mit Sicherheit schon getan.« Elle wandte sich zum Gehen.

Er packte sie an der Schulter und versuchte, ihr zu schmeicheln. »Elle, hör zu. Diese Fakultät ist nichts für dich. Sei doch ehrlich, das ist lächerlich. Wen versuchst du zu beeindrucken? Frauen wie Sarah studieren Jura. Sie gehören an eine juristische Fakultät. Komm schon, kannst du dir tatsächlich vorstellen, Anwältin zu werden?«

»Vielleicht.« Sie sah Warner misstrauisch an. »Was denkst du, warum ich mich in Stanford eingeschrieben habe?«

»Wahrscheinlich bist du einfach nur einer Laune gefolgt.« Warner lachte. »Im Ernst, Elle, natürlich bist du nur wegen mir hierher gekommen. Das hast du mir an Halloween selbst gesagt. Du solltest deine Erinnerung nicht nur auf bestimmte Dinge beschränken.«

»Ich habe die gleiche Praktikumsstelle wie du bekommen, Warner Huntington«, fauchte Elle. »Und wie deine geschätzte Sarah. Was berechtigt dich also dazu, zu glauben, ich sei weniger ernst zu nehmen?«

Warner lächelte. »Elle, ich muss dir etwas sagen.« Sein spöttischer Tonfall brachte sie zur Weißglut.

»Sag, was du willst, Warner. Du wirst allerdings der Einzige sein, der dir dabei zuhört.«

Elle drehte sich abrupt um und folgte Christopher in den Gerichtssaal.

Henry Kohn kam beinahe ausgelassen in den Gerichtssaal gehüpft – er hatte bereits Blut geleckt. Die letzten Zeugen waren Brooke und Chutney. »Euer Ehren«, begann er, nachdem Richterin Morgan mit einem Hammerschlag die Verhandlung wieder eröffnet hatte. »Ich würde gern zuerst Brooke Vandermark in den Zeugenstand rufen.«

Brooke leistete ihren Eid, setzte sich und starrte düster in Chutneys Richtung.

»Brooke, sagen Sie bitte dem Gericht, wo Sie sich gegen vier Uhr nachmittags an dem Tag aufgehalten haben, an dem Ihr Mann ermordet wurde.« Elle bemerkte, dass Henry sich die Lippen leckte.

Brooke warf Christopher einen Blick zu, der ihr mit den Augen eine verzweifelte Bitte signalisierte. »Ich war außer Haus, bei einem Treffen. Und für Sie immer noch Mrs. Vandermark«, fuhr sie den Anwalt an.

»Mrs. Vandermark.« Henry lächelte gekünstelt. »Um welches Treffen handelte es sich, Mrs. Vandermark?«

Brooke neigte verärgert den Kopf zur Seite. »Sie wissen doch, worum es ging. Das sagte ich Ihnen bereits«, zischte Brooke. Christopher schlug die Hände vors Gesicht und fragte sich, warum er seine Zeit damit verschwendete, Zeugen auf einen Prozess vorzubereiten.

Henry Kohn marschierte lässig zur Richterbank.

»Euer Ehren, für das Protokoll: Es hat kein Gespräch mit der Zeugin gegeben. Ich nehme an, sie bezieht sich auf ihre außergerichtliche Aussage.«

Richterin Morgan musterte Brooke. »Wann haben Sie Mr. Kohn von diesem Treffen berichtet, Mrs. Vandermark?«

Brooke drehte sich abrupt zu der Richterin um. »An dem Tag, an dem sie mich vor all diese Anwälte gezerrt haben. Jemand hat alles mitgeschrieben. So wie er.« Sie deutete anklagend auf den Stenografen.

»Also bei Ihrer außergerichtlichen Zeugenaussage?«, fragte die Richterin nach.

»Ja, genau.«

Henry Kohn stürzte sich wieder auf Brooke, wie ein Raubtier auf seine Beute. »Bitte erzählen Sie dem Gericht etwas über dieses ... Treffen, Mrs. Vandermark.«

Brooke seufzte tief. »Also gut, zum hundertsten Mal. Ich war bei meiner Selbsthilfegruppe.« Sie warf einen verstohlenen Blick auf die Gruppe der Zuschauer von Stanford. »Die Anonymen Kaufsüchtigen.«

Elle hörte einen kurzen Aufschrei von der Galerie – sie war sich sicher, dass er von Sidney kam. Das Gekicher der anderen verstummte rasch, als Richterin Morgan einen strafenden Blick auf die Beteiligten warf und sich dann wieder Brooke zuwandte.

»Die Anonymen Kaufsüchtigen«, wiederholte Chutneys Anwalt, und unterdrückte nur mit Mühe ein Lächeln. »Ich nehme an, dass Ihnen diese Gruppe bei einem Problem geholfen hat, das ... in irgendeiner Weise mit Versandhandel über Fernsehsender oder Internet zu tun hat, Mrs. Vandermark.«

»Es war kein Problem, sondern Abhängigkeit«, verbesserte Brooke ihn. »Ich war süchtig, verstehen Sie? Diese Leute, die mir beim Aussuchen halfen und dann meine Bestellungen entgegennahmen, waren mein Ein und Alles«, stieß sie hervor, als würde sie eine Schnulze in zwölf Folgen ankündigen. »Heyworth war immer so beschäftigt, also bestellte ich all diese Sachen – manchmal nur, um mit den Einkaufsberatern zu sprechen. Sie waren so freundlich und nett ...« Brooke hielt inne und sah verträumt ins Leere.

»Diese Sucht hat also eine emotionale Lücke in Ihrem Leben gefüllt? In Ihrer Ehe?«

»Einspruch, Euer Ehren.« Christopher Miles erhob sich. »Reine Spekulation.«

»Stattgegeben.« Richterin Morgan warf Henry Kohn einen finsteren Blick zu. »Was betrachten Sie an Brookes ... Sucht als wichtig, Herr Anwalt?«

»Das ist ein Beweis für ihr Motiv, Euer Ehren. Offensichtlich war ihre Ehe mit Heyworth emotional nicht befriedigend, und deshalb hat sie sich auf den Versandhandel gestürzt ...«

»Das ist nicht wahr!«, rief Brooke zornig. »Heyworth bedeutete mir alles, und ich sah mir diese Fernsehprogramme zuerst nur an, um etwas für ihn zu kaufen. Doch die Norman Rockwell Teller schienen ihm nicht zu gefallen, also suchte ich etwas anderes, um ihm eine Freude zu machen.« Eine Weile schwieg sie betrübt. »Und schließlich saß ich nur noch vor dem Fernseher. Ich ging nicht einmal mehr ins Einkaufszentrum.«

Die anderen Mrs. Vandermarks schnappten entsetzt nach Luft. Chutneys Mutter verbarg ihr Gesicht und spielte nervös mit den Lederquasten an ihrer Schlüsselkette von Chanel. Elle warf einen Blick auf Henry Kohns selbstzufriedenen Gesichtsausdruck und konnte Brookes Frustration nachempfinden.

»Ich glaube nicht, dass Sie eine Verbindung zwischen Mrs. Vandermarks Einkaufsgewohnheiten und ihrer Ehe herstellen konnten, Herr Anwalt. Einspruch stattgegeben. Sie dürfen die Zeugin über das Treffen befragen, aber nur insoweit es sich auf Mrs. Vandermarks Aufenthalt zur Tatzeit bezieht.«

»Nun, Mrs. Vandermark«, fuhr Henry begierig fort. »Eine letzte Frage zu diesem Treffen. Waren Sie ... allein dort?«

»Nein.« Brooke seufzte. »Die anderen waren auch da.

Die anderen Gruppenmitglieder. Ungefähr fünfzehn, vielleicht zwanzig, einschließlich der Gruppenleiterinnen.«

»Gruppenleiterinnen?« Brooke hatte sich dazu weder bei ihrer außergerichtlichen Aussage, noch in der Besprechung mit Christopher geäußert. Während Christophers Miene immer besorgter wurde, blühte Henry Kohn sichtlich auf. Er witterte eine Überraschungsattacke.

»Wer sind diese Gruppenleiterinnen, Mrs. Vandermark?«

»Wir nennen sie die Kapitäne der Gruppe. Sie haben den gleichen Rang wie ein Psychiater ...« Sie unterbrach sich. »Ich meine, sie leiten die Gruppe. Jeder, der die Kraft aufbringt, seine Sucht zu überwinden und sein Leben wieder in den Griff zu bekommen, kann Gruppenleiter werden, verstehen Sie? In dieser Selbsthilfegruppe sind wir alle gleichberechtigt. Diese Meetings sind lebensbejahend. Sie haben sehr viel in meinem Leben verändert.«

Henry Kohn legte keinen Wert darauf, von der angeblichen Mörderin etwas über Lebensbejahung zu hören und kam rasch auf den wichtigsten Punkt. »Mrs. Vandermark, kann einer dieser Gruppenleiter oder ein Mitglied der Gruppe bestätigen, dass Sie am fraglichen Tag an dem Treffen teilgenommen haben?« Henry stellte diese rhetorische Frage langsam und kostete dabei jedes Wort aus.

»Natürlich könnten sie das«, erwiderte Brooke zornig. »Und sie würden das auch für mich tun, das weiß ich. Aber ich kann Ihnen keine Namen nennen.« Sie zuckte die Schultern. »Wir sind anonym. Das ist eine anonyme Gruppe, und wir haben uns alle gegenseitig geschworen, uns nicht zu verraten.«

»Verstehe ich Sie richtig, Mrs. Vandermark? Die einzigen Personen, die bestätigen könnten, dass Sie bei diesem Treffen anwesend waren, sind diese ... anonymen Mitglieder? Obwohl es sich Ihren Angaben nach um etwa zehn bis zwanzig Leute handelt? Ist das korrekt, Mrs. Vandermark?«

Christopher sank in seinem Stuhl zusammen und verzichtete darauf, Einspruch zu erheben.

»Ich befinde mich in einer Zwickmühle«, gestand Brooke. Es ist mir wichtig, mich meiner Gruppe gegenüber loyal zu verhalten. Ich werde niemanden verraten.«

»Bitte beantworten Sie die Frage, Mrs. Vandermark«, ordnete die Richterin an.

»Er hat Recht«, erklärte Brooke seufzend. »Ja. Ich bin die Einzige, die Ihnen sagen kann, dass ich zur Tatzeit nicht zu Hause, sondern bei diesem Meeting war.« Christopher fuhr sich mit dem Finger quer über den Hals, aber Brooke fuhr entnervt fort. »Gut, Sie haben mich. Kein Mensch wird mich hier entlasten. Okay?« Sie funkelte Henry Kohn wütend an und sprang auf.

»Mrs. Vandermark, Sie sind noch nicht entlassen.« Richterin Morgan bedeutete ihr mit einer Geste, sich wieder zu setzen. »Noch Fragen, Mr. Kohn?«

»Nur noch eine, Euer Ehren.« Henry Kohn wandte sich wieder der Zeugin zu. »Würden Sie bitte dem Gericht Ihr Autokennzeichen nennen, Mrs. Vandermark?«

»Einspruch. Unerheblich.« Christopher Miles stand reflexartig auf und starrte den Anwalt der Gegenpartei verblüfft an.

»Begründen Sie Ihre Frage, Herr Anwalt.«

»Euer Ehren, Mrs. Vandermark wird bestätigen, dass das Nummernschild an dem Mercedes, den sie wenige Wochen nach dem Tod ihres Ehemanns erworben hat, neue männliche Bekanntschaften anlocken soll. Das ist ganz eindeutig.«

Richterin Morgan kniff skeptisch die Augen zusammen. »Fahren Sie fort.«

»Mrs. Vandermark, wie lautet Ihr Kennzeichen, bitte?«

»Kalifornien. WL-S-MS«, buchstabierte Brooke lächelnd.

»Würden Sie dem Gericht bitte erklären, was diese Buchstaben bedeuten?«

»Das weiß doch jeder.« Brooke winkte ab.

Henry Kohn hob gespielt betroffen die Hände in die Luft.

»Oh, verzeihen Sie«, sagte Brooke sarkastisch. »Ich meinte diejenigen, die Bekanntschaftsanzeigen lesen. Die Kleinanzeigen, wo man jemanden sucht. WL-S-MS steht für ›Weiblich, ledig sucht männlich, single‹.«

Henry Kohn zog eine Augenbraue hoch und deutete damit an, dass Brooke den Witwenschleier wohl zu früh abgelegt hatte.

»Ich konnte ja schlecht ›keine Anwälte‹ auf mein Nummernschild drucken lassen«, fauchte sie.

Christopher sank in seinem Stuhl zusammen.

Henry Kohns Augen funkelten. Mit offensichtlichem Vergnügen wiederholte er die Fakten. »Sie sind also, nach dem tragischen Tod ihres Ehemanns Heyworth Vandermark, sozusagen ... wieder auf dem Markt? In den Kleinanzeigen?«

Frans Räuspern war so laut, dass es durch den gesamten Saal hallte. Brooke legte den Kopf schräg und sah Henry Kohn kalt an.

»Ja, so kann man es wohl bezeichnen. Ich bin wieder auf dem Markt – allerdings zeige ich das nicht in Kleinanzeigen, sondern nur an meinem Wagen. Aber das war nicht geplant!« Sie starrte wütend auf die kichernden Jurastudenten, die ihre Gesichter zu verbergen versuchten. Anscheinend hatte sie das Gefühl, dass ihre weiblichen Reize in Frage gestellt wurden.

»Ich tue mein Bestes, um mir ein neues Leben aufzubauen, Mr. Kohn«, fuhr sie fort. »Nachdem ein Psychopath meinen Ehemann erschossen hat.« Sie warf Chutney eine bösen Blick zu, die scheinbar unbeteiligt auf den Boden starrte.

»Und Heyworth hätte gewollt, dass ich wieder heirate«, schluchzte die Zeugin und verdrehte die Augen zum Himmel, als wollte sie seinen Geist herbeibeschwören. »Er wollte immer nur, dass ich glücklich werde.« Brookes Schultern bebten, als sie mit rotgeränderten Augen die Richterin ansah.

»Danke, Mrs. Vandermark. Keine weiteren Fragen«, unterbrach der Anwalt sie. Er bereute es bereits, dass er Brookes Gefühlsausbruch zugelassen hatte.

»Ihre Zeugin«, sagte er zu Christopher.

»Euer Ehren.« Christopher erhob sich. »Ich möchte Mrs. Vandermark bitten, uns zu schildern, was sie sah, als sie von ihrem Treffen nach Hause kam.« Er ging behutsam auf Brooke zu. »Bitte«, sagte er leise. »Wenn es nicht zu schmerzlich für Sie ist.«

»Ich werde es Ihnen sagen.« Brooke nickte und wischte sich die Tränen vom Gesicht. Dann atmete sie tief durch, um Kraft zu schöpfen. »Oh, mein Gott, es war so schrecklich ...« Sie schauderte. »Ich kam von meinem Meeting nach Hause und als ich zur Tür hereinkam, sah ich sofort Heyworth. Oh, Heyworth!« Brooke begann zu weinen und wurde blass, als sähe sie die Szene noch einmal vor sich. Christopher blieb mitfühlend stehend und wartete geduldig.

»Ich ... ich begriff es zuerst nicht. Ich wusste nicht, was geschehen war.« Brooke konnte nur mit Mühe weitersprechen. »Als ich ihn auf dem Boden liegen sah, dachte ich, er hätte vielleicht einen Schlaganfall gehabt. Als ich näher kam, sah ich überall Blut. Ich kniete mich hin und schüttelte ihn, aber er rührte sich nicht, und seine Augen starrten mich an.« Brooke schauderte, holte tief Luft und sagte dann nichts mehr. Ihr Blick glitt ins Leere, und im Gerichtssaal wurde es ganz still.

»Brooke«, sagte Christopher sanft. »Ich weiß, wie schwer das für Sie ist. Bitte versuchen Sie, sich zu erinnern. Können Sie dem Gericht sagen, ob Sie in dem Zimmer irgendetwas bemerkten, oder irgendjemanden sahen.«

»Nein.« Brooke ließ den Kopf sinken. »Heyworth war allein. Ich ließ mich auf den Boden fallen und nahm ihn in die Arme.« Sie hob die Hände in die Luft, als wollte sie noch einmal ihren Mann an den Schultern packen. »Ich schüttelte ihn, damit er wieder zu sich kam.« Ein erstickter Laut kam aus ihrer Kehle. Eine schreckliche Minute lang starrte sie wortlos ins Leere.

Dann bemerkte sie, dass Christopher ihr ermutigend zunickte.

»Es half nichts.« Brooke seufzte. »Er war sehr blass, sein Gesicht wirkte leer, wie eine Hülse. Seine Augen waren geöffnet, aber er war ... er war nicht mehr da.«

Bei dem Gedanken an dieses Bild verzerrte sich Brookes Gesicht zu einer schmerzlichen Grimasse. »Oh, Gott, ich habe auf ihn eingeredet wie verrückt, als würde er nur Spaß machen. Ich glaube, ich saß eine Zeit lang neben ihm, aber ich weiß es nicht mehr so genau.«

Brooke hob abrupt den Kopf. Sie blinzelte heftig, als würde sie zum ersten Mal seit langer Zeit wieder Licht sehen. »Er war sicher beim Joggen!«, rief sie und schlug sich mit der Handfläche gegen die Stirn.« Ihr seltsames, beängstigendes Lachen hallte durch den Gerichtssaal. Christopher blieb der Mund offen stehen.

»Natürlich! Er trug diesen Trainingsanzug von Adidas. Er sah so lächerlich damit aus. Oh, der arme Kerl, er versuchte, sich in Form zu halten, weil ich so viel jünger war als er. Er machte immer Scherze darüber. Da er jetzt mit dem Lauftraining begonnen hätte, würde er mich leicht überleben. Ich glaube allerdings, er tat es nur, um seine Ärzte zu ärgern.«

Brooke lächelte zärtlich, als sie sich an diesen vertrauten Scherz erinnerte. Sie wirkte, als würde sie diese Geschichte im Kreis von Freunden aus dem Tennisclub bei einem Thanksgiving Dinner zum Besten geben. Brooke hörte das verzweifelte Räuspern ihres Anwalts nicht – sie schien vergessen zu haben, dass sie sich über einen Toten lustig machte. Einen Mann, den sie angeblich umgebracht hatte.

»Brooke, bitte.« Christopher versuchte, seine Zeugin wieder an den Punkt zurückzuholen, an dem sie mit bezwingender Aufrichtigkeit ihren Schmerz geschildert hatte. Ihr unsicheres, flüchtiges Lächeln war erschütternd.

»Er hat ihn sich selbst gekauft.« Brooke schüttelte traurig den Kopf. »Oh, Heyworth, wie dumm! Er dachte, es sei cool, die gleichen Klamotten wie Kids zu tragen.« Dann schien ihr plötzlich ein Gedanke durch den Kopf zu schießen. »Heyworth konnte nie für sich selbst einkaufen!«, heulte sie und vergrub das Gesicht in ihren Händen.

»Brooke!«, rief Christopher.

»Es ist schrecklich!«, kreischte Brooke und bäumte sich auf, wie jemand, der sich weigerte, in Würde zu sterben. »Herzlos! Mein armer Heyworth! Er wurde in diesem grässlichen Adidas Trainingsanzug erschossen!«

»Mrs. Vandermark!«, rief Christopher laut, um ihr Heulen zu übertönen.

Brooke wandte sich schluchzend dem Anwalt zu. »Was?« Sie schluckte heftig.

»Brooke, bitte versuchen Sie, sich daran zu erinnern, was geschah, nachdem Sie Heyworth gefunden hatten.« Christopher wischte sich den Schweiß von der Stirn und hoffte, nie wieder einen Adidas Trainingsanzug sehen zu müssen. »Ich weiß, es war ein unglaublicher Schock für sie, Brooke. Das ist mir klar.« Er sprach leise auf sie ein. »Aber Sie müssen uns bitte sagen, was danach geschehen ist. Ich möchte, dass Sie dem Gericht erzählen, was Sie taten, was Sie sahen. Alles, woran Sie sich erinnern.«

Brooke schniefte hörbar. Sie wirkte verstört, und ihr Gesicht war fleckig. »Ich werde es versuchen«, sagte sie matt.

»Lassen Sie sich Zeit, Brooke. Ich weiß, wie schwer das für Sie ist.«

Brooke begann zu zittern. Nach einer kurzen Pause hob sie den Kopf. »Ich war so verängstigt, nachdem ich begriffen hatte ... was geschehen war.«

»Das ist verständlich, Brooke.«

»Gut.« Brooke schlang die Arme um ihren Körper, als wollte sie sich vor einem scharfen Windstoß schützen.

»Ich glaube, dass ich irgendwann die Polizei anrufen wollte, also lief ich in die Küche zum Telefon. Chutney stand an der Spüle und wusch sich die Hände. Sie sah gut aus; sie weinte nicht oder so, nur ihr Haar war ein wenig zerzaust. Ich wusste nicht, wie ich es ihr sagen sollte.« Brooke schluckte hart und unterdrückte ein Schluchzen. »Ich ... ich brachte kein Wort heraus, weil ich so zitterte. Ich war außer mir vor Angst.«

»Was tat Chutney dann?«, fragte der Anwalt.

Brooke schoss hoch und starrte Christopher mit großen Augen an. Dann begann sie wieder zu schluchzen.

»Alles ging drunter und drüber«, sagte sie, als könnte sie das Geschehene immer noch nicht glauben und rang nach Luft. »Chutney schrie mich an und lief hinaus. Ich hatte keine Ahnung, was jetzt passieren würde. Wahrscheinlich bin ich dann in der Küche ohnmächtig geworden. Als die Polizisten mich aufweckten, trug ich bereits Handschellen. In meinem Haus befanden sich fremde Menschen, und sie zeichneten die Umrisse von Heyworths Körper auf ...« Brookes schrilles Wehklagen hallte in dem Gerichtssaal nach. »Oh, mein Mann, mein armer Heyworth! Wie konnte dir nur jemand so etwas antun? Mein Heyworth, Heyworth ...« Brooke murmelte den Namen vor sich hin wie ein Mantra.

Christopher blieb eine Weile still stehen. »Danke, Mrs. Vandermark«, sagte er schließlich seufzend. »Keine weiteren Fragen, Euer Ehren.«

Die Richterin sah unbehaglich zu Brooke hinüber. Die Zeugin hatte ihre Knie umklammert und schaukelte hin und her wie ein Kind, das ein Schlaflied hört. Dabei murmelte sie leise Heyworths Namen vor sich hin. Henry ging langsam auf die Richterbank zu, in Sorge, eine weitere furchtbare Vision bei dieser labilen Zeugin hervorzurufen.

»Ich werde das Kreuzverhör verschieben«, flüsterte er der Richterin zu. »Aber ich möchte Sie bitten, Brooke später noch einmal in den Zeugenstand rufen zu dürfen, falls es nötig sein sollte.«

Richterin Morgan sah Christopher an, und dieser nickte. »Kein Problem, Henry«, erklärte er kollegial. »Allerdings möchte ich gern, dass Brooke den Zeugenaussagen ihre ganze Aufmerksamkeit widmen kann. Können wir die Verhandlung für ein paar Minuten unterbrechen, Euer Ehren? Damit Brooke sich wieder beruhigen kann?«

Richterin Morgan gab dem Antrag gern statt – sie wollte auf keinen Fall, dass Brooke einen weiteren Anfall erlitt. »Einwände, Herr Anwalt?«

Henry Kohn schüttelte den Kopf in dem Bemühen, sich mitfühlend zu geben.

Als Richterin Morgan mit dem Hammer auf den Tisch klopfte, schreckte Brooke aus ihrer schaurigen Meditation auf.

Dankbar hängte sie sich bei Christopher ein und ging langsam mit ihm an den Praktikanten vorbei zum Zeugenraum.

45. Kapitel

Chutneys Haar und ihre Augenbrauen hatten die gleiche Farbe wie Romeos streifige orangefarbene Sonnenbräune aus der Tube. Elle betrachtete Chutneys Krauskopf, als sie in den Zeugenstand trat.

»Ich beziehe mich auf die Aussagen von Mr. LeBlanc und Miss Maximillian und möchte Sie bitten, dem Gericht zu sagen, wo Sie sich am Todestag Ihres Vaters aufhielten, Chutney.«

Um einen Nachweis für Chutneys Aktivitäten am fraglichen Tag zu erbringen, hatte Henry Kohn Philippe LeBlanc, den Stylisten bei *Frize* in Beverly Hills befragt. Philippe hatte den Terminkalender des Salons vorgelegt, in dem Chutney an diesem Morgen für eine Dauerwelle eingetragen war. Er hatte ihr das Haar selbst aufgedreht und bestätigte, dass Chutney sich völlig normal verhalten hatte, nicht anders als die vielen Male, bei denen er sich in den vergangenen Jahren um ihre Frisur gekümmert hatte.

Maxine Maximillian vom Max Fitness-Studio hatte sich am Nachmittag mit Chutney dort unterhalten. Sie konnte sogar die genaue Zeit – drei Uhr – angeben, da sie gerade ihren Step-Aerobic Kurs beendet hatte. Er dauerte zwei Stunden und begann um ein Uhr.

Chutney sagte aus, dass sie nach ihrem Training nach Hause gefahren sei, und dort niemanden angetroffen habe. Sie ging hinauf, um zu duschen und wollte sich anschließend in der Küche etwas zu trinken holen. Dann fand sie Brooke, die zitternd und angsterfüllt versuchte, Heyworths Leiche umzudrehen. Brooke hatte Chutney offenbar nicht gehört, erschrak und lief panikartig in die Küche. Dort wurde sie ohnmächtig. Chutney rief die Polizei, und die Beamten verhafteten Brooke in der Küche.

Wie ihr Anwalt ihr geraten hatte, berichtete Chutney

alles so knapp wie möglich, um dem Gegenanwalt keinen Spielraum für sein Kreuzverhör zu lassen.

Als Christopher begann, die Zeugin zu befragen, stellte er unpräzise Fragen, als hoffte er auf eine Eingebung.

Er bat Chutney, ihm die Aufteilung des riesigen Hauses zu beschreiben, eine List, um Zeit zu gewinnen. Dann schien Christopher plötzlich eine Spur zu haben.

»Sie sagten, Sie seien überrascht gewesen, Ihren Vater im Erdgeschoss zu finden, Miss Vandermark.«

»Natürlich!«, keuchte Chutney. »Meine Güte, mein Vater war ... er war tot!«

»Sie haben also nichts Ungewöhnliches bemerkt, bevor Sie nach unten gingen.« Der Anwalt sprach methodisch – es schien, als wollte er die Fakten noch einmal für sich selbst ordnen.

»Mr. Miles, bezwecken Sie damit etwas Bestimmtes?« Richterin Morgan beugte sich ungehalten vor.

Der Anwalt war so in seine Gedanken vertieft, dass er nicht sofort reagierte.

»Und außer Ihnen war niemand im Haus«, überlegte er laut. »Also ... also ist es passiert, während Sie oben waren.« Seine Gedanken rasten. Er musste eine weitere Frage finden, um Chutney im Zeugenstand zu behalten. Nur eine Verzögerung konnte ihn nun noch vor einer Niederlage retten. Chutney war die letzte Zeugin.

Chutney warf ihrem Anwalt einen fragenden Blick zu, doch dieser zuckte nur die Schultern. Richterin Morgan verlor allmählich die Geduld und starrte Christopher Miles erwartungsvoll an.

»Herr Anwalt?«

Er streckte einen Finger in die Luft und bat so die Richterin zu warten. Dann rieb er sich das Kinn, als sei er tief in Gedanken versunken.

Elle drehte eine Haarsträhne zwischen den Fingern und fragte sich, ob sie sich einen Zopf flechten sollte, um sich wach zu halten. Lieber nicht. Sie wollte nicht, dass ihr Haar so kraus wurde wie Chutneys. Elle dachte an ihre erste und einzige Dauerwelle und fragte sich, warum jemand Geld dafür ausgab, sein Haar in widerspenstige Wellen legen zu lassen.

Plötzlich schoss Elle hoch und warf dabei den Stuhl krachend zu Boden. »Warten Sie!«, rief sie.

Die Richterin klopfte mit dem Hammer auf den Tisch. »Ruhe!«

Christopher war dankbar für einen Aufschub und machte keine Anstalten, seine Praktikantin zu bremsen.

»Euer Ehren.« Elle wandte sich zur Richterbank um. »Ich bin eine Praktikantin des Verteidigers von Mrs. Vandermark. Dürfte ich Chutney eine Frage stellen?«

Richterin Morgan ließ ihren Blick über die Studenten im Publikum schweifen und beschloss mitzuspielen. Sie wünschte sich sehnlichst einen Artikel in der *Law Review,* doch im derzeitigen akademischen Klima war es sehr schwer, mit einem Testamentsverfahren veröffentlicht zu werden.

»Mr. Miles?«, fragte sie. »Sind Sie mit einer Teilung Ihrer Aufgabe einverstanden?«

Elle presste die Handflächen aneinander und warf ihm einen bittenden Blick zu, wie ein Kind, das sich am Heiligabend auf seine Geschenke freut.

Im Grunde war ohnehin alles verloren. Der Anwalt dachte kurz nach. Auf diese Weise konnte er die Niederlage dem Versuch zuschreiben, eine Jurastudentin miteinbezogen zu haben.

»Gute Idee, Miss Woods.« Er lächelte. Sarah riss entsetzt den Mund auf.

»Euer Ehren.« Elle nickte ernst. »Es ist relevant, das verspreche ich Ihnen.«

Sie wandte sich an Chutney, die breit grinste. Es war ihr wesentlich angenehmer, von der ehemaligen Vorsitzenden der Schwesternschaften Fragen gestellt zu bekommen, als von einem Anwalt.

»Dein Haar sieht hübsch aus«, begann Elle.

»Danke.« Chutney starrte Elle neugierig an.

»Hast du eine frische Dauerwelle?«

»Ja, Philippe hat sie mir vor der Verhandlung gemacht.« Chutney deutete auf den geschniegelten Friseur, der den Kopf neigte.

»Ich muss mir seine Karte besorgen.« Elle lachte. »Er hat sich bereits zu Collegezeiten um deine Frisur gekümmert, oder?«

»Stimmt«, bestätigte Chutney. »Seit ich zum ersten Mal mit Emerald bei ihm war, macht er mir Dauerwellen.« Chutneys Mutter nickte stolz. »Ich habe Philippe sogar für einen Haarpflegekurs bei den Kappas engagiert. Kappa Kappa Gamma – meine Schwesternschaft«, erklärte Chutney der Richterin. »Erinnerst du dich noch an unseren ATH-Unterricht, Philippe?«

»Was ist ATH?«, wollte Elle wissen.

»Alle Tricks fürs Haar. Das war meine Idee«, prahlte die Zeugin und zupfte an ihrer Frisur. »Philippe hat mir schon immer die Haare gemacht – er ist der Beste! Er fährt zu diesen Veranstaltungen nach Paris, und wenn er wiederkommt, gibt er mir all diese Tipps. Ich mache nie etwas mit meinem Haar, solange er mir nicht dazu rät. Und ich tue alles, was er mir sagt. Er ist so professionell«, plapperte Chutney.

»Und wie viele Dauerwellen hast du dir schon machen lassen?«, fragte Elle. »Ungefähr?«

»Nun, eine alle sechs Monate, seit ich zehn Jahre alt war und das kleine Waisenkind Annie im Schultheater spielen wollte.« Chutney verzog das Gesicht, als ihr einfiel, dass sie die Rolle nicht bekommen hatte. »Jede Menge.« Sie wechselte rasch das Thema. »Mindestens zwanzig.«

275

»Und du hast dir auch eine Dauerwelle machen lassen, als Heyworth ... an dem Tag, an dem dein Vater starb.« Elle ging zu Philippe hinüber und wandte Chutney den Rücken zu.

»Ja«, bestätigte Chutney. »Es steht im Terminkalender. Ich war bei *Frize*.«

»Und dein Vater wurde erschossen, kurz nachdem du nach Hause gekommen warst«, rekapitulierte Elle.

Sarah stupste Warner zornig an. »Müssen wir uns das alles anhören, bis Elle endlich auf den Punkt kommt?«, zischte sie und runzelte die Stirn.

Elle wirbelte herum, ging auf die Zeugin zu und stemmte die Hände in die Hüften.

»Aber du hast nichts gehört. Nicht einmal einen Schuss.« Elle betonte das letzte Wort laut und deutlich.

»Nein. Ich habe doch schon gesagt, dass ich unter der Dusche war. Nachdem ich bei *Frize* fertig war, ging ich zum Training, und als ich nach Hause kam, habe ich geduscht. Ich bin sicher, dass ich nichts gehört habe, ich habe mir doch die Haare gewaschen. So wie jeden Tag.« Chutney sah Elle böse an. Ihre Geschichte war stimmig – sie sah keinen Anlass, sie noch einmal zu erzählen.

Elle schlenderte zurück zur Galerie und lächelte Philippe an. »Chutney, Expertin nach etwa zwanzig Dauerwellen, Absolventin eines Kurses für optimale Haarpflege.« Sie drehte sich auf dem Absatz um und sah der Zeugin in die Augen. »Du solltest wissen, dass es eine grundlegende Regel gibt, die wichtigste Haarpflege-Regel überhaupt. Sie lautet: Du darfst dein Haar nach einer Dauerwelle vierundzwanzig Stunden lang nicht waschen!«

Chutney schnappte nach Luft und schlug sich die Hand vor den Mund. Philippe nickte aufgeregt.

»Ist das nicht so, Chutney?«, fragte Elle streng.

»Ja ... ja«, stammelte Chutney und begann zu weinen. »Niemals. Man muss vierundzwanzig Stunden warten.«

»Und du hast deine Haare gewaschen?«, bohrte Elle nach. »Drei Stunden nachdem du bei *Frize* warst?«

»Nein!« Chutney verbarg schluchzend ihr Gesicht in den Händen.«

Henry Kohn schoss hoch und wollte Einspruch erheben.

»Du würdest niemals dein Haar direkt nach einer Dauerwelle waschen, stimmt's, Chutney?« Elle übertönte Henry Kohns wütende Zwischenrufe.

Richterin Morgan ließ den Hammer niedersausen. »Lassen Sie sie die Frage beantworten, Mr. Kohn.«

»Nein, nein, nein«, schluchzte Chutney. »Niemals! Ich war nicht unter der Dusche. Natürlich nicht – ich hatte mir ja gerade eine Dauerwelle machen lassen!«

»Also hast du gelogen, Chutney!« Elle verschränkte die Arme vor der Brust und starrte die Zeugin an. »Sag dem Gericht jetzt, wo du warst, als dein Vater erschossen wurde.«

Chutney wirbelte auf ihrem Stuhl herum und deutete auf Brooke. »Sie ist *jünger* als ich!«, kreischte sie. »Sie war in Erdkunde in meiner Klasse, und dann zog sie bei meinem Vater ein!«

Henry Kohn sprang aufgeregt auf und ab und versuchte verzweifelt, seine Zeugin zum Schweigen zu bringen, aber Chutneys heftiger Gefühlsausbruch war nicht mehr aufzuhalten.

»Du hast mir meinen Vater gestohlen!«, griff sie Brooke wütend an. »Du hast ihn ruiniert! Ihn und mein Leben!«

Sie sprang auf und lief Brooke hinterher, die rasch ihren Stuhl verlassen hatte. »Ich wollte nicht ihn erschießen!«, tobte Chutney und fuchtelte wild mit den Armen durch die Luft, als der Gerichtsdiener sie packte. »Ich wollte *dich* erschießen!«

46. Kapitel

Als sich der Aufruhr gelegt hatte, stellte der Anwalt von Mrs. Whitney Vandermark-Warren-Sands erneut den Antrag, die Rechtsansprüche miteinander zu verbinden. Er ging davon aus, dass das Testament für gültig erklärt würde und Whitney fraglos Heyworths allerschönste Frau war.

Richterin Morgan verspürte absolut keine Lust, die kosmetischen Bemühungen der fünf Mrs. Vandermarks zu beurteilen, die aufgeregt auf ihren Stühlen hin und her rutschten, und fällte rasch ein Urteil.

»Dem Antrag wird stattgegeben. Da es keinen stichhaltigen Beweis dafür gibt, dass Brooke Heyworth Vandermark vorsätzlich ermordet hat, wird das Testament für gültig erklärt. Gemäß des Gesetzes bezieht sich Heyworth Vandermarks gewählte Bezeichnung ›allerschönste Frau‹ auf die Frau, mit der er zum Zeitpunkt seines Todes verheiratet war. Geschmacksfragen bleiben hierbei unberücksichtigt.« Den letzten Kommentar richtete sie an Whitney, die wütend aufgesprungen war.

»Die Parteien haben dargelegt, dass Brooke mit Heyworth zum Zeitpunkt seines Todes verheiratet war«, fuhr Richterin Morgan fort. »Weitere Unklarheiten bestehen nicht. Der Antrag auf Bestellung eines persönlichen Verwalters zur Aufteilung des Erblasses von Heyworth Vandermark ist hiermit abgewiesen.« Sie schlug mehrere Male mit dem Hammer auf den Tisch, um sich trotz Whitneys lautem Schluchzen Gehör zu verschaffen.

Henry Kohn ließ den Kopf sinken.

Eugenia kletterte über das Geländer, das die Bank der Anwälte von den Zuschauern trennte und lief auf Elle zu, um sie zu umarmen. Um sie herum brach ein Höllenlärm aus – die Studenten rissen die Arme in die Luft, jubelten und johlten. Brooke, frei und glücklich, packte Elles Hand und schwenkte sie hin und her wie ein Kind.

»Heute bin ich frei, frei und genesen, und Chutney sagt, ich sei's gewesen«, sang Brooke und hopste dabei grinsend auf und ab. Elle brach in Gelächter aus.

»Ein Wunder, dass du dich im Zeugenstand nicht so albern aufgeführt hast, Brooke.« Elle stieß Eugenia in die Rippen. »Hier ist unser Genie Eugenia«, erklärte sie Brooke. »Das klügste Mädchen in Stanford. Ohne sie hätte ich das niemals geschafft.«

»Kommt zu mir!« Brooke legte ihre Arme um die beiden Mädchen.

»*Du* bist das klügste Mädchen an der Fakultät«, erklärte Eugenia und zauste Elles Haar.

Elle strich sich lachend eine Haarsträhne aus dem Gesicht und bemerkte Sarah, die am anderen Ende des Tisches in eine hitzige Diskussion mit Warner vertieft war. »Nicht schlecht für eine Barbie«, sagte sie.

»Dein Ken sollte stolz sein«, erwiderte Eugenia mit einem Blick auf Warner.

Elle zwickte Eugenia in den Arm und senkte die Stimme. »Ken befindet sich jetzt auf dem Regal, Genie. Bei den anderen Puppen.«

Eugenia krauste die Nase und sah sie verblüfft an.

»Ich werde es dir später erklären«, versprach Elle.

Brooke zerrte an Elles Arm und begann wieder zu singen. »Frei, frei, ich bin frei, für immer frei!«

Eugenia lachte und fuhr auch Brooke durchs Haar. »Mit dieser Show solltest du auftreten!«

»Hey, ich kann jetzt alles tun, wozu ich Lust habe«, rief Brooke glücklich.

Elle packte ihren Notizblock ein, während Brooke sich auf den Weg machte, um sich bei ihrem ›anderen Anwalt‹ zu bedanken. Sie hüpfte davon und trällerte dabei wieder ihren Freiheitssong.

»Ich hole den Wagen, Elle«, verkündete Eugenia. »Jetzt wird gefeiert!«

Elle ließ ihren Blick über den Saal gleiten, der sich allmählich leerte. »In Ordnung. Wir treffen uns draußen.«

Sie sah sich nach Christopher um, konnte ihn aber nirgends entdecken. Wahrscheinlich war er im Flur. Elle sammelte ihre Bücher ein und quittierte Dans Glückwünsche mit einem Lächeln, bevor sie den Saal verließ. Im Gang stand Christopher, umringt von Reportern. Als er Elle sah, zog er sie an seine Seite. »Hier.« Er strahlte Elle an. »Hier ist unser Star!« Kameras blitzten, und Elle fühlte sich ganz in ihrem Element. Die Reporter stellten ihr eine Menge Fragen, die sie souverän beantwortete. Die letzte Frage galt jedoch Christopher.

»Mr. Miles, wie fühlt man sich, wenn einem eine Praktikantin die Schau stiehlt?«, wollte einer der Reporter wissen.

»Stolz! Danke, Elle.«

Warner stand allein an der Eingangstür des Gerichtsgebäudes. »Ich schätze, das ist das Zeichen für mich zu gehen«, meinte Christopher und zwinkerte Elle zu, bevor er sich auf den Weg machte.

»Elle!« Warner streckte die Arme aus und wollte sie umarmen, doch Elle salutierte sarkastisch, duckte sich und schlüpfte zur Tür hinaus.

Sie konnte dem Drang nicht wiederstehen und warf einen Blick zurück, als sie hörte, dass Warner ihr folgte. Hinter ihm sah sie Sarah, die entrüstet die Arme vor der Brust verschränkt hatte.

»Elle, bitte bleib stehen«, bat Warner, als sie sich umdrehte. »Meine Güte, jeder macht mal einen Fehler. Das war alles nur ein schlechter Scherz. Ich habe dich unterschätzt, Elle.«

Elle beobachtete, wie Sarah sich abwandte und vorgab, das Geständnis ihres Verlobten nicht zu hören. Um aus

Sarahs Blickwinkel zu verschwinden, trat sie näher an Warner heran.

»Wie meinst du das, Warner?«

»Komm schon, Elle, das weißt du doch. Ich dachte, ich müsste Sarah heiraten, weil sie ... Meine Güte, Elle, sie ist klug und so. Du kennst doch meine Familie. Ich meine, ich wollte wirklich nur mit dir zusammen sein, aber alle fanden ... alle hielten dich für durchgeknallt.« Warner lachte lauthals, gemeinsam mit Elle, die ihn mit einem zärtlichen Händedruck ermutigte, weiterzusprechen.

»Ich? Durchgeknallt?« Elle kicherte, gespielt bescheiden. »Die kleine Barbiepuppe?«

»Ach, Elle, du benimmst dich doch wirklich manchmal wie eine Verrückte.« Warner lachte glucksend, fest davon überzeugt, dass Elle seine Art von Humor teilte. »Du solltest mal hören, was die Leute in der Fakultät über dich sagen!«

Warner war sich sicher, sie zurückgewonnen zu haben. Er legte ihr den Arm um die Schulter und rempelte sie an wie einen Freund. »Ich bin so froh, dass sie sich alle geirrt haben! Du hast es allen gezeigt! Ich freue mich so sehr, dass ich jetzt wieder mit dir zusammen sein kann.« Warner zog Elle an sich.

»Du willst mich zurück, Warner?« Elle sah ihren ehemaligen Liebhaber aus sanften Rehaugen an und verkniff sich ein Lachen.

»Elle, ich werde Sarah verlassen«, stieß er hervor. »Ich brauche sie nicht mehr. Du bist klug! Christopher und mein Vater waren schon in der Grundschule befreundet, und wenn er begeistert von dir erzählt, wird meine Familie dich anerkennen müssen! Du besitzt Verstand und den richtigen Körper! Gott sei Dank! Warum habe ich nur so lange gebraucht?« Er schlug sich scherzhaft mit der Hand an die Stirn. »Du warst die ganze Zeit hier. Die einzige Frau, die mich wirklich kennt.«

Elle sah, dass Sarah Warner wütende Blicke zuwarf und dachte, dass sie und Sarah zum ersten Mal etwas miteinander gemein hatten.

»Warner, ich kenne dich jetzt. Vorher kannte ich dich überhaupt nicht«, erklärte sie kühl und streifte seine Hand von ihrer Schulter.

Sein Lächeln verschwand; er starrte sie verblüfft an.

»Nein, Warner, ich kannte dich nicht«, wiederholte Elle. »Ich liebte ein Bild von einem Menschen, der du nie warst. Das ist nicht dein Fehler. ›Hier ging es nur um mich, nicht um dich‹«, zitierte sie seine Worte von ihrem Streit im Zeugenraum.

»Aber wir haben so viele Jahre miteinander verbracht, Elle«, protestierte er. »Jemanden wie mich wirst du nie mehr finden.«

»Das hoffe ich!«, erwiderte Elle aufrichtig. »Übrigens, deine kluge Verlobte sieht sehr einsam aus.« Sie deutete auf Sarah, die ungeduldig mit dem Fuß auf den Boden klopfte.

Warner drehte sich hastig um und überlegte, wie er Sarah erklären sollte, was er gerade so indiskret ausgeplaudert hatte.

»Leb wohl, Warner.« Elle ging die Treppe hinunter, dann drehte sie sich lächelnd noch einmal um.

»Man sieht sich.«

47. Kapitel

Eugenia fuhr zu Miles & Slocum zurück, wo Elle ihre Unterlagen deponierte, während Brooke wie ein Kolibri herumschwirrte. Nachdem sie eine Weile vergeblich auf Christopher gewartet hatten, beschloss Elle zu gehen. Es war Donnerstag, die Frühlingstage wurden bereits milder und länger, und sie freute sich auf ein langes, gemütliches Wochenende.

»Auf dich wartet sicher schon ein Job für den Sommer«, meinte Eugenia lächelnd.

»Heyworths Exfrauen könnten ihre Friseure bestimmt wegen einigen Kunstfehlern verklagen«, meinte Elle.

Brooke wurde still, und Elle schluckte betreten. »Es tut mir Leid, Brooke. Ich hätte Heyworth nicht erwähnen sollen«, entschuldigte sie sich.

»Schon gut.« Die Witwe zuckte gefasst die Schultern.

»Er wurde gerächt«, stieß Eugenia hervor und schlug mit der Faust auf Elles Schreibtisch. »Seine verabscheuungswürdige Tochter wird lange, lange Zeit keinen Salon mehr von innen sehen!«

»Genau«, erklärte Brooke und nickte zufrieden. Elle sah sie verblüfft an.

»Dieses Luder. Jetzt hat sie ihre Dauerwelle«, erklärte Brooke. »Eine Welle von Dauer – nämlich einen dauerhaften Gefängnisaufenthalt.«

Elle kicherte. »Hey, Brooke.« Sie zupfte ihre Klientin am Ärmel. »Hast du Lust, heute Abend mit uns zu feiern? Ich kann dir zwar in Palo Alto nicht allzu viel versprechen, aber ich finde, es wird Zeit, dass du wieder unter Leute kommst. Auf der Suche nach ...«

»Männlich und single«, beendete Brooke lächelnd den Satz. »Natürlich. Kennt ihr ein paar süße Jurastudenten?«

»Nein!«, antworteten Elle und Eugenia wie aus einem Mund.

»Wir werden ja sehen.« Brooke zwinkerte den beiden zu und verließ das Büro.

Eine Stunde später stießen sie in Elles Wohnung auf ihre Zukunft an. Der Champagner brachte Farbe in ihre Gesichter; sie kicherten, und Elle fühlte sich unwillkürlich an ihre Zeiten an der USC und die Margotita-Partys erinnert. Brutus sprang auf Elles Schoß, leicht schwankend, weil Brooke ihm ein Schlückchen Champagner in seinen Napf geschüttet hatte.

Brooke brachte den ersten Toast aus. Sie trank darauf, dass die beiden so schnell wie möglich ihr Studium abschlossen, damit sie selbst mit ihrem Vandermark Vermögen den Fonds für die Verteidigung von blonden Menschen vor Gericht unterstützen konnte.

Elle hob ihr Glas. »Auf eine Ken-freie Barbie!« Die anderen jubelten und klatschten.

»Ich habe mich schon gewundert«, meinte Eugenia. »Was ist denn nun mit Warner?«

»Ich nehme an, er wird sein Studium abschließen und dann mit Sarah nach Newport ziehen.« Elle zuckte die Schultern. »Ich bin so sehr mit den Dingen beschäftigt, die ich mir vorgenommen habe, dass ich keine Zeit habe, an ihn zu denken. Zum Beispiel möchte ich das Barbie-Warenzeichen bekommen und ihr zu Ehren eine Schmuckkollektion entwerfen.«

»Auf Barbie.« Brooke hob ihr Glas. »Für immer in Pink.«

»Auf Visa.« Eugenia grinste. »Pink in roten Zahlen.«

»Also gut, ich bin wieder dran.« Elle folgte Brookes Aufforderung. »Auf alle Benachteiligten!« Elles treuer Chihuahua öffnete kurz die Augen und schloss sie dann zufrieden wieder. Die drei Frauen ließen die Gläser klirren und tranken den restlichen Champagner.

Eugenia stellte ihr leeres Glas auf den Tisch. »Lasst uns um die Häuser ziehen!«, rief sie.

Eine Minute später war Brutus allein. Er legte den Kopf auf die Pfoten und rollte sich zu einem Schläfchen zusammen.

Brookes goldene Kreditkarte hatte den gleichen Farbton wie das Bier, das sie tranken, so gelb, wie das Taxi, mit dem sie nach Hause fuhren, und so blond wie Brookes und Elles Haar, als sie, wie verwelkte Blumen, in Elles Wohnung stolperten.

Als sie am nächsten Morgen aufwachten, war keine von ihnen einsatzfähig. Eugenia und Brooke rafften sich zu einem Einkaufsbummel in der Stadt auf, und Elle zog sich ihren warmen Bademantel über und begann, ihr verwüstetes Schlafzimmer aufzuräumen. Sie legte die Artikel über den ›Mord in Malibu‹ ab und strich die verknitterten Ecken von einigen Seiten glatt, die aussahen, als hätten sie schon im Altpapier gelegen. Vor allem die Seite, auf der ein Bild von Elle und Christopher abgebildet war, musste geglättet werden.

Sie ordnete einige Artikel aus der *Law Review* über Gilbreaths Vorlesungen. Möglicherweise würde sie sie zur Vorbereitung für die Abschlussprüfungen brauchen, die schnell näher rückten. Als es an der Tür klopfte, nahm sie an, Eugenia oder Brooke hätten etwas vergessen und schlurfte im Bademantel zur Tür. Als sie öffnete, erstarrte sie und hielt ungläubig die Luft an. Vor ihr stand Sarah Knottingham, duftend nach den Produkten eines Friseursalons. Sie lächelte, wurde rot und zupfte nervös an ihrer neuen Frisur. Ihr Haar war gesträhnt und endlich von dem engen Haarband befreit.

»Oh, mein Gott«, stammelte Elle und stützte sich mit der Hand gegen die Wand. Wortlos starrte sie Sarah an.

»Sieht es so schrecklich aus?« Sarah lächelte schelmisch, senkte dann den Kopf und richtete den Blick unsicher auf ihre Sandalen.

»Meine Güte, Sarah, du bist ... du bist ...«

»Darf ich hereinkommen?«

Brutus beäugte Sarah misstrauisch, und Elle trat schwankend einen Schritt zurück.

»Natürlich. Bitte ...«, brachte sie hervor. »Sarah, du hast eine neue Frisur, und kein Stirnband mehr.« Elle war schockiert, aber auch begeistert.

»Ja, ich habe mir an Elle Woods ein Beispiel genommen.« Sarah lachte. »Ich habe den Unterricht geschwänzt und bin in einen Schönheitssalon gegangen. Bei dir hat das offensichtlich funktioniert«, fügte sie hinzu. »Frisch maniküriert hast du im Gerichtssaal gewonnen. Ich dachte, das muss dein Geheimnis sein.«

Elle setzte sich aufs Sofa und versuchte, ihre Fassung wiederzuerlangen. »Kein Geheimnis«, erwiderte sie. »Nur eine Angewohnheit. Maniküre entspannt mich.«

Sarah stand immer noch, und Elle bemerkte, dass sie keinen Ring trug.

»Ich habe ihn Warner zurückgegeben«, sagte Sarah mit einem Schulterzucken. »Jetzt hat Warner zwei Exfreundinnen, die ihm seine Laufbahn in der Fakultät schwer machen werden. Was hältst du davon?«

Elle schluckte. »Ich habe aufgehört, an Warner zu denken«, sagte sie dann lächelnd und schüttelte den Kopf, als wäre sie gerade aus einem Traum erwacht. »Dein Haar sieht viel besser aus! Ich kann kaum fassen, dass du dir sogar Strähnchen hast machen lassen!«

Sarah fuhr sich mit der Hand durch ihr schimmerndes Haar. »Ich finde, ich sollte es so lassen.«

»Absolut.« Elle nickte energisch. »Hast du einen guten Conditioner?«

»Kiehls«, antwortete Sarah. »Eine Empfehlung des Stylisten.«

»Perfekt.« Elle grinste.

Sarahs Hand zitterte leicht, als sie Elle einen Ordner mit ihren Unterlagen reichte. »Hier, mit Eigentumsrecht bin ich fertig«, sagte sie. »Kann ich von dir etwas für die Prüfungen in Testamentrecht bekommen? Du hast doch vor ein paar Tagen diese Bücher mit ins Büro gebracht. Es sah beinahe so aus, als könntest du selbst Vorlesungen darüber halten!« Sarah hatte zwar blonde Strähnchen, aber sie war immer noch so vernünftig wie eine typische Brünette.

»Selbstverständlich.« Elle stand lächelnd auf. »Ich bin fast fertig mit meiner Akte. Warner wird leer ausgehen, aber für dich mache ich eine Kopie.« Elle konnte der Versuchung nicht widerstehen, an einer von Sarahs hell gefärbten Haarsträhnen zu zupfen. »Schließlich bist du jetzt im Herzen blond.«

»Eine echte Blondine.« Sarah lachte bei dem Gedanken an Elles Aufsatz.

»Natürlich«, bestätigte Elle.

Danielle Steel

Fesselnde Frauenromane
der beliebten amerikanischen
Bestsellerautorin.

»Danielle Steel Fans werden
begeistert sein«
New York Times Book Review

Die Traumhochzeit
01/13632
Deutsche Erstausgabe

Licht am Horizont
01/13622
Deutsche Erstausgabe

01/13632

HEYNE-TASCHENBÜCHER